de val van Thomas G.

Nelleke Noordervliet

de val van Thomas G.

ROMAN

Uitgeverij Augustus
Atlas Contact
Amsterdam / Antwerpen

Omslagontwerp Tessa van der Waals
Typografie binnenwerk Suzan Beijer
Foto van de auteur Werry Crone
Drukkerij Wilco

ISBN 978 90 254 5970 3
D/2020/0108/700
NUR 301

www.nellekenoordervliet.nl
www.atlascontact.nl

FSC
www.fsc.org
MIX
Papier van verantwoorde herkomst
FSC® C004472

ISA

Ik heb alle fotoalbums verbrand voor ik wegging. Alle grappige en ontroerende momenten, die ik op de drempel van de dood nog eens vertederd zou bekijken, heb ik rigoureus op de brandstapel gegooid. Het fikte in veel kleuren. Het plastic van de omslagen smolt en stonk. Behalve Thomas en ik zijn onze kinderen, familie en vrienden, zakenrelaties en kerstvieringen, vakanties en fraaie uitzichten in rook opgegaan. Ik voerde een taak uit die ik me zelf had gesteld. Het doel was wraak. Op wie, op wat? Op alles. Wraak is een extreme vorm van vergelding. Wraak houdt zich niet bezig met proporties of matiging. Wraak gloeit. Wraak brandt zichzelf op. 'Zul je me wreken, Isa?' zei mijn moeder in de agressieve periode van haar dementie.

De weerwraak van de foto's liet niet lang op zich wachten. Terwijl ik me verder verwijderde van Nederland verschenen op willekeurige momenten scènes uit mijn huwelijk op mijn netvlies. Had ik die albums op de hoogste plank in de kast gelaten, ze zouden me niet in de weg hebben gestaan, na mijn dood door de kinderen nog even zijn gekoesterd en dan in de vuilnisbak gemieterd. Maar ik moest een daad stellen, hoe symbolisch en zinloos ook. Ach, laat die taferelen toch door me heen stromen. Ik zal de onverschillige bedding van een rivier zijn.

Als ik hier de winter doorkom, als ik schrap sta in de storm die de bomen kromtrekt, die jaagt door de sleuven tussen de heuvels en aan komt rijden op de golven van de oceaan met duizend snuivende paarden, die rammelt aan het dak van het huis en loeit en fluit tussen de kieren van de schuur, als ik buig maar niet breek onder de buien die als een gordijn van ijzige kralen ratelend neerslaan, als ik de duisternis van de lange nachten en de somberheid van de korte dagen omhels, als ik afgehard als een plant en sterk als een kogel de zomer tegemoet treed, dan heb ik het ergste gehad. Het is een voornemen dat me angst aanjaagt. Discipline. Elke dag de vaste ronde naar het strand, bij eb de smalle landbrug naar het eiland op en weer terug, linksaf naar het haventje: een grote kuip water achter een betonnen pier voor een handvol scheepjes ter grootte van een flinke roeiboot, weer omhoog langs een paar huizen en dan linksaf naar het onze, het mijne. Tien jaar geleden gekocht als toevluchtsoord aan de uiterste rand van het continent. Een stoer grijs huis, dat half uit water bestaat, zoveel zuigen de muren op. Ik stook het warm en droog. De muffe stank moet weg.

Sally kwam naar buiten zodra ze me zag. Een uitgelubberd wollen vest, een geruite plooirok die scheef hing aan de zoom, een licht waggelende gang vanwege een reumatische aandoening die bijna iedereen hier krijgt.

'Lang niet gezien, Isa. Hoe gaat het?' Ze heeft de felblauwe ogen van alle vissers uit haar stamboom, het donkere haar en de bleke huid van de Kelten, de hand die ze me gaf leek op de knoestige tak waarvoor ik altijd moet bukken als ik haar tuinhek door wil. Ze is klein en compact, komt bij mij tot borsthoogte.

Ik zei dat het goed ging en dat ik hoopte dat het met haar nog beter ging.

'Oh, aye.' Dat kon van alles betekenen. 'Schrijven zeker?' vervolgde ze.

Ze heeft als alle Ieren een groot ontzag voor literatuur en poëzie. Dat ik mijn verhalen voor kinderen zelf illustreer is een bonus. Bijna alle vrouwen die ik in deze uithoek ken tekenen, schilderen, schrijven, bakken potten of taarten, spinnen en weven, smeden sieraden, spelen viool. De kwaliteit is volkomen ondergeschikt aan het plezier. Ik ben er nog steeds niet achter wat de mannen doen in hun vrije tijd, behalve vissen en drinken. Ja, iets met schapen en paarden en jagen.

'Zoals altijd,' antwoordde ik vaag.

'Blijf je lang?'

'Misschien wel.'

'Kop thee een dezer dagen?'

'Heerlijk.'

'Er is weinig veranderd,' zei ze en ze omvatte met haar gebaar de wijde omgeving. 'Niets.'

'Ga gauw naar binnen. Het is koud. Fijn je weer te zien.'

Sally trok haar vest dichter om het lijf en ging naar binnen. B&B stond op een aftands schild naast het tuinhek. 'Seaview' was de niet erg originele zij het adequate naam. Veel gasten heb ik er niet gezien. Bij mijn weten doet ze weinig aan reclame. Ze moet het van passanten hebben, maar wie komt hier nou langs? Bijna niemand. Daar hebben we de plek op uitgezocht.

Het praatje met Sally is mijn dunne verbindingslijn met de wereld en de mensen. Mail en telefoon houd ik beperkt tot het hoogst noodzakelijke. Met geknepen mond en bezorgde blik heeft mijn zoon mijn plan aangehoord. Of ik het zeker wist en hoe onverstandig het was op dit moment maar dat ik in geval van nood altijd... Mijn vrienden lieten hetzelfde weten, maar ik geloof niet dat het hun iets kon schelen. Mijn dochter vond het een goed idee. Die was blij toe, enerzijds omdat ze van me af was, anderzijds omdat ze altijd op mijn abjecte afhankelijkheid hamert. Haar zelfstandigheid is agressief, mijn versie van eigenwaarde wil ze niet snappen. Nu heb ik in haar ogen toch iets goed gedaan. Toen ik op de boot van Cherbourg naar Rosslare katmisselijk van de deining en de stank van het smerige eten aan boord in mijn hut lag, wist ik dat ik de juiste beslissing had genomen. Dat er zelfs geen andere mogelijk was. Ik ben aan niemand verantwoording schuldig. Niemand is aan mij verantwoording schuldig. Ik ben alleen. Dat is de grote verandering. Met de uitspraak dat de mens de warmte van een kudde nodig heeft veeg ik voorlopig mijn gat af. Hyena's zijn het.

Een kist vol boeken heb ik meegenomen, alles wat ongelezen in de kast stond te wachten op mijn ouderdom of een langdurige maar weinig hinderlijke ziekte. Hoe dikker en moeilijker de romans hoe beter. Zelfs de hele Proust is erbij, hoewel ik die eerlijk gezegd minder kans geef dan *Leven en lot* van Grossman of *Look Homeward, Angel* van Thomas Wolfe. De tweede helft van de Jozef-romans van Mann zal er nu eindelijk aan moeten geloven. In een heel dikke jas van literatuur verpak ik me. Met al die boeken aan kan ik vallen zonder me te bezeren. Ik zie mezelf staan in een gewatteerd pak terwijl valse politiehonden op me afspringen en zich grommend vastbijten.

Zal ik citaten markeren in de boeken die ik lees? De ene na de andere wijze, diepzinnige of verrassende uitspraak waarmee ik de wanden van mijn brein behang om er rustig naar te kunnen kijken en te knikken: helemaal waar, zo is 't precies, altijd al gedacht, nu je het zegt, de spijker op zijn kop. Al die citaten vormen dan samen mijn levensfilosofie, geleende krukken om mee voort te strompelen. Wat zouden de bedenkers er zelf aan hebben gehad behalve een vluchtige voldoening: ziezo, die vlinder is opgeprikt. Dit bijvoorbeeld is een citaat uit *Leven en lot*, belangrijk genoeg gevonden door de auteur van het wikilemma: 'De meeste mensen op aarde doen nooit een poging "het goede" te definiëren. Wat is het goede? Goed voor wie? Bestaat er een algemeen concept van het goede, toepasbaar op alle mensen, alle volkeren, alle levensomstandigheden? Of bestaat het goede voor mij in het kwade voor jou, het goede voor mijn volk in het kwade voor jouw volk? Is het goede eeuwig en onveranderlijk? Of is wat gisteren goed was vandaag slecht en is het kwaad van gisteren het goede van vandaag?' Lijkt me qua vraagstelling een open deur. Het goede bestaat niet buiten de mens. Het goede is daarom een belang. 'Het goede is een belang.' Zal ik dat zinnetje dan maar met een punaise ophangen? Zal ik het eerst verdoven?

Schrijven of niet schrijven. Daar ga ik echt over nadenken. Ik heb geen expliciet voornemen een nieuw, rijk geïllustreerd boek voor kinderen tussen de zeven en de tien op te zetten. Daar heeft Marjoke voor gezorgd, de nieuwe uitgever van de kinderboekentak. Die moest haar stempel drukken. Ze sprak met alle Nederlandse auteurs in haar fonds, ook met mij. Wat mijn plannen waren, welke richting ik mijn werk zag nemen, of ik tevreden was, of ik het gevoel had de huidige generatie kinderen nog aan te kunnen spreken. Die Zilveren Griffel was vijfentwintig jaar geleden. Schoolbezoeken zou ik zo langzamerhand toch wel beperken, of kreeg ik al minder uitnodigingen? Ik ga al jaren niet meer, zei ik. Het was een gesprek als lauw water. Je merkt niet dat je verzuipt tot het te laat is. Dus moet ik nadenken. To write or not to be.

IJzeren regelmaat, dat in ieder geval. Door regelmaat versla ik de tijd. Ik weet alleen niet of ik de dagelijkse make-up zal afschaffen en net als mijn prachtige dochter ijdelheid leren zien als afhankelijkheid. Sinds mijn zestiende heb ik geen dag overgeslagen, geen dag zonder oogschaduw en mascara.

Flitsen uit het verleden, vreemd gemonteerd als een droom. Thomas op de rug gezien. Hij loopt voor me uit in New York. Ik heb even in een etalage staan kijken zonder dat hij het merkte. Wie weet is hij doorgegaan met praten en staat hij zo meteen verrast stil: waar ben je nou. Als ik niet opschiet verlies ik hem uit het oog. Ik heb het gevoel heel langzaam te vallen, geen spraak meer te hebben en niets meer te weten. En die man voor me wiens naam ik ben vergeten is steeds verder weg en dan verdwenen. Meteen daarna zit ik met een plastic harkje in een warme zandbak. Ik zie het zachte zand tussen de tanden van het harkje stromen. Achter me een kind. Ik weet niet welk. Het huilt. Ik kijk naar het zand. Zoveel korrels zand als sterren aan de hemel. Mijn moeder op het moment dat ze met bevende hand de sleutel in haar kamerdeur steekt. Ik sta naast haar en voel haar paniek. Of dit haar kamer is, of er niet een diepe afgrond gaapt achter de drempel. Als ik met haar naar binnen ga slaken we allebei een zucht van verlichting. En daar is de gynaecoloog die zegt dat hij de bevalling zal inleiden. Hij staat aan het voeteneind van mijn bed, draagt een ronde bril met bruin montuur en tikt met mijn status op mijn voeten, die onder de dekens twee heuveltjes vormen. O, wat betekent dat? Het is mijn eerste kind. Alles is nieuw. Wat zal ik voelen? Hoe zal het zijn? De foto's die erbij horen zijn van een paar uur later. Thomas heeft ze gemaakt. Ik heb ze nooit ingeplakt. Die zijn nu dus aan het autodafe ontsnapt. Het kind is dood.

Het huis ligt precies op de wind. Voor mij was dat een punt in het nadeel, voor Thomas een pre. Alles wat tussen zuidwest en noordwest waait komt over zee hier recht op af, ongebroken door bomen, niet afgeleid door heuvels. Er is geen luwte. Het potlood van de wind trekt witte lengtestrepen dwars op het schuim van de golven. De schouders van de wind duwen machtig tegen het huis. Het blijft koppig staan met zijn kleine ramen als schietgaten in de dikke muren. Ik moest wennen aan die eeuwige stormen. Ik ben nog steeds bang, al weet ik dat de huizen hier orkanen trotseren. Bij storm wordt iets verplaatst, maar wat en van waar naar waar? Waar blijft de wind als hij gaat liggen? Ik loer naar buiten en zie vanuit het westen een donkere wolkenband aan komen rollen, de bergen terzijde van de wijde zeearm verdwijnen in de mist. Een grote grijze hand legt zich over mijn huis. Doe de kachel toch aan! Stook het vuur op. Zet de mand met turf klaar. Is er genoeg eten in huis om een langdurig beleg te doorstaan? Kaarsen voor als de stroom uitvalt? Ja, alles is er. Alles is er.

Ik teken veel. Nu teken ik stenen die ik op het strand heb verzameld, stenen in alle mogelijke vormen van rond, ovaal, afgeslepen, in vele kleuren grijs en bruin, gestreept soms; ik arrangeer ze en teken ze als levend vlees van de aarde. Stapels stenen. Mausolea. Grafheuvels. Newgrange in het dal van de Boyne. Zodra ik daaraan denk krimp ik ineen: ik zit vast in de smalle gang naar het hart van het graf, de geboorteplaats van Cú Chulainn. Thomas lacht en trekt me aan mijn hand naar buiten. Hij gaat voor. Ik zie zijn rug. Hij mag niet omkijken.

Sinds ik regelmatig hier ben, denk ik erover een verhaal te maken over Ierse mythen en sagen. Hoe het geheime leger van aardmensen in één nacht een *stone circle* van machtige granieten blokken opricht. Maar het voornemen wil maar geen werkelijkheid worden. Er zijn wel mooie tekeningen bij te maken, maar wat vinden de digitale kinderen tegenwoordig nog aan ouderwetse sprookjes? Die oude Ierse sagen zijn trouwens onbegrijpelijk. In het bestek van een zin verandert alles en is iedere narratieve logica zoek. Maar de Ieren zelf houden er een band mee. Als Sally zwanen ziet zegt ze: 'Look: the children of Lir!'

Ze kwam theedrinken. Ik zal niet proberen haar mollige Ierse accent weer te geven, het verleent een te speciale kleur aan haar verhalen dat in geen Nederlands dialect te vangen is. Bovendien heb ik een hekel aan fonetisch spellen (vroegah!). Dat het wel een erg nat najaar was, inderdaad, maar ze herinnerde zich menig natter najaar. Toen ze nog langs de kustweg woonde in dat nu totaal vervallen huisje midden op een steile helling had ze soms de achterdeur en de voordeur tegen elkaar opengezet om het kolkende water door te laten. De gelegenheidsrivier was sissend tegen de gietijzeren kachel aan geklotst. Wolken stoom hingen in het piepkleine vertrek. Ze kon de baby in zijn kinderstoel niet eens meer zien. Sally's sterke verhalen worden met de overtuigingskracht van een aartsbisschop gebracht. Na de uitgebreide bespreking van het weer kwamen de gestegen prijzen van de levensmiddelen aan de orde en de voordelen van de moestuin, die met het eveneens natte voorjaar behoorlijk verzopen was. De aardappelen rotten op het land. Drainage was voor haar zakdoek van een akker niet rendabel. Daarna namen we de gezondheid door. Karbonkels en krakende gewrichten, ingegroeide teennagels en een wonderbare genezing van naar alle kanten uitgezaaide borstkanker bij een achternicht dankzij een novene voor de heilige Agatha. De dokters stonden voor een raadsel. Zo zie je maar. Wat, Sally? Geloof is een sterk medicijn. Maar bij ingegroeide teennagels werkt het niet, schatert ze.

'Komt je man nog of is hij te druk?' vraagt ze.

'Nee, hij komt niet,' zeg ik quasiluchtig. Toch valt er even een diepe stilte. Als heel Nederland het weet, waarom zou ik

Sally voorliegen? Hij komt werkelijk niet. Dat is geen leugen.

'Hoe is het met je zoon?' vraag ik bij wijze van afleiding. Met de gedetailleerde beschrijving van zijn liefdesperikelen – hij is in de klauwen gevallen van een alcoholiste uit Nigeria, die hem volgens Sally heeft behekst – is ze een kwartier zoet, een paar belangstellende vragen erbij en we zijn een halfuur verder. Dan bedenkt ze dat ze heerlijke pruimenchutney heeft gemaakt. 'Ik breng je morgen een potje!' Ze staat op, kijkt naar de regen buiten. 'Lovely weather,' zegt ze en ze haast zich naar huis onder een paraplu die ze als een stormram tegen de wind in houdt.

JORIS

Mail van Joris de Groot aan Patrick W.

Beste Patrick,

Toen ik een paar weken geleden met het voorstel kwam de affaire-Thomas G. uit te pluizen in een longread of zelfs een boek op zoek naar het mechanisme van *trial by (social) media*, was je niet meteen enthousiast. Je was bang voor een herhaling eerder dan een verklaring van het fenomeen. Commentaar en metacommentaar voegen weinig toe, vond je. Je bezwaren sneden hout. Ik ben ermee aan de slag gegaan.

Enerzijds is het interessant de dynamiek van dergelijke kwesties af te zetten tegen de sfeer van de publieke discussie en te laten zien hoe vergelijkbare conflicten op een ander moment geen of weinig stof doen opwaaien. Het momentum ontstaat buiten de hoofdrolspelers om. Niets aan te doen. Je bent de lul. Anderzijds wil ik aan kunnen tonen dat in

sommige gevallen diepere oorzaken juist het momentum maken. De hoofdrolspelers zijn niet de speelbal van het lot, zijzelf zijn door hun ervaringen en eigenschappen nu precies degenen die in deze constellatie en op dit moment tegenover elkaar gezet hun eigen lot en de publieke discussie sturen. Ik zal niet zeggen dat ze dat bewust doen, maar wel dat ze niet anders kunnen. Om die twee elementen – het toevallige tegenover het noodzakelijke – goed in kaart te brengen moet ik dieper in het leven van de protagonisten duiken dan voor een regulier journalistiek project gebruikelijk is. Dat kost tijd. Ik zal veel gesprekken moeten voeren en veel verhalen moeten checken. Ik doe dat in mijn eigen tijd, dat wil zeggen naast mijn freelanceopdrachten. Een voorschot van de uitgeverij zou me daarbij helpen.
Hopend op je steun en je geduld,
Hartelijke groet
Joris

Beredeneerde vragenlijst.

- Wie zijn de protagonisten? Het is duidelijk dat uitgever Thomas G. de hoofdrolspeler is. Welke figuren waren beslissend voor zijn ondergang? Uiteraard de schrijver van het gewraakte boek *Hedendaags fanatisme*, Rudolf M. Of hij een actieve rol heeft gespeeld is eigenlijk de vraag. Het boek is er. Hij heeft het geschreven. Het heeft veel kritiek uitgelokt. Maar de standpunten van de man hebben altijd kritiek uitgelokt. Daarin school niets nieuws. Zijn natte vuurwerk in de marge van de geschiedschrijving, op fora, websites en bij obscure uitgevertjes had een eigen fanbase en kon bijna op plichtmatig slap weerwerk rekenen van een aanstormend historicus die zich verveelde en dan voor de grap wat ging afgeven op Rudolf M. Niet het pistool is schuldig maar degene die de trekker overhaalt. R. is dus wel belangrijk maar geen actor. Hij heeft zich ook niet laten horen, gaf geen commentaar. Waarom niet? Een analyse van zijn afwezigheid in de discussie is gewenst. Waarom richtte de woede zich op zijn ideeën, die eigenlijk al jaren de ronde doen. Is dit een toevallig momentum, gecreëerd door de groei van een maatschappelijke beweging? Of hebben Thomas G. en Rudolf M. zelf het momentum geschapen? Was er al een connectie tussen hen?

- Kijken we naar de grote antagonist, dan zien we een aantal figuren elkaar verdringen voor die positie. Jan Gansvoort, de hoofdredacteur van de invloedrijke website wiewatwaar.nl, die het principiële binnenbrandje op T.'s uitgeverij naar buiten bracht, in zijn vuistje lachend om de storm die hij ontketende. Natuurlijk staat vooraan het hoofd van de interne oppositie in T.'s uitgeverij: Anne Benraad, de kleurrijke woordvoerster van wat in het Engels zo mooi de *disenfranchised* heet, een uitgesproken boegbeeld van de multicultureel diverse emancipatie, generaal in de strijd tegen de witte pest. Excuus: dit mag ik zo niet zeggen. Niets is moeilijker in deze kwestie dan het eigen vooroordeel herkennen en uitschakelen. Anne dient niet alleen het voordeel van de twijfel te krijgen, maar volkomen vrij en open benaderd te worden. Ik ga uit van haar gelijk. Een derde antagonist is Frederik Bons, de CEO van de Wajang-groep waaronder T.'s uitgeverij valt. Hij heeft partij gekozen. Hij heeft zijn handtekening gezet onder het vonnis. Werkten die antagonisten opzettelijk samen? Was er sprake van een gecoördineerde actie?
- De rol van de vele bijfiguren is niet te veronachtzamen. Alle redacties van kranten, tv- en radioprogramma's. Alle schrijvers van opiniestukken en ingezonden brieven. De belangrijkste Twittertrollen en Facebookposts. Alle medewerkers van T.'s uitgeverij die gedwongen werden een kant te kiezen en dat ook deden. Moeten familie en vrienden van T. aan de orde komen en zo ja, hoe uitgebreid? Hoe beslissend is in

deze tragedie het koor? It takes a village to raise a child. It takes a country to kill a man.

Ik lees mijn mail nog eens door. Zou dit aanvaardbaar zijn? Volmaakt is het niet. Gewoon een kladje met wat voorlopige vragen, die in de praktijk scherper moeten worden geformuleerd. Ik aarzel, het is middernacht. De uitzending van *Pauw*, waar ik met één oog naar heb gekeken, is afgelopen. Lucille is al naar bed. Haar zwangerschap maakt haar moe en chagrijnig. Daar hadden we geen van beiden op gerekend. Dat er veel zou veranderen met de komst van een eerste kind hadden we verwacht maar het ontmoedigde ons niet. We zouden de misselijkheid, de hormonale excessen, de moedermaffia, de babyshowers, de eindeloze raadgevingen manmoedig en gezamenlijk het hoofd bieden. Maar we begrijpen elkaars reacties niet. Moe snap ik, maar vitterig en bijterig niet. Alsof ze spijt heeft van de beslissing en het mij verwijt. En zij klaagt over mijn plotselinge focus op mijn werk. Alsof het kind en zij me niet interesseren. We durven geen ruzie te maken. Het zal wel voorbijgaan.

De verantwoordelijkheid voor een kind boezemt me wel angst in. Een freelancebestaan is onzeker. Ik moet buffers kweken voor moeilijke tijden en voor de kinderopvang, die krankzinnig duur is. Lucille heeft vast werk, maar het bedrijf is een start-up, waarmee het faliekant mis kan gaan. Het plan om de affaire-Thomas G. te beschrijven is een afstandsschot. Het kan ruim naast gaan, maar raak ik de roos dan zit ik goed. Ik moet zorgvuldig te werk gaan en dat kost tijd. Tegelijk mag het ook weer niet zo lang duren dat de publieke belangstelling is verdwenen en geen hond het boek wil kopen. Moet ik er eigenlijk wel een boek van maken? Is een documentaire in de nieuwe Netflixtraditie niet veel beter? Waar haal ik het geld en de expertise vandaan? Als ik in bed lig, staar ik slapeloos naar het plafond, op zoek naar connecties in de filmwereld die me kunnen helpen, ik formuleer subsidieaanvragen, ontwerp elevatorpitches. Lucille geeft me onder de dekens een trap. 'Ga alsjeblieft op de bank liggen draaien. Ik doe geen oog dicht!'

De map van Joris: *ThomasG.doc*

Verslag gesprek met Arie Draaijer, oud-uitgever.
Arie heeft zijn sporen verdiend in de algemene uitgeverij, eerst als redacteur, vervolgens als uitgever, daarna als voorzitter van de raad van bestuur van de Windroos, uitgever van boeken, kranten en tijdschriften. Hij is inmiddels de tachtig gepasseerd, maar houdt zich nog altijd op de hoogte van de belangrijkste gebeurtenissen in het vak. Thomas G. heeft hij zakelijk, bestuurlijk en persoonlijk goed leren kennen in de verschillende overlegorganen van het boekenvak. Ik spreek hem om zijn visie op de gebeurtenissen te horen en om zijn advies en wellicht hulp te krijgen bij het benaderen van de familie, zonder wie mijn werk niet compleet en dus zinloos is. We ontmoeten elkaar bij hem thuis in Blaricum. Gedempte atmosfeer van oude mensen. Klassieke inrichting met vaste vloerbedekking en oorfauteuils. De schilderijen dan weer merkwaardig woest en expressief, stijl Peter Klashorst. Misschien door een kind of kleinkind gemaakt. Een afgepaste hoeveelheid fraai gebonden boeken in een solide kast, misschien een geheime deur die openzwaait na de druk op een knop en een speelhol onthult waar hevig gerookt en gedronken wordt en geld witgewassen.

'Vrienden waren we niet, maar we respecteerden elkaar,' zegt Arie. 'Ik heb Thomas bewonderd om zijn durf en zijn intuïtie. Dat ging natuurlijk soms mis. Er is een periode geweest dat zijn uitgeverij bijna failliet ging. Te veel niet-invorderbare voorschotten, te dure acquisities, te weinig bestsellers. Jaar na jaar verlies en interen op het vermogen. Maar hij zette de tering niet naar de nering. Integendeel, hij nam juist nog een groot risico op een Amerikaanse seller die hier helemaal niets deed. Zoals een gokker die verliest alles op één nummer zet. Toen heeft hij een meerderheidsbelang in de zaak verkocht en is hij, gecontroleerd door de beperkingen en de eisen van het concern, als directeur-uitgever doorgegaan. Dat heeft goed uitgepakt maar ik weet dat het er weleens donderde en bliksemde. Thomas kon onredelijk kwaad worden. Dan schold hij iedereen de huid vol en moest je uit zijn buurt blijven. Daar stond tegenover dat hij heel hartelijk en gul kon zijn en mensen hun succes gunde. Een zeldzame kwaliteit.

Hij had onder de collega's geen echte vrienden. We zijn elkaars concurrenten. Vriendschap is dan moeilijk. Ik weet dus niet wie zijn vrienden waren, maar bij de gelegenheden waar ik hem tegenkwam in een wijdere kring van – laten we zeggen – het old boys network had ik wel de indruk dat hij een vertrouwelijke band had of suggereerde met mannen tegen wie ik u zou zeggen. Ik weet niet eens of hij heeft gestudeerd en daar connecties aan heeft overgehouden. Zijn vrouw is een meisje Van Loon, dat wel. Oud geld.

Of zijn huwelijk goed was, weet ik niet. Het zag er wel naar uit. Ze waren betrekkelijk lang samen. Ze leken elkaar goed aan te vullen. Hij flamboyant, explosief, creatief, welbespraakt. Zij bescheiden maar met stijl. Een tikje voornaam, hoewel ze ook enorm hard kon lachen. Ze schaterde soms zo onverwacht dat je ervan schrok: kwam dat uit dat nette hoofd? Ze is wel fideel, vind ik. Maar goed, ik kende alleen de buitenkant van dat huwelijk. De façade die mensen vertonen hoeft niet de werkelijkheid te weerspiegelen, nietwaar Henny?' Op dat moment deelde Henny juist de thee rond. 'Wij vechten elkaar hier de tent uit. En elke zaterdagavond een SM-orgie met de buren.

De hele affaire heeft me overvallen. Om je de waarheid te zeggen waren mijn vrouw en ik juist bij onze dochter in Australië op bezoek. We hebben dus het grootste deel van de commotie gemist. Als een verre echo bereikten ons soms wat raadselachtige berichten. Maar goed, toen we terug waren heb ik het staartje wel degelijk meegekregen. Erg verdrietig. Erg verdrietig. Onbegrijpelijk.

Heel diep heb ik er niet over nagedacht. Ik heb alleen maar vreselijk te doen met Isa en de kinderen. Voor een scherpe analyse moet je niet bij mij zijn. Ik ben te oud. Ik zie wel hoe mensen kapotgaan in de krankzinnige carrousel die het moderne leven is, ik zie hoe hard het is, ik zie dat niets geheim kan blijven, dat alles op straat ligt, dat mededogen een vergeetwoord is en schaamteloos eigenbelang wordt gezien als voorwaarde voor succes, maar ik kan de heersende mentaliteit niet meer zuiver beoordelen. Ik heb nog mijn eigen ethische kompas. Dat wijst een ander noorden aan. En ik moet aanvaarden dat er nieuwe mores heersen, niet per se slechter dan de mijne, maar anders. Mijn oordeel is het oordeel van een man die al afscheid heeft genomen van de illusie ooit een juist oordeel te kunnen geven. Omdat we nooit alles weten.'

ISA

Ik voer nu de stenen per kruiwagen aan en breng ze na gebruik weer terug naar het strand. Door wind, water en getij worden ze bewogen. Ze rollen over elkaar, slijpen elkaar af, ketsen, kreunen, grommen, knarsen, eeuwenlang, tot ze elkaar tot zand hebben vermalen, ronde stenen, ronde korrels. Heb geduld, zeggen ze. Heb geduld. Ik arrangeer ze en teken hun portretten, als een schuttersstuk, elk met zijn eigen persoonlijkheid. Tikje dwaas, ik weet het, maar er is hier niemand om dat oordeel te vellen. Ik hoef het dus ook niet van mezelf te vinden. Ik moet er nog aan wennen dat de spiegels weg zijn. Na een levenslange gevangenschap in de kooi van andermans blikken voelt de vrijheid naakt. Ik ben nu iets als het zeewier dat wuift en dat bij eb nat, glad en zwaar over de stenen ligt. Ik kom nog niet van mijn plaats. Figuurlijk gesproken dan.

Arthur mailde me met het verzoek van een journalist om contact. Hij is niet de eerste die zich bij ons meldt. Het kostte weinig moeite ze af te wijzen. Maar het schijnt dat deze man, ene Joris de Groot, serieuze bedoelingen heeft, althans volgens Arthur. Mijn zoon vindt dat het goed is mee te werken aan een zorgvuldig onderzoek, maar hij doet niets zonder mijn instemming, verzekerde hij me. Arthur is een bescheiden en beïnvloedbare jongen, en geneigd mensen ter wille te zijn, nee, hij is een man, ik zie hem altijd nog als jongen, en dat is hij niet, al heeft hij de jongensachtige neiging tot obsessieve hobby's. De zaak heeft hem natuurlijk aangegrepen, maar veel steun heb ik niet aan hem gehad. Hij trok zich uit angst, onzekerheid en verdriet terug in een soort *innere Emigration* en was mentaal afwezig terwijl hij fysiek naast me zat. Dat is de methode waar hij sinds zijn vroege jeugd het patent op heeft. Het was zijn verdediging tegen de incidentele agressie van zijn vader en de dwang die op hem werd uitgeoefend. Arthur is jurist bij een verzekeringsmaatschappij geworden. Hij haat het, maar zoekt zijn voldoening in muziek. Hij hangt een obscure tak van techno aan en ontwerpt soundscapes. Thomas vond de combinatie van verzekeraar en techno nogal schizofreen. Beide activiteiten bezag hij met grote minachting, maar de combinatie vond hij juist wel weer iets rebels hebben. Hij maakte er altijd cynische grappen over, waar Arthur nooit een weerwoord op had. Ik zie wel dat mijn zoon op mij lijkt en ik verwijt hem dat. Op mij lijken is een heilloze weg! Leonie daarentegen...

Ik zal mijn zoon zeggen dat die Joris de Groot kan fluiten naar mijn medewerking, maar dat hij zelf vooral moet doen wat hij vindt dat hij moet doen. Dat ik hem tot niets zal verplichten en hem niets zal verwijten. Zal mij benieuwen wat hij doet.

Twee gifjes. Het ene is mijn versie van de eerste ontmoeting met Thomas, het tweede is de zijne. In mijn gifje sta ik met een glas witte wijn in mijn hand een bitterbal van een mij voorgehouden schaal te pakken en komt er van rechts de hand van een man het beeld binnen, die in een greep twee bitterballen pakt en in de mosterd doopt, mij daarbij hinderend. Ik trek mijn hand ijlings terug en kijk boos wie zo gulzig en onbeleefd is. In het tweede gifje kom ik met een schaal bitterballen aan, neemt een man er langzaam een af en zegt: 'Blijf even staan, het gaat me niet om de ballen maar om jou.' Ik heb daar totaal geen herinnering aan. Het was een feestje waar ik te gast was, net als Thomas. Dat ik met de bitterballen rondging is onwaarschijnlijk. Hij hield vol. Het enige waar we het over eens waren was dat we elkaar op een feestje hebben ontmoet. In de overlevering won zijn versie. Wie verwijt ik dat? Mijzelf of Thomas? Ik moet onze relatie van het begin af aan opnieuw denken. Kom, ik haal maar weer eens een lading stenen. Het is weer windkracht 6. Godver.

Sally bracht me een potje pruimenchutney en het verhaal dat Frank, een buurman van verderop, met zijn dronken kop zijn auto weer eens in de greppel had gereden. Hij was lopend naar huis gezwalkt, had pas om een uur of acht met zijn trekker de auto eruit gehaald en de weg vrijgemaakt. De eeuwige strijd tussen Frank en Sally is een running gag. Volgens mij mogen ze elkaar wel, maar hun nabuurschap wordt gedefinieerd door sarren, vitten, en afkraken. Hij schijnt twintig jaar geleden verliefd te zijn geweest op Sally's jongste zusje en de verhouding te hebben verpest door zijn drankzucht. Het zusje was een simpele, goedgelovige ziel, die door een onbewijsbare duw van Frank tegen de hardstenen schouw viel. 'Dat beetje hersens dat ze had,' zei Sally, 'ach god, daar was weinig meer van over.' Frank was totaal overmand door verdriet.

Wij buitenlanders die hier een huis kochten zijn de toeschouwers en figuranten bij een arcadisch drama, een wereld waar die van ons maar zijdelings op lijkt. Ik benijd Sally de diepe worteling in de aarde van deze streek, haar band met iedereen, buren, familie en vrienden, maar ik kan absoluut niet voelen hoe het is. Ik kom van zo ver, letterlijk en figuurlijk. Ik luister graag naar haar verhalen, maar als ik omgekeerd weleens iets vertel over mijn wereld, dan zie ik een beleefd onbegrip in haar ogen groeien. Of Sally mij als indringer ziet is geen goede vraag. Ik ben er, lichtelijk exotisch maar een feit. Dat is voor haar het gegeven. Ik zou als Meisje van Goede Komaf, het equivalent van de hier intens gehate Engelse upper class, uit mijn comfortzone moeten zijn, zo zonder inbedding, maar dat ben ik niet. Van het begin af aan heb ik me hier op mijn plaats gevoeld. Kapsones moet je niet hebben, dan lig je eruit. Het is een ideale samenleving, denk ik weleens, ondanks het isolement, de armoede, de ziekten, want niemand zit op je lip en iedereen helpt als je hulp nodig hebt. Er is ruim groen om ons heen. De oceaan, de bergen, de turfvelden, de moerassen, de rotsen. Je kunt ademhalen. De tijd gaat langzamer. De lokalo's waren iets te primitief naar Thomas' zin, iets te grofbesnaard, ook al hielden ze van poëzie, en hij verstond ze nooit. Hij vond niet de rust en de eenvoud die mij zo aanspreken. Hij was in zijn element als hij met een paar vrienden ging golfen op een van de vele links en banen die er zijn, drinken in de pub en dineren in een van de drie behoorlijke restaurants die ze hier hebben. Dan hing hij de Ierse landheer uit met een tweed pet. Dat moest ik vooral ironisch begrijpen. Het werkte wel. Sally flirtte op haar manier met hem en hij met haar, zoals de *lord of the manor* met een dienstmeisje. Dat was spel, ik weet het wel, van beide zijden lag het er dik bovenop, maar ik schaamde me.

JORIS

De map van Joris
E-mails van Arthur G.

Uw voornemen om de affaire rond mijn vader te onderzoeken is niet het eerste project dat ons wordt voorgelegd. Uw motieven wil ik niet in twijfel trekken, maar de wonden zijn nog lang niet geheeld, het wantrouwen is groot, en mijn moeder wil het liefst in de luwte herstellen van de slagen van het lot. Zij is niet bereid haar medewerking te verlenen. Wel heeft ze mij toestemming gegeven een andere beslissing te nemen. Ik kan uiteraard alleen voor mezelf spreken. Of ik met u wil praten hangt nog wel af van een aantal voorwaarden. Ik moet het eens zijn met de opzet van uw onderzoek, ik behoud me het recht voor geen antwoord te geven op vragen die de privacy van mijn moeder en zuster en van mijzelf schenden, ik wil inzage hebben in het resultaat voor publicatie met het recht te wijzigen of te schrappen.
Hoogachtend A.G.

Uw antwoord heeft me enigszins gerustgesteld, maar nog niet helemaal. In dit alles is de kwestie van balans cruciaal!

En of u die balans kunt aanbrengen: daarvan hebt u me nog niet overtuigd. Wie bijvoorbeeld roept u op als gezaghebbend en onafhankelijk getuige à decharge voor mijn vader? Ik zie dat u Arie Draaijer die taak hebt toebedeeld. Daar zou ik als ik u was nog maar eens goed over nadenken.

Ik wil me niet mengen in uw opzet en de regie overnemen, maar ik heb een belang, en in deze hele affaire zeker niet het geringste belang: de naam van mijn vader. Daarmee wil ik zijn goede handelingen en zijn talenten eren, zijn fouten erkennen, en bovenal een beeld van een feilbaar en tragisch maar uiteindelijk integer mens handhaven. A.G.

Bij nader inzien kan en wil ik u voorlopig niet spreken. A.G.

Ik zit achter Lucille op de grond in het pufklasje. Ik houd mijn handen op haar buik en regel mijn ademhaling volgens opdracht naar de hare. De buikwand, al zo opgerekt dat er de spanning van een hard opgeblazen verjaardagsballon op staat, boezemt me angst in alsof hij met een knal kan ontploffen en de inhoud van bloed, vruchtwater en stukjes kind over de wijde omgeving verspreiden. Dat een lichaam dat zomaar kan. Het natuurlijke is verraderlijk onnatuurlijk. Het hele circus eromheen van echo's, nekplooimeting, abortus overwegen in geval van Down, oefeningen, keuzes voor bevallingshouding en -locatie (stoel, bad, bed, thuis, kliniek?), preparaties op borstvoeding (kolven, ontsmettingsspuitbussen, antistriae-olie), controles van harttonen en bloed, aanschaffen van kraammatras, navelbandjes, babybadje, wiegje, mutsjes, rompertjes, pampers, het enorme aantal bestudeerde moeder-en-kind-websites, de vloedgolf van tijdschriften en groeicurves met plaatjes van dwarsdoorsneden van buiken, werpt bij mij één grote, brandende vraag op: hoe heeft mijn overgrootmoeder het gepresteerd om zonder noemenswaardige ondersteuning op financieel en medisch gebied vijftien kinderen op de wereld te zetten alsof ze evenzoveel keer een ovenschotel opdiende? Mijn Lucille, toch een vrij nuchtere en goed georganiseerde vrouw met een prettig gevoel voor humor, is geheel verslingerd geraakt aan de wereld van zwangerschap en bevalling. Daar woont ze. Niet thuis, niet bij mij, ook niet op haar werk. Het 'gewone' leven komt meer in de verdrukking naarmate de buik uitdijt. Er valt niet normaal te ademen in haar nabijheid. Het is een en al puffen en zuchten en tellen wat de klok slaat. Maar ik durf er niets van te zeggen. Dit is de ervaring die haar leven in beslag neemt en definitief verandert, dit is een opdracht die ze op volmaakte wijze moet uitvoeren. Dit is geen gebeurtenis die dagelijks door honderdduizenden vrouwen wordt doorgemaakt, nee, dit is een unieke taak, een fysiek en mentaal examen waar maar één uitslag voor mogelijk is: cum laude. Lucille registreert elke beweging in haar baarmoeder, interpreteert elk pijntje, zoekt bij de goeroes van de goede bevalling het antwoord op iedere vraag die maar even in haar opkomt. Kun je niet gewoon een kaarsje opsteken bij Maria? heb ik een keer geopperd. Net zo effectief. Het kwam me op een uitbrander te staan. Nu al was ik een ontaarde vader. Ik puf of mijn leven ervan afhangt.

'Getsie, je hebt kaas gegeten,' zegt Lucille.

Ik wend mijn hoofd af zodat ze geen last heeft van mijn adem, en kijk naar het stuurse profiel van een medevader. Als iemand zich ergens niet thuis lijkt te voelen, dan is het Abdel wel. De Marokkaanse Fouzia is bevriend geraakt met Lucille. Ze wisselen tal van tips en ideeën uit. De mannen staan er verloren naast.

Mijn machteloosheid als aanstaande vader rijmt voortreffelijk met mijn machteloosheid als schrijver van *De affaire-Thomas G.* Tot nu toe ben ik op een muur van onwil en voorzichtigheid gestuit. De zoon moet maar even tot zichzelf komen. De moeder zal ik langs een andere weg proberen te vinden. De dochter, voor zover ik haar ken uit de media en via via, vereist een aparte benadering. Ik moet haar uit haar tent lokken. En opeens schiet het me te binnen. Ik maak een beweging als reactie op die inval en verlies het ritme en de volgorde van puffen uit het oog.

'Hè, goh, let nou toch eens op. Door jou ga ik ook in de fout,' klaagt Lucille.

Tot het eind van de training blijf ik toegewijd en geconcentreerd, maar het plannetje om de dochter te benaderen brandt als een vlammetje in me.

De map van Joris
1. Actie m.b.t. Leonie G.
Ruwe cijfers over het vak filosofie: Van de honderd eerstejaars haalt de helft de eindstreep na vier jaar. Zeg dat het een geleidelijke afbouw is, dan heb je binnen de muren in totaal zo'n 275 man en vrouw. Die worden onderwezen door 89 docenten. Eén docent op de drie studenten. Dat komt neer op privéles. Het zal allemaal wel ongelooflijk noodzakelijk zijn, maar sommigen zitten daar intensief met hun duimen te draaien of onleesbare artikelen te schrijven in de hoop op citaties.

Leonie zit bij de afdeling Critical Cultural Theory. Het Engels in de titel suggereert dat de colleges in het Engels worden gegeven alsof het Nederlands bij filosofie niet chic genoeg wordt bevonden. Maar waarschijnlijker is dat deze richting internationaal zo wordt genoemd. Leonie geeft een hoorcollege voor eerstejaars en heeft zich gespecialiseerd in gender en cultuur. Is dat niet een pleonasme? Daarnaast geeft ze hoorcolleges over cultuur en kunst en filosofie die toegankelijk zijn voor elke idioot. Dat ga ik doen, toehoren. Ik heb er zin in.

Leonie heeft van 2001 tot 2006 gestudeerd en is in 2009 gepromoveerd op een historisch onderwerp: de rol van mannelijke pseudoniemen in de literatuur geschreven door vrouwen met de provocerende titel *George heeft tieten, schrijver in een verkeerd lichaam*. Daar zal wel een stukje theorievorming in aan de orde worden gesteld. Toch zal ik het moeten lezen, of nou ja, cursorisch lezen. En dan haar vertrouwen winnen.

2. *Hedendaags fanatisme* van Rudolf M. werd bij verschijnen meteen beoordeeld in het licht van de ruzie binnen de uitgeverij, door Jan Gansvoort zo ijverig naar buiten gebracht. De kritieken in de pers komen neer op partij kiezen. Het merendeel wijst het boek af op gronden die in de ruzie tussen Thomas en Anne aan de orde kwamen en die niet werkelijk getoetst zijn aan de tekst. Een zeer klein deel verdedigt het boek. Dat positieve oordeel lijkt evenmin geworteld in de tekst, maar is een gevolg van de polarisatie in het publieke debat. In een van de korte besprekingen viel de naam van Joseph de Maistre als inspiratiebron voor het denken van Rudolf M.. De Maistre, levend in de tijd van de Franse Revolutie en daarna, was een criticus van de Verlichting, een aanhanger van de erfzonde en een verdediger van het absolute pauselijke gezag. De mens is slecht, de beschaving gaat alleen maar achteruit. In zijn ogen was de beul de hoeksteen van de samenleving, omdat hij disciplineert. Interessant. De Maistre lezen dus.

Mijn exemplaar van *Hedendaags fanatisme*, via Boekwinkeltjes.nl aangeschaft, bleek na levering geheel voorzien van woedend commentaar en uitroeptekens. Daar mag ik me niet door laten beïnvloeden.

3. Fondslijst van Uitgeverij Godfried doorgenomen. Een nogal bont palet van populaire fictie (thrillers, chicklit) en

non-fictie in de vorm van Zelfhulpboeken, Sensationele Ooggetuigenverslagen dan wel Authentieke Ervaringen. Lelijke omslagen met chocoladeletters en suggestieve foto's, maar wel lekker voor een groot publiek. Daarnaast een aantal titels of auteurs waarvan de kwaliteit vaststaat. Geen spoor van serieuze controversiële onderwerpen die de krant of talkshows haalden. Er moet toch onder de redacteuren een verlangen naar kwaliteit hebben geleefd, een sluimerend protest tegen het al te commerciële beleid van Thomas G., hoewel hun bestaanszekerheid vast beter werd gediend door Thomas' lappendeken dan door een staalkaart van literaire hoogstandjes. Ik ga maar eens onderzoek doen naar de stand van zaken in het uitgeefbedrijf met de ontlezing en zo, en via die band de fondsvorming bij Godfried aan de orde stellen.

Jezus! Wat een hoop werk.

De colleges van Leonie G. vallen me niet mee. Ze gaan over de representatie van het kwaad in kunst en literatuur. Voordat ze daadwerkelijk aan de behandeling van individuele kunstwerken begint, wordt de theorie besproken. Zonder theorie kun je natuurlijk niet kijken. Een beschrijving, een voorstelling, is nooit neutraal, hoe objectief de maker een bepaalde handeling ook probeert te schilderen of te verwoorden. Altijd is de daad geladen met onbewuste, halfbewuste of bewuste oordelen en tot stand gekomen op dat specifieke moment in de geschiedenis onder die specifieke omstandigheden en beïnvloed door specifieke ervaringen en kennis. Representatie verraadt de ideologie. Geen taaluiting is neutraal of objectief of absoluut waar. In de culturele representatietheorie klinkt het postmodernisme naar mijn idee nog luid en duidelijk door. 'Meestal ligt de kleuring er niet zo dik bovenop,' zegt Leonie, 'dat maakt het verraderlijk. Juist waar de impliciete waarden moeilijk te detecteren zijn, is de doorwerking ervan subtieler maar persistenter.'

Een oudere dame in het gehoor vraagt naar de betekenis van 'persistenter', met in haar stem het verwijt dat voor deze toehoordersgroep, bestaande uit amateurs, het academische woordgebruik wel een tandje minder kan. Leonie legt geduldig de betekenis uit en voegt er niet zonder zelfspot aan toe dat academische termen natuurlijk ook een vorm van representatie zijn, getekend door de waarden geldig in de wereld van geleerden en semigeleerden. Dat 'semigeleerden' neemt me voor haar in, alsof ze zich excuseert en klein maakt in dat woord. Maar als ik erover nadenk echoot in 'semigeleerden' niet haar eigen ironische idee over zichzelf maar de mening die de buitenwereld, in casu de oudere dame, geheel ten onrechte over haar zal hebben. En dat zij dat weet en die buitenwereld er in één klap mee veroordeelt. Godsamme. Net een slang, die vrouw.

Ik heb moeite er mijn kop bij te houden en concentreer me meer op het optreden en het uiterlijk van Leonie dan op de inhoud van het college. Wat ze zegt wordt een zang in het Chinees. Ze is lang en slank, buigzaam, jongensachtig zonder de onhandigheid van dien. Ze draagt een jurk die Lucille basic zou noemen, antracietgrijs en van onberispelijke stof en snit. Die ziet er op een onnadrukkelijke manier duur uit. Er hangt een sjaal om haar nek, nonchalant alsof ze is vergeten hem af te doen, qua kleur – diepblauw – perfect passend bij haar ogen. Haar huid is egaal en bleek. Geen make-up. Het honingkleurige haar hangt als een soepel helmpje om haar exquise schedel. Of ze 's morgens zo uit haar bed stapt, een moeiteloze verschijning. Ik ben onder de indruk van de zekerheid die ze uitwasemt maar besef ook dat schijn kan bedriegen, dat is de hele kiksaus van het college. Ik heb het gesnapt. Zij is zelf net zo goed een 'representatie'. Op dat moment kijkt Leonie me aan en trekt lichtjes een wenkbrauw op. Wat mijn lachje moet beduiden, wil ze er waarschijnlijk mee zeggen. Zo geestig is de theorie nou ook weer niet.

Aan het eind van het uur bedank ik haar in het voorbijgaan voor de interessante lezing. Weer dat wenkbrauwtje omhoog. Een van de volgende avonden zal ik haar wel een keer – kritisch – complimenteren met haar proefschrift. Daar moet ik nog even op studeren. Voorlopig moet ik ten behoeve van het college *De goddelijke komedie*, *Paradise Lost*, *Faust* en *De gebroeders Karamazov* lezen. Nou ja, de Wikipediapagina dan wat mij betreft.

ISA

Na de aanhoudende stormen zijn eindelijk een paar kalme dagen aangebroken. De zee is spiegelglad. Aan mijn pinda- en zaadsilo's verdringen zich pimpelmeesjes, koolmeesjes, vinken en groenlingen. Roodborstjes nemen genoegen met wat in het gras valt. Op mijn wandelingen hoor ik overal beekjes murmelen. De zee fluistert uiterst bescheiden, alleen hoorbaar als je heel dichtbij komt. Nu de wind ligt en de bomen zich oprichten, rol ik mezelf uit over het landschap. Wat bedoel je daarmee, vraagt mijn imaginaire redacteur. Ik bedoel, zeg ik, dat ik naar de randen van mijn blikveld reik, dat ik een dun waas ben over al wat ik zie, ik bedoel het als een poëtische weergave van het gevoel één te worden met het landschap. Nou, zeg dat dan. Oké.

Ik ben hier nu vier weken, ik teken stenen, ik loop mijn rondje. Eens in de vijf dagen doe ik boodschappen in het dorp. Ik lees een boek. Ik drink whisky. Ik kijk tv. Alsof ik ergens op wacht, zo voelt het. Het is niet zen-zijn, het is gespitst zijn.

Alert als een muis. Ik groet Sally. Ik groet Frank. Ik groet Mary. Ik groet Ann. Ik groet Sean en Michael en Peter. Als ik ze zie. Hello. Good morning, it is very quiet, isn't it? Aye. Quiet. Ik lees mijn mail maar antwoord niet. Alleen Arthur en Leonie zal ik antwoorden, maar die mailen niet. Arie rapporteerde over het bezoek van de journalist die ook Arthur heeft benaderd. Hij zei dat hij heel terughoudend was geweest. Dat is hem geraden.

Ik loop wat in mezelf te praten, kondig mezelf aan dat ik een kopje koffie ga maken of dat het tijd is voor een boterhammetje. Ik spreek mezelf toe als een kind. Nee, liefje, nu niet huilen. Dapper zijn. Aan zelfmedelijden heb je niets. Huilen maakt lelijk, zei mijn moeder vaak. Huilen is voor gewone mensen, zei ze soms. Wij huilen niet. Lachen deed ze ook niet. Het scheen dat je daar weer rimpels van krijgt. En in de zon word je rood en bruin en ook dat was voor werkmensen. Leonie heeft veel weg van haar grootmoeder met haar voorschriften en oordelen. Het zijn niet de principes die een persoonlijkheid maken, het is de onverzoenlijkheid waarmee ze worden gehandhaafd. Ik kan daar niet tegenop.

Ik vraag me af of wat ik voel eenzaamheid is en probeer de waarde van dat woord te meten. Uit alleen zijn kan eenzaamheid voortvloeien, maar dat hoeft niet. Alleen zijn is neutraal. Je kijkt om je heen en je telt, hé, er is maar één mens in de ruimte, in huis, deze dag, deze maand, dit jaar, en dat ben ik. Ik ben dus alleen. Met het woord 'eenzaam' laad je het woord 'alleen', maak je het larmoyant.

Ik ervaar mijn alleen-zijn als het eindelijk bereiken van de pijn. Vreemd genoeg zie ik daarbij een beeld van een soldaat in de Eerste Wereldoorlog die op het slagveld aan de Somme een buikschot krijgt, in de aarde klauwt en trapt maar uiteindelijk met beide handen de wond dichtdrukt, omhelst, één wordt met de pijn, en of hij gered wordt of sterft doet er voor het beeld niet toe. Buig je over de pijn, bereik de pijn, want de pijn reikt naar jou. (Redacteur: Vind je dat geen vreemd beeld? Ik: Ja, heel vreemd.) Zoals voor die soldaat, die daar alleen ligt in het niemandsland tussen de loopgraven, de ervaring volkomen nieuw is en in die zin iets toevoegt aan de rijkdom van het leven, zo is mijn alleen-zijn hier geheel nieuw. Hoewel ik hier vaker was zonder gezelschap en ik ook thuis zonder afleiding zat te werken, zijn de omstandigheden radicaal veranderd, en moet ik voor mijn situatie een geheel nieuw woord vinden. Meer dan een woord past er een landschap bij. Toevallig heb ik dat landschap hier onder handbereik als ik de verlaten, rauwe bergen van Beara in ga, door de *bogs* en de lage, harde gewassen, over het steen en het natte mos. Ik zit dus goed. Ik rijm.

Sally reed mee naar het dorp. Ze had een afspraak bij de dokter. Haar bejaarde Vauxhall vertoonde kuren, waarnaar haar zoon beloofd had te kijken, maar *you know*... dat was er nog niet van gekomen. En als ik toch ging... Misschien kon ze meteen wat boodschappen doen. Ze droeg een wollen broek die qua model richting camping ging, met elastiek in de taille en bij de enkels, een zwarte trui waarin een frivool zilveren draadje was meegebreid, en daaroverheen een gewatteerd jack van een onbestemde kleur grijsgroenbruin. Aan haar schoenen was hun leeftijd af te zien. Tussen broek en schoen liep een reep bleke, blote voet. Maar ze had lippenstift opgedaan. Voor de dokter.

'Voel je je niet goed, Sally, of moet je gewoon voor controle?'

Ze gaf een soort grom van algemeen ongenoegen en specificeerde: 'Ach, ik weet niet. Ik ben zo moe de laatste tijd. Last van mijn maag. Zo'n zeurende pijn ergens diep in mijn pit. 't Zal wel niks zijn, maar ja...'

'Goed dat je gaat.'

Ze zat zwijgend naast me, het beste bewijs dat ze zich toch zorgen maakte.

'Heb je plannen voor kerst?'

'Niet echt. Op kerstavond naar Eileen's pub. Daar komt dan bijna iedereen uit de buurt. De drank is gratis. Maar dan moet de auto wel in orde zijn. Waarom ga jij niet mee?'

'Het is toch alleen voor inheemsen?'

'Ben jij dat dan niet?'

Ja, dat was ik, wist ik. Maar nog maar half. Aspirant. Bij Eileen's kwamen we 's zomers graag op mooie dagen buiten bier drinken met uitzicht op de zee en de smalle pier die een eind het water in stak en een aantal boten een afmeerplaats bood. Daarachter de bergen met in de verte Hungry Hill, de hoogste, een immens archetypisch brok steen die met een zware stem zei: 'Ik ben berg.' Hij zag eruit of hij makkelijk te beklimmen was, maar dat was gezichtsbedrog, had ik gehoord. Alleen was ik nog nooit naar Eileen's gegaan, hoewel niemand ervan zou opkijken als ik in mijn eentje een *pint of bitter* en een bord mosselen bestelde.

Eileen, een vrouw van rond de vijftig met een uiterlijk dat zich van gewoonheid nauwelijks liet beschrijven, was volgens de versie van Sally 'opeens in het geniep – niemand maar dan ook niemand had iets gemerkt, *mind you*, in deze buurt is dat een mirakel! – getrouwd met de rijkste man van heel Beara! Een kluizenaar, die kerel, maar toch niet zo blind dat hij niet de geheime kwaliteiten van Eileen, die ons nog nooit waren opgevallen, had herkend. We vielen van onze stoel! Hij komt nooit in de kroeg. Nooit. Hij houdt niet van gezelschap, behalve dan van Eileens gezelschap, zo zorgzaam en aandachtig, ach je kent haar toch, *she is a saint*. Maar wel een gewiekste!' Sally had smakelijk gelachen. Vandaar de genereuze open tap op kerstavond. Dit keer toch maar eens meegaan. Niet voor mezelf: ik ben niet op zoek naar vertier. Ik help Sally ermee, houd ik mezelf voor, want die zoon zal de auto van zijn moeder nog wel een poosje vergeten.

De relatie tussen Eileen en de kluizenaar is voor de omstanders een raadsel. Thomas en ik waren voor de buitenwacht in het geheel niet raadselachtig. Ze zagen ons als een perfecte combinatie. We waren een succesnummer, het gouden paar, waarvan menigeen hoopte dat het klatergoud was en dat achter de gevel verrotting heerste, kilte, ontrouw, onverschilligheid, agressie. Natuurlijk was het niet volmaakt, maar het bouwwerk hield. Ik heb ons huwelijk altijd gezien als een geslaagd verbond.

Tijdens een van Thomas' langdurige zakenreizen die ik ondanks zijn ontkenning ('Bespottelijk! Iris is een haaibaai met haar op haar borst!') in verband bracht met een aantrekkelijke literair agente, kwam ik op een boekpresentatie Arie Draaijer zonder zijn Henny tegen. Hij liet knipogend de naam van Iris vallen en nam me mee uit eten. Het zweet breekt me nog weleens uit van woede en schaamte als ik mezelf in Aries armen zie. Wraak op Thomas. Lik op stuk. Jij vreemdgaan, dan ik ook vreemdgaan. Rillend draai ik de film af. Arie smijt er heel wat geld tegenaan met een diner in een sterrenrestaurant en daarna een verblijf in het bijbehorende hotel. Ik voel zijn aaierige handen, die als fretten zo snel me overal betasten, en ik hoor zijn hijgerige adem en de complimenteuze pornografische teksten waarmee hij zichzelf opgeilt. Ik word gedreven door een allesverterende woede die het vooral op mijn eigenwaarde heeft voorzien. Ik ben in dat brede hotelbed een stuk aangespoeld drijfhout. Ach gadverdamme! En te bedenken dat ik die scène nog drie keer heb herhaald in andere etablissementen voordat ik nog misselijker werd van Arie dan van mezelf.

En natuurlijk kwam Thomas erachter. Iemand had ons gespot en aan Thomas gevraagd of hij de rechten op mij aan Arie had verkocht nu het zo beroerd ging met zijn uitgeverij. Thomas vertelde me het verhaal. Aanvankelijk dacht ik dat hij zich mijn ontrouw niet kon voorstellen, het was een ordinaire roddel. Daar zou ik dan samen met hem verontwaardigd over zijn. Al snel bleek dat hij volkomen op de hoogte was. Hij wist precies waar we hadden gegeten en geslapen. De vernedering was compleet toen Thomas lachte. Hij lachte! Hij hikte van het lachen! Als ik dacht dat overspel – en nog wel met Arie Draaijer in De Echoput – ons huwelijk in een crisis zou storten, dan was ik wel heel naïef. Hij omhelsde en kuste me. Arme schat! Arie Draaijer! Zijn reactie beledigde me, raakte me, beschaamde me. Ik kon die niet plaatsen.

Ten slotte heeft Thomas één bouwsteen aan de onderkant van het wankele bouwwerk weggetrokken en nu zit ik te kijken naar een soort Romeinse ruïne. Ik kan het terrein gewoon verlaten en blanco verdergaan in deze eenvoudige gemeenschap waar ik niet of nauwelijks geschiedenis heb. Het is verleidelijk. Maar ik weet nu al zeker dat het verleden op onbewaakte ogenblikken aan mijn kop komt zeuren... maar waarom eigenlijk? Waarom verplichten we ons ertoe in het reine te komen met wat voorbij is? Ik weet niet wat het 'reine' is. Wat voorbij is, weet ik verdomd goed.

Sally klom moeizaam de trap op naar de dokterspraktijk die in het winkelcentrum is gevestigd. Ze had me een boodschappenlijstje toevertrouwd. Veel meer dan bloem, melk en suiker en de goedkoopste koffie was het niet. Groenten en vlees had ze in de diepvries, deze zomer geoogst of gekregen, brood bakte ze zelf, ach, wat had ze helemaal nodig in haar eentje. Opeens sondeerde ik de karige eenvoud van Sally's leven, de permanente hardnekkige strijd om het bestaan al die zeventig jaar van haar leven, een last waaronder haar knieën en heupen het langzaam hadden begeven, zo langzaam dat ze er niets van had gemerkt, en opeens was het zover. Die strijd is als de wind die almaar waait, het vocht dat almaar sijpelt, de mist die door de muren dringt, de rook van het turfvuur die neerslaat en in de hele county te ruiken is. Zachte tegenslag. Dat is gewoon. De toppen en de dalen van het stadse leven, het enerverende bestaan van geld verdienen, kunstwerken maken, op de beurs speculeren, huizen kopen, concerten bijwonen, party's afsjouwen, onderwerp zijn van heftige publieke conflicten, de rollercoaster van het moderne leven waarin kinderen van vijfentwintig aan een burn-out lijden, dat alles is hier onbekend, hier heb je alledaagse zachte tegenslag. Eindjes aan elkaar knopen, rotte aardappelen rooien, de auto zieltogend, al in geen vijf maanden een reservering voor de B&B, maar mooie tomaten tegen de luwe schuurmuur, dat dan weer wel, en kerstavond bij Eileen's.

'De dokter wil me naar Cork, naar het ziekenhuis voor nader onderzoek. Maar daar heb ik geen zin in,' zei Sally, toen ze weer in de auto zat.

'Waarom niet?'

'Gedoe. Uren in de bus.'

'Kom op, Sally, ik breng je. Ik heb toch niets te doen.'

Het geluid dat ze maakte was nog geen instemming. Maar ze zal er niet mee wegkomen.

LEONIE

Ik leg het stapeltje essays van studenten even terzijde. Ik ben halverwege de beoordeling en verveel me zo dat geen enkele zin meer tot me doordringt. De opdracht was een kritische bespreking te schrijven over een artikel van Camille Paglia. Paglia is niet mijn favoriete denker, maar haar werk is provocerend genoeg om beginnende studenten uit te dagen. Zelfs

Paglia was wat veel gevraagd: inhoudelijk en stilistisch waren de werkstukken een ramp. Een enkeling heeft zich niet vertild aan het onderwerp en de bescheidenheid betracht die Paglia vreemd is, maar de meesten zijn als kippen zonder kop tekeergegaan. Behalve van spelfouten en grammaticale missers wemelen de opstellen van generalisaties en halfverteerde theorieën. Filosofie is een vak. Dat moet je leren, dat snap ik best, maar zelfs bij eerstejaars hoop je op enig talent. Het gaat niet meer om het vak, het gaat om de groep waar je bij wilt horen. Filosofie is een protestkeuze en een plaatsbepaling tegenover de juristen en de economen die voor het grote geld gaan. Ethisch tegenover corporate, hipster tegenover bobo.

Ik check mijn mail, WhatsApp en tijdlijn, en log in op mijn datingapps, een gedachteloos riedeltje dat me afleidt. Profielen en portretten, een caleidoscoop van kantelende koppen. Koopwaar. Zit ik zelf ook tussen. Een stuk praktischer dan tijdrovend café- en clubbezoek. Het permanente analoge scannen van de omgeving op prooi is goddank teruggebracht tot een efficiënte digitale handeling, maar de uniformiteit van het aanbod is schokkend. Soms klik ik blindelings een paar mooie meiden of mannen aan met wie de seks bijna net zo onpersoonlijk is als hun portret. Het komt me meestal goed uit. De gespreksstof die het gros van de artikelen in huis heeft is armoedig. Een echte intellectueel is een tref, maar dan is de seks vaak weer slobberig en onhandig. Die moeten er altijd bij nadenken. Een relatie hoef ik niet. Dat is een inbreuk op mijn privacy en mijn autonomie. Armlengte afstand, dat werk. Natuurlijk kan ik ook seks alleen af, maar er is meer. Er is macht en de behoefte aan macht. In seks komt dat snel tot uiting. En klaar! Weer een potje armpje drukken gewonnen.

Emoties vind ik lastig. 'Jij hebt geen emoties. Jij hebt hartstochten,' zei mijn vader tijdens een van onze woordenwisselingen die door andere mensen ruzies worden genoemd. 'Wat is het verschil?' 'Hartstochten gaan over het ik, niet over de ander. Ze zijn egocentrisch. Koud. Emoties zoeken de betrekking,' zei hij. 'Ze zijn warm. Allebei zijn ze gevaarlijk.' 'Kun je zonder?' vroeg ik. 'Dat hangt ervan af,' zei hij. 'Waarvan?' 'Of je sterk bent.' 'Ben jij sterk?' De woordenwisseling werd een echt gesprek. Ik herinner me dit omdat ik opeens dicht bij hem stond en in verwarring was over de onverwachte intimiteit. Hij kende me. Hij zag me. Dat is een van de scènes die me hier overvallen. Het was een slecht idee mama's suggestie – het was een suggestie, geen verzoek; Isa vraagt zoiets niet – te aanvaarden om op het huis te passen, ook al heeft het ogenschijnlijk louter voordelen. Zit ik in mijn eigen kleine cocon in Oud-West prikkelvrij te werken, in het grote huis van mijn ouders word ik belaagd door het verleden. Hier zit ik aan het bureau van mijn vader, een mooie grote glazen tafel op een verchroomd onderstel, en als ik opkijk zie ik zijn boeken, zijn kunstwerken, ruik ik heel in de verte nog de geur van zijn verboden sigaretten, en hoor ik zijn stem – vooral 's avonds als de bureaulamp aan is en de rest van het huis halfduister. In mijn ooghoek zie ik hem en weg is hij weer. Het is wakend dromen. Fragmenten en puzzelstukjes, vlagen en scherven. Het maakt me onrustig.

Het huis in Amsterdam is niet het huis waarin Arthur en ik zijn opgegroeid, maar de uit Santpoort meeverhuisde meubelen en spullen zijn allemaal triggers voor herinneringen. En met de herinneringen komen de emoties, die ik dus volgens mijn vader niet heb. Mijn vrienden twijfelen daar trouwens ook aan. Bij mijn promotie zongen ze een lied dat ik van roestvrij staal ben, net zo mooi, net zo hard en net zo praktisch. Ze waarderen me, maar houden niet van me. Wie doet dat wel? Met mijn vader heb ik gestreden, mijn moeder en ik zijn olie en water: we mengen niet maar verdragen elkaar. Mijn broer heeft zijn eigen problemen. De enige die me begreep was mijn oma, totdat ze wegzakte in het alzheimermoeras. Dat was verschrikkelijk. Over emoties gesproken, papa, het licht van begrip in de ogen van die trotse vrouw te zien doven was een kwelling! Ik heb haar één keer bezocht in de gevangenis van het luxe verpleeghuis en dat was onverdraaglijk. Daarna ging ik niet meer. Ze herkende me toch niet.

Of ik er goed aan heb gedaan als oppasser van mijn moeders huis te fungeren weet ik dus na een paar weken niet meer zo zeker. Het heeft iets gênants een minnaar te ontvangen in het bed dat mijn ouders hebben gedeeld. Dat doe ik dus niet. Dat is te persoonlijk. Ik erger me aan de goede smaak waarmee het huis is ingericht: warm, kleurig, overdadig soms maar stijlvol. Je struikelt over de erfstukken in de vorm van antieke kastjes met inlegwerk, kristallen karaffen en zilveren voorwerpen. Het enige wat ontbreekt zijn de foto's in mooie lijstjes. Die heeft ze zeker meegenomen naar Ierland. De vitrinekast met een verzameling Copier-glas gaat dan nog wel, maar er liggen en staan overal doosjes en kandelaars en gevonden stenen, en ik zou het niet uit kunnen staan dat een geliefde daaruit een bepaalde indruk van mijn persoonlijkheid krijgt. Dit is niet van mij, wil ik roepen, dit ben ik niet.

Daar staat mijn vader, op de plaats waar ik nu zit. Achter zijn bureau. Ik heb hem ter verantwoording geroepen. Ik weet niet meer wat ik tegen hem heb gezegd. Maar het was in diepste wezen een smeekbede. Ik wist me geen raad meer. Ik hoef je niet meer te zien, nooit meer, heb ik gezegd. Woorden van gelijke strekking. Ze ketsen tegen de muren, carambolerend door de kamer, blijven doorrollen tot de dag van vandaag. Hij kijkt me aan. Zijn blik spiegelt de mijne. We verliezen elkaar. Ik sta op, haast me naar de kapstok en ga de donkere avond in.

Een miezerregen hangt als een oranje wolk om de straatverlichting. Ik loop de brug over van het Museumkwartier naar

De Pijp en zoek de kroeg op waar ik me af en toe aan de bar bij het zwijgende gezelschap van oude eenzame mannen met gebogen ruggen voeg, terwijl aan de tafeltjes jonge creatievelingen de gentrificatie van de arbeidersbuurt belichamen. 'Alles goed?' vraagt de kastelein. Ik knik. 'Bijna alles,' zeg ik. Hij schenkt een whisky voor me in en wisselt het muziekbandje van André Hazes naar Adele. Het is niet mijn smaak, te sentimenteel. Maar opeens overvalt me een zwakte, alsof de stem van Adele precies het punt heeft gevonden waar de barst zit. 'When the evening shadows and the stars appear, and there is no one there to dry your tears, Oh, I hold you for a million years, to make you feel my love.' Ik recht mijn rug en slik een brok weg. Een lachsalvo van een van de tafeltjes achter in de hoek. Ik kijk om. Drie mannen aan het bier. Een van hen herken ik, maar ik weet niet waarvan. Hij heft lachend zijn glas naar me en buigt zich weer naar zijn vrienden. Waar heb ik hem eerder gezien? Ik reken af. Dat holle gevoel in mijn maag kan honger zijn. Ik geloof dat ik niet heb gegeten. De straten glimmen van de regen. Dicht langs de huizen haast ik me de brug over, van de ene wereld naar de andere.

JORIS

De map van Joris
afdeling Leonie
Toeval helpt. De Waterman in De Pijp. Moet haar stamkroeg zijn. Zit er met Ruben en Bas, komt ze binnen, gaat zonder op of om te kijken – dus geen afspraak met iemand – aan de bar zitten alsof dat haar vaste plaats is. De mannen kijken nauwelijks op. Ook al een teken. Ze drinkt zo te zien een whisky en kijkt een beetje om zich heen, speelt wat met een bierviltje, in

gedachten. Ik hou haar in de gaten. Als we lachen om een verhaal van Bas kijkt ze naar ons, gefocust nu. Ik lach haar toe, hef het glas. Ze reageert niet. Dan drinkt ze haar glas leeg, rekent af en verdwijnt. Goede reden om vaker De Waterman te bezoeken. L. woont in Oud-West, dus wat doet ze hier?

Afdeling uitgevers
De gegevens zitten achter allerlei muren. Wat er precies speelt is onduidelijk. Enerzijds wordt een lichte plus gesignaleerd, anderzijds is het kommer en kwel wat de klok slaat. Verkoopcijfers worden zorgvuldig geheimgehouden. Als ergens 'nu al tweede druk' of '20 000 exemplaren!' staat, betekent dat niets. Er schijnt voor het eerst sinds decennia het afgelopen jaar niet één boek de magische grens van 100 000 exemplaren te hebben doorbroken.

Afspraken maken met
Pieter Vreugdenhil van de Groep Algemene Uitgevers
Sandra Werkhoven van Uitgeverij Ten Naaste Bij
Evert van Doorn van Uitgeverij Manspad
Marius Brummelhuis van Uitgeverij Godfried

Marius Brummelhuis was een vermoeid ogende man. Hij ontving me in een kaal spreekkamertje achter in de gang van het grachtenpand waarin Uitgeverij Godfried samen met een advocatenkantoor en een communicatiestrateeg is gevestigd. Het marmer van de gang vertoonde vocht- en roestplekken en hier en daar een scheur. Het kamertje keek uit op een binnenplaats met drie kliko's en een halfvergaan uithangbord waaruit viel op te maken dat hier (of elders) ooit een naaimachinehandel gevestigd was. Ik mocht gaan zitten en het gesprek opnemen maar kreeg geen koffie aangeboden.

'U bent verantwoordelijk voor de zakelijke kant van Uitgeverij Godfried?'

'Dat is correct.'

'Hoelang werkt u al in het boekenvak?'

'Te lang. Dertig jaar.'

'Steeds bij Godfried?'

'Nee, hier werk ik sinds twee jaar.'

Ik hield me in. Niet zeggen 'dus sinds de affaire-Thomas G'.

'Hebt u in de afgelopen dertig jaar het vak zien veranderen?'

'Uiteraard. Het zou raar zijn als dat niet het geval was.'

'In welke zin is het veranderd?'

'Dat is nogal evident. De concurrentie is toegenomen. Papier is minder belangrijk. Lezen is voor oude zakken. En toch moet je jonge mensen zien te bereiken. Mij is een raadsel waarom. Ze willen niet lezen. Wel schrijven. We worden bedolven onder de manuscripten van dertigjarigen over hun coming-out of coming of age of coming into the money die door niemand worden gelezen, al helemaal niet door hun vrienden. Het is flessenpost. Verklaar dat eens. Jij bent jong.'

'Daar ben ik juist naar op zoek, naar die verklaring. Is het misschien zo dat het boek als cultuurgoed heeft afgedaan, zoals we ook niet meer op een vélocipède rijden?'

'Dat woord kent niemand meer. Bravo, vélocipède, ha!'

'Is over tweehonderd jaar een boek iets als een kwispedoor?'

'Weer zo'n woord. Haha!'

'Een antiek voorwerp waarvan niemand meer weet waarvoor het gebruikt werd, bedoel ik.'

'Vast en zeker. Het duurt geen tweehonderd jaar meer.'

'Wat gaat er dan verloren, volgens u?'

'Wat ging er verloren met de kwispedoor, de vélocipède, de ridderroman, het danklied voor het gewas?'

'Wat is de strategie van Uitgeverij Godfried om het lezende publiek te bereiken en eventueel uit te breiden?'

'Goede boeken uitbrengen.'

‘Als ik naar uw fondslijst kijk zie ik een grote diversiteit. Is dat niet een schot hagel dat meestal zijn doel mist?’

‘Maar ook weleens raakt.’

‘Ik zie de afgelopen jaren geen grote bestsellers.’

‘Je hebt niet altijd bestsellers nodig om te overleven.’

Ik kon het niet laten: ‘Soms heb je een bestseller waar je aan te gronde gaat.’

Brummelhuis gaf geen krimp: ‘Dat is met elkaar in tegenspraak.’

‘Het conflict over *Hedendaags fanatisme* heeft de uitgeverij toch verscheurd?’

‘Dat was voor mijn tijd.’

‘Maar u hebt er vast wel de naweeën van meegemaakt.’

‘We zijn druk bezig het vertrouwen onderling en met de buitenwacht te herstellen. Daarin slagen we aardig.’

‘Wat zou uw standpunt zijn geweest als u in die tijd bij Godfried had gewerkt?’

‘Dat is een zinloze vraag. Ik weet het niet.’

‘Kom, u hebt er vast wel een idee over.’

‘Als ik een idee zou hebben zou ik het niet aan je neus hangen.’

‘De uitgeverij is dus weer gezond? Mooie cijfers?’

‘We hebben het vorige jaar afgesloten met een stevige plus en voor het komende jaar staat nog een aantal interessante titels op het programma.’

‘Ik heb de aanbieding eens bekeken, maar ik zie niet één grote naam.’

‘Er zijn zeker twee à drie boeken die het fantastisch zullen doen.’

‘Welke dan?’

‘Heb je de buzz dan nog niet gehoord?’ Druipend van ironie. ‘We hebben de rechten van de grote opvolger van Lucinda Riley’s *Zeven zussen*: de immigrantentrilogie van Rosamund O’Sullivan.’

'Ik kijk ernaar uit. Maar nog even: het uitgeefbeleid van Thomas Geel is dus niet wezenlijk bijgesteld. Nog steeds damesromans en zelfhulpboeken.'

'Je doet ons onrecht. En de lezers. Als ik in jouw boekenkast ga kijken vind ik waarschijnlijk vooral thrillers en *De Prooi*.'

'Komt er nog een herdruk van *Hedendaags fanatisme*?'

'Wat denk je zelf?'

Toen ik na een vruchteloze poging de sfeer te herstellen weer buiten stond, vervloekte ik mezelf. Als de eerste de beste amateur had ik me laten provoceren door de afwerende, cynische houding van Brummelhuis. Die weg was nu afgesloten. Als volgende actie moest ik misschien een ex-werknemer van Godfried benaderen. Of een stagiair uit die tijd. Piekerend over de beste strategie kwam ik thuis, waar Lucille op de bank lag. Niet lekker, ziekjes, hoofdpijn. Alsjeblieft thee voor me zetten? Voeten masseren? Kussen in mijn rug. De baby schopt zo. Ik moet plassen. Nee, geen paracetamol. Ik neem geen medicijnen, dat weet je toch. De volgende uren werd mijn geest gespleten door de noodzakelijke aandacht voor mijn geliefde en de problemen van mijn stagnerende onderzoek.

'Waar zit je met je gedachten, Joor? Ik vraag je wat!'

'Wat dan, schat? Sorry.'

'Of je Splinter niet toch leuker vindt dan Mats?'

ISA

Mijn dochter heeft de gewoonte op de meest ongeschikte momenten de confrontatie aan te gaan of onaangename waarheden – nu ja, wat zij dan waarheid noemt – uit te venten. Dat deed ze vanaf haar puberjaren zonder aanzien des persoons.

Ze streeft een zodanige gelijkheid in behandeling na dat met niemands gevoeligheid rekening wordt gehouden want dat vindt ze niet eerlijk. Dus vond ze het volslagen normaal om mij op het dieptepunt van mijn ellende uitgebreid te zeggen dat ze mijn emotionele afhankelijkheid van Thomas 'en van anderen' (voegde ze toe) altijd stuitend had gevonden, vooral omdat ik met mijn zogenaamde feminisme tegelijkertijd de andere boodschap verkondigde. Tussen mijn denken en doen gaapte een kloof. Ik vroeg waarom ze het nodig vond me dat juist op dat moment te vertellen, waarop ze beweerde dat het me zou helpen uit het dal op te krabbelen. 'Onder ogen zien, mama. Zo niet nu, wanneer dan?' En er volgde een cliché over zachte heelmeesters. Ze kust me nooit als we elkaar zien, kussen is klef, maar soms denk ik als psycholoog van de koude grond dat ze alleen maar bang is voor de gevoelens die onderhuids bij haar razen. Haar emoties zijn als verwaarloosde kinderen die permanent smeken om aandacht maar die nooit krijgen. Haar ruzies met Thomas zijn in ons gezin legendarisch. Soms leek het wel of ze er allebei van genoten de spanning op te voeren in korte inleidende schermutselingen. Haar aanval op mij was een slap aftreksel van haar gevechten met haar vader. Hoeveel sjoege gaf ik helemaal? Ik had haar bij wijze van spreken de kamer uit moeten schelden, maar gewoonte weerhield me ervan. Ze heeft gelijk, mijn emotionele afhankelijkheid is hinderlijk. Wie voor zijn gevoel van eigenwaarde afhankelijk is van een ander geeft die ander een macht waar hij niet om heeft gevraagd. De smekeling hangt als een dood gewicht aan hem. Een zwakke ander gaat eronder gebukt, een sterke ander gooit het van zich af. Was Thomas zwak of sterk, hing ik aan hem of sloeg hij me weg? Hij liet zich niet in de kaart kijken.

Waarom ben ik verliefd op hem geworden? Waarom ik bij hem ben gebleven is een betere vraag. Is dat vanwege die emotionele afhankelijkheid waar Leonie op doelt? Had ik meer lef moeten hebben en hem verlaten? Scènes uit een huwelijk... Ik heb die Bergmanfilms altijd gruwelijk en ergerniswekkend gevonden, die eindeloze egocentrische gesprekken, die uit de lucht vallende wisselingen van emoties, die agressie en die sentimentele woede-uitbarstingen met tranen en klappen. We hebben Bergmannetje gespeeld, op mijn verzoek, toen we in het filmhuis een retrospectief hadden bezocht, jaren geleden. We waren zo'n twintig jaar getrouwd. Twee kinderen. Alles oké, lichte sleur, gewoontetjes aan de oppervlakte. En daaronder? Ja, daaronder wat? Ging daar wel wat onder schuil? Ik had het spel, het 'net alsof', nodig om mijn ware gevoelens te onderzoeken, die ik altijd verpakte in wenselijk gedrag. Laf en lef, één letter verschil. En ik, idioot, hoopte dat het zou helpen. Dat hij en ik ons uit zouden spreken, desnoods op bergmanniaanse wijze.

Deze scène dus:

Thomas en ik in bed. Kussen in rug, net als Erland Josephson en Liv Ullmann. We zijn net terug uit de bioscoop. We lezen allebei. Thomas een manuscript. Ik een Franse roman: *l'Adversaire*.

Ik: Als wij in een scène van Bergman zaten, dan ging ik jou dus vertellen over die roman en dan gaf jij geen antwoord, maar een grom of een mmm, en dan beschuldigde ik jou ervan dat je nooit naar me luistert. Enzovoort. Zullen we dat eens spelen? Goed?
Thomas: Mmm.
Ik: Nog niet, zo meteen.
Pauze. Ik lees. Thomas gooit elke door hem gelezen bladzijde van het manuscript op de grond. Dat doet hij nooit. Voor mij

het teken dat hij het spel meespeelt.
Ik: Dit is fascinerend, Thomas. Gaat over een intelligente man die medicijnen studeert, voor een examen zakt, de teleurstelling niet kan verwerken en net doet of hij geslaagd is. Vanaf dat moment blijft hij liegen. Iedereen gelooft hem, zijn vrouw, zijn vrienden, zijn ouders. Achttien jaar lang zwerft hij langs de weg, terwijl iedereen denkt dat hij een grootse carrière maakt. Komt 's avonds moe thuis. Achttien jaar lang. Dan wordt de leugen onhoudbaar en vermoordt hij vrouw, kinderen en ouders. Echt gebeurd!
Thomas: Mmm.
Ik: Ongelooflijk. Je moet de rechten kopen.
Thomas: Mmm.
Ik (gespeeld gekwetst): O, ik mag me zeker weer niet bemoeien met de uitgeverij. Jij bepaalt wel wat er wordt uitgegeven.
Thomas: Advies is altijd welkom.
Ik: Achttien jaar alles bij elkaar liegen, en dan al je dierbaren vermoorden. Over extreem gesproken. Wat zit daarachter? Gigantische schaamte? Pathologische faalangst? Laag zelfbeeld?
Thomas: Je cover ophouden. Façadegedrag. Comme il faut. Helemaal jouw familie. Dat moeten jullie snappen.
Ik ben even stil. Moet ik happen? Is dit het spel? Ik hoopte op een andere tekst. Niet deze frontale aanval. Zelf had ik via de hoofdpersoon van die roman Thomas' raadsels aan de orde willen stellen. Nu ben ik even uit het veld geslagen.
Ik: Wat lees jij?
Thomas: Columns van Diekstra.
Ik: O. Is dat niet...?
Thomas: Ja, dat is...
Ik: Is het wat?
Thomas: Ja, het is me wat.
Ik (tussen spel en echt in): Doe niet zo flauw. Je bent de laatste tijd weer zo ver weg. Ik kan je niet bereiken. Je praat niet, ver-

stopt je, je speelt mooi weer. Dat zijn gevaarlijke tekenen.
Thomas: Waarvan?
Ik: Van verwijdering. Alsof je permanent zwijgend tegen me liegt. En tegen jezelf.
Thomas: Ik ga slapen.
Ik: Spelen we nog Bergman of is dit echt?
Thomas: Kies maar.

Het was vastgelopen. Ik durfde niet meer. Maar ik bleef gespitst op tekenen van betonrot. Was het werkelijk druk op het werk of verveelde hij zich mateloos met me? In die periode van onzekerheid sloeg de Amerikaanse Iris met haar pumps putten in het parket van Uitgeverij Godfried en moest er druk worden onderhandeld over de rechten van een slechts in concept bestaande bestseller. Iris was een vrouw als een tijgerin met de schelle stem van een halsbandparkiet. Andere vrouwen verscheurde ze bij wijze van ontbijt. Mannen stonden als gebiologeerde konijnen te kijken in de koplampen van haar opgepompte tieten. Thomas overgoot haar met zijn Europese charme. Het was te ordinair voor woorden. Maar nee, schat, niets aan de hand, heb je haar nagels weleens gezien? Daar loop je als man geen risico mee. Wel opeens verdacht vaak naar New York. Kort daarna begon de episode-Arie.

In de nasleep ervan konden we na een fles wijn of een paar glazen cognac af en toe een soort openhartigheid tentoonspreiden: ik bijna altijd huilerig en verwijtend, terwijl ik mijn teleurstellingen opsomde onder beschuldigend wijzen naar hem (jij altijd), en hij sarcastisch, cynisch en soms ronduit neerbuigend over het 'vrouwtje', het luxepoppetje dat aandacht vroeg en bescherming en tederheid, een absolute karikatuur van mijn karakter en achtergrond en een ontkenning van mijn loyaliteit waarop hij altijd kon rekenen. Als onze voorkant, het fraaie, glanzende borduurwerk, echt was, dan ook deze achterkant: de losse draden, de knopen, de lussen, de fouten. Onafscheidelijk. Wat goed gaat in een huwelijk is tegelijkertijd de valkuil.

Ik was opgevoed, inderdaad, met een ijzeren besef van hoe het hoort. Het huwelijk van mijn ouders was pure buitenkant. Er heerste leegte in ons huis, hoewel ik, mijn eigen huwelijk beziend, geen oordeel behoor te hebben over dat van mijn ouders. Moest ik het portret van dat huwelijk schilderen, ik zou uitsluitend koele kleuren gebruiken in een uitermate verantwoord decor waarin niets van de norm afweek. Alsof dat de zekerheid was waaraan ze zich vastklampten. Zie, daar kom ik weer met mijn begrip en verdediging, op zoek naar het al te menselijke, de verboden hunkering, de verdrongen verlangens, de onontdekte begeerten.

Het heeft ons aan niets ontbroken. Alle vier de kinderen geconcipieerd en geboren in een steriele omgeving, getekend door de woorden discipline, wellevendheid, ijver en bescheidenheid, deugden die ik nog steeds onderschrijf maar waaraan ik zo graag warmte en humor en twijfel zou hebben toegevoegd. Welke voorouder bracht mijn behoefte aan tederheid mee, mijn creatieve impulsen, mijn afhankelijkheid?

Het is goed weer nu met een koele blauwe, licht onstuimige zee bij een frisse bries. Alsof er schone lakens wapperend aan de lijn hangen in de hemel. Ik neem de auto en rijd naar Derrynane. Achter een lage strandwal ligt het fraaie achttiende-eeuwse landhuis van Daniel O'Connell, een Ierse katholieke voorvechter van rechten voor Ieren en slaven, onder het Engelse bewind van toen synoniemen. We gingen er graag heen om te wandelen in het park rond het huis of langs het strand en om te klauteren over de rotspaden naar het haventje van Bealtra, altijd overdonderd door de schoonheid van het land dat de oceaan in brokkelt. En nu ook weer sta ik daar in kleuren die de winter loochenen te kijken naar de zee, die almaar ritmisch aan het zand vreet en zand aanvoert. Ik herinner me dat Thomas' telefoon overging, nauwelijks hoorbaar boven het ruisen van de branding. Hij neemt op en loopt een eindje van me weg, rug naar me toe, luisterend en dan pratend en weer luisterend. En dan steekt hij zijn mobiel weer in zijn zak en blijft staan kijken naar de horizon, draait zich niet om, loopt niet door. Staat stil. 'Wie was dat? Wat is er?' roep ik, altijd bang dat er iets met de kinderen is. Ik voel dat er iets is. Dan draait hij zich om en komt naar me toe. Terwijl hij de afstand tussen ons overbrugt zie ik dat hij bezig is iets te verwerken, te overdenken en weg te stoppen. 'O, niets bijzonders. Dat was Frederik. Er schijnt een probleem gerezen te zijn. Misschien moet ik terug. Maar dat zien we wel. Kom!' En hij sloeg zijn arm om me heen, wat hij eigenlijk nooit meer deed. We liepen tot het eind van de baai, waarna we terugkeerden, koffiedronken in het café bij Derrynane House en naar huis reden. Dat was het telefoontje dat naar het ravijn leidde.

Eigenlijk liep ik in het begin steeds achter de feiten aan, gealarmeerd door geruchten, gesust door Thomas, maar door niemand serieus genomen. Ze veronderstelden bij mij kennelijk een kwetsbaarheid of een zuiverheid die niet mocht worden aangetast. Val Isa er niet mee lastig. Alsof Isa nergens tegen kon. Alsof Isa uit de wind moest worden gehouden. Alsof de ruwe, rauwe wereld niet bij die van Isa hoorde, haar wereld was die van de fatsoenlijke mensen, de wereld van kindersprookjes en verantwoorde spelletjes, de wereld van pastel. Het moet aan mij liggen, heb ik vaak gedacht. Denk ik nog. Ik heb op de een of andere manier altijd de indruk gewekt een beetje buiten de werkelijkheid te staan, permanent te verkeren in de sfeer van Vivaldi en Bach (die ik overigens geen van beiden goed kan verdragen), onwetend van heavy metal of *Spuiten en Slikken*. Naarmate ik ouder word, wordt die bejegening neerbuigender. Ouderdom geeft een extra duw naar onzichtbaarheid. Al het gekakel van de jongere generaties is één grote poging ons ongedaan te maken. Wie we waren en wat we deden is irrelevant en ridicuul. Het is allemaal even aandoenlijk als het niet tegelijkertijd zo'n gevoel van onrecht geeft.

Het huis en het café zijn gesloten. Er is maar één man met een hond op het strand. Ik laat een poosje de eeuwigheid en onbewogenheid van dit uitzicht op me inwerken, terwijl de tijd in me tikt als een bom.

LEONIE

Ik heb mijn werkplek verplaatst naar de keukentafel, niet om de gedachten aan mijn vader weg te drukken, maar om ze niet te laten beïnvloeden door irritante sentimenten van nabijheid: de briefopener waarmee hij zijn nagels schoonmaakte, een goudkleurige benzineaansteker en een brillendoos die beide naar hij zei nog van zijn eigen vader waren geweest en die nooit zijn bureau verlieten, een doosje met een lok haar erin waar ik niet aan mocht zitten. Maar van wie is dat haar dan, papa? Als antwoord verplaatste hij het alleen maar. Die sentimenten verhinderen een eerlijk oordeel. Ik heb hem bewonderd en bestreden; ik dacht hem te kennen; dat bleek een illusie.

Aan de keukentafel ben ik nog steeds niet vrij van pijnlijke flitsen uit mijn kindertijd: Thomas en ik aan een vorige versie van deze tafel, ik met een bord eten voor me dat ik verafschuw, hij tegenover me, zwijgend. Ik moet het opeten van hem. In ieder geval zeven happen nemen. Zeven is het heilige getal. Hij zegt niets. Ik ook niet. Mijn wil botst op de zijne ter hoogte van de lamp die ervan lijkt te gaan flikkeren. Zonder waarschuwing vooraf geeft hij nu en dan alleen maar een keiharde klap op tafel vlak bij mijn bord, zodat ik schrik, maar ik blijf bij mijn weigering. We blijven net zo lang zitten tot ik in slaap sukkel en met mijn hoofd in de andijviestamp val. Dan draagt hij me naar bed.

Ik ben dertien, lang, dun en vrij licht. Hij laat me zelf uitzoeken hoe ik moet zeilen in een laser. De wind is pittig. Hij vaart op een afstandje met een rubberbootje mee. Ik sla telkens om en moet dan staand op het zwaard de boot rechttrekken en zorgen dat hij met de kop in de wind ligt. Zeil klapperend. Soms naar de andere kant omslaand. Ik jank en snik en schreeuw. Drie dagen lang kan ik mijn armen nauwelijks gebruiken. En geen complimenten achteraf. Hij temde me als een dompteur. Zo verscheurt hij demonstratief de cijferlijst van mijn eindexamen waarop ik trots ben, omdat hij niet wil dat ik anderen kleineer met mijn eigendunk en mijn intelligentie. Sadistisch of karaktervormend? En al die andere conflicten en al het plezier tussendoor. En de keren dat hij een paar weken weg was, ik wist niet waarheen, en hij soms mijn broer en mij aan de telefoon vroeg en zijn stem dof klonk. Ten slotte dat boek. Er was iets gebeurd waardoor het vermogen tot oordelen van mijn vader was aangetast en hij een weg insloeg die ik niet kon volgen. Onder de keuze van Thomas om *Hedendaags fanatisme* uit te geven lag een diepe, troebele grond. Iets wat zwaarder woog dan zijn reputatie.

Dat boek ridiculiseerde alle heilige huisjes van de moderne maatschappij: vrijheid, gelijkheid, broederschap, het verklaarde en verdedigde racisme, antisemitisme, seksisme. Het was niet zomaar een conservatief boek, het was een beledigend manifest tegen de tijdgeest, tegen de nieuwe idealen van zelfverwerkelijking en groei, idealen van trots en diversiteit. Als ik de moed kan opbrengen moet ik die Rudolf Merkelbach spreken. Hij is de schuld, de bron, de oorzaak, en hij heeft al die tijd gezwegen. Ik moet hem aan het praten krijgen. Ik moet iedereen aan het praten krijgen. Isa ook. Misschien waait ze in Ierland genoeg uit om dat verkrampte innerlijk van haar te ontspannen, zodat ze toegankelijk wordt en niet meer haar toevlucht zoekt in platitudes en halfzachte leugens. Misschien moet ik zelf aan het eind van het semester een week naar Ierland om de noot te kraken. Overrompelingstactiek. Als het verblijf in dit huis iets oplevert is het de drang om het deksel op te lichten. Grote schoonmaak. Het verleden moet worden schoongemaakt, gepoetst en opgeborgen als zilveren lepels in een bestekdoos.

Terwijl ik op de automatische piloot het college kwaad in kunst en cultuur voor eerstejaars en andere belangstellenden sta te geven, hoor ik mijn vader zeggen dat hij een loopbaan als filosoof een onverantwoorde en modieuze luxe vindt. Papa ligt tegenwoordig op de loer om als een duveltje uit een doosje tevoorschijn te springen. 'Filosofie is een superieure vorm van misleiding,' zei hij. 'Zó ben je totaal gewonnen voor een fabelachtig geformuleerd idee, zó wordt het uit zijn verband gerukt en misbruikt door demagogen of met valse liefde omzwachteld door een nieuwe goeroe. Geef mij maar het gewone gezonde verstand.' Dat filosofie juist leerde het gewone gezonde verstand te gebruiken, ging er bij hem niet in. De filosofen dachten de wereld aan duizend stukken en wisten niet meer hoe die te lijmen. Dat mochten wij gewone stervelingen doen. Cultuurbarbaar, riep ik dan steeds.

Ik laat mijn blik dwalen langs de rijen studenten, van wie sommige geïnteresseerd kijken, andere bezig zijn met hun laptop en dus met hun Instagram of Facebook of WhatsApp, en blijf steken bij een bekend gezicht, natuurlijk van de vorige keren, maar opeens weet ik de man in de kroeg met deze belangstellende toehoorder te combineren. Hij heeft me kort aangesproken over mijn proefschrift: ‘nooit bij stilgestaan’ zei hij over de rol van mannelijke pseudoniemen, en in de kroeg was me zijn franke blik opgevallen. Wie is hij? Wat komt hij op mijn college doen? Ik laat even een pauze vallen, bestudeer mijn aantekeningen en mijn horloge en zeg: ‘We hebben nog vier minuten. Ik ben toe aan een nieuw hoofdstuk. Laten we daar de volgende keer aan beginnen. Dames en heren, pardon: beste reizigers, tot dan.’ Ik verzamel mijn papieren, terwijl de studenten hun laptops dichtklappen en langzaam al pratende het lokaal verlaten. Ik houd de man in de gaten. Hij blijft zitten maar komt snel op me toe als ik naar de deur loop.

‘Ik ben Joris de Groot,’ zegt hij, ‘ik ben officieel niet meer dan toehoorder uit pure belangstelling, maar ik wil je wel zeggen dat je buitengewoon geïnspireerd college geeft. Om de waarheid te zeggen ben ik voor de krant bezig met een artikel over het succes van het vak filosofie terwijl een aantal andere vakken zoals neerlandistiek met een geweldige teruggang te kampen heeft en hoe dat komt en zo. Ook over de toename van het Engels tegenover de afkalving van de moedertaal in het academische vertoog. Zou ik daarover eens met je van gedachten mogen wisselen, als je tijd hebt?’

Ik kijk hem eens beter aan om hem en zijn bedoelingen in te schatten. Hij heeft rossig krullend haar, een modieuze vorm van ongeschorenheid en bruine, oplettende ogen met een hint van flirt, een man die zich van zijn jongensachtige charme bewust is. Hij is dus journalist. Als dat voor een kwaliteitskrant is, geeft hem dat wel een paar extra punten. Ik schat meteen zijn potentie als minnaar in. Een roeierslichaam, slank met sterke schouders en armen, een man die zijn vriendin met gemak kan optillen en naar bed dragen. Hij lijkt me geen danser, geen subtiele liefhebber, maar een rechtdoorzee Hollandse jongen met wie ik misschien vijf keer het bed kan delen voor hij gaat vervelen. Enfin, ik kan een poging wagen. Hij is geen student, maar toehoorder, dat mag dus. En hoewel een vaste verbintenis niet altijd een trouwring met zich meebrengt kijk ik toch even tersluiks naar zijn handen. Glad.

'Eh... ja. Ik kan wel tijd vrijmaken. Interessante vraagstelling.'

'Nu?'

'Nee, vandaag zal niet lukken. Even denken, wat is het morgen? Dinsdag. Zullen we zeggen negen uur? Ik heb je toch in De Waterman gezien? Laten we daar afspreken.'

Hij knikt, glimlach om de lippen. Knipoogt hij? Goddank, nee dat niet. Door de glimlach knijpt hij beide ogen ietsje toe. 'Graag. Tot morgen.' Hij houdt galant de deur van de collegezaal voor me open.

JORIS

Shit, dinsdag pufklas van zeven tot acht, en dan verplicht met Lucille en Fouzia en Abdel een sinas drinken... Het zal erom hangen of ik met een goede smoes op tijd in De Waterman kan zijn, maar deze kans kan ik niet laten gaan. Als ze maar geen contact met haar broer heeft gehad en mijn naam in verband brengt met mijn poging tot contact over hun vader. Ik bestudeer Leonies houding terwijl ze voor me uit loopt. Geen overdreven sexy gang, toch met een ingehouden belofte. Ze weet donders goed hoe aantrekkelijk ze is. Met die koele chic waarschijnlijk niet voor iedereen; op mij werkt het wel. Bij wijze van experiment zou de verovering van een vrouw als zij interessant zijn. Niet als kameraad, niet als geliefde, maar gewoon als waardevolle scalp, waar ik dan weer niet mee kan pronken want dat doen we niet meer. Gelijkheid en monogamie hebben genadeloos toegeslagen, we spreken niet meer over vrouwen als *commodity*, de vriendinnen zijn allemaal even geëmancipeerd en bijdehand, wijzelf goed afgericht door onze feministische moeders. Mannenvriendschappen staan tegenwoordig in het teken van culinaire prestaties of reis- en avonturenverhalen (motorreis door Marokko, abseilen in Tirol, fietsen in Kirgizië), terwijl ook de zorg voor de kinderen niet helemaal onbesproken blijft. Zonder enige gêne dragen mijn vrienden hun kind in zo'n zak op de buik of lopen achter een Bugaboo. Oude lullen worden we. Het is wel prettig zo. Mijn ietwat gevaarlijke fantasieën over Leonie stammen gewoon uit een oerdrang, uit de tijd van rokkenjagers en vrouwenverzamelaars. Toch zit ik fluitend op de fiets naar huis, waar ik een paar uur werk aan een opdracht voor een klantvriendelijke variant van een jaarverslag dat zelfs in die smeuïge vorm linea recta in de prullenmand zal belanden.

Map Joris
Verslag gesprek met stagiair Uitgeverij Godfried: Jens Gustafson. Vader Deen, moeder Nederlandse. Nu junior redacteur bij een van de uitgeverijen van KGK. Zelfverzekerde, lange, magere jongen. Deelt met twee vrienden een gehorig appartement in Geuzenveld. Gespecialiseerd in non-fictie. Fictie te lastig met die veeleisende auteurs, prima donna's van wie je niet aan hun tekst mag komen. Hij wekt de indruk dat hij – indien daartoe in staat gesteld – louter bestsellers had kunnen maken van die meelijwekkende producten. Non-fictie heeft een concrete boodschap die zo goed mogelijk over het voetlicht moet komen. Vaak zijn het auteurs van een enkel boek. Daarmee ga je geen moeizame relatie aan. Heeft het erg naar zijn zin. Zou graag acquisitie doen. Specialiseert zich in moderne media en games. Is zelf een vrij goede League of Legendsspeler. Was stagiair bij Anne toen het conflict met Thomas ontstond. Jens had moeite met Anne. Hij vond haar

autoritair maar heeft veel van haar geleerd. Was bij de redactievergadering aanwezig toen Thomas *Hedendaags fanatisme* inbracht. Herinnert zich daar niet veel van. Het werd onderkoeld gepresenteerd. Als een interessant manuscript. De reactie van de anderen was: oké, wie krijgt het en wie lezen mee? Thomas wilde het zelf doen. Hij haalde af en toe de krenten uit de pap. Anne zou meelezen, maar gaf het door aan hem. Aan Jens dus. Er was een lichte wrijving tussen Anne en Thomas. Competentiestrijd, dacht Jens. Anne wilde meer zeggenschap, vond dat Thomas op grotere afstand moest gaan staan, gezien zijn leeftijd. Maar ja, deels eigenaar, die zet je niet zomaar weg. Verder was de sfeer collegiaal. Dat veranderde toen Jens Anne zijn leesrapport had gegeven. Ze ontplofte tijdens de volgende redactievergadering, had hij gehoord. Daar was Jens zelf niet bij geweest. Mocht niet van Anne. Thomas hield voet bij stuk. Het boek moest er komen. Anne verspreidde vervolgens onder het personeel fragmenten uit het boek. Ze vroeg iedereen haar verontwaardiging te delen. Hoewel hij sommige passages slecht geschreven vond, was hij het met de onderliggende gedachte niet oneens. De ideeën in iets andere vorm leefden wel bij zijn vrienden, maar eerlijk gezegd werd zijn opinie meer gestuurd door zijn hekel aan Anne dan door zijn waardering voor de tekst. De strijd die binnen de uitgeverij ontstond was eerder een populariteits- en belangenstrijd dan een ideologisch conflict, meent hij. En terwijl Anne iedereen op het gemoed ging werken en verborgen dreigementen uitte, waar sommigen wel degelijk gevoelig voor waren – hem maakte het als stagiair toch niet uit – bleef Thomas soeverein hameren op de noodzaak dit controversiële boek uit te geven zonder acht te slaan op modieuze agressieve kwetsbaarheden. Ja, zo zei hij het. Weer tegen het zere been. De sfeer op de uitgeverij was gespannen. En voor het boek werd uitgeleverd, pikte wiewatwaar.nl de ruzie op, maar toen was er een eind gekomen aan zijn periode als stagiair en begon hij zijn masterscriptie te schrijven, over de narratieve technieken in games. Hij had Anne niet meer gezien of gesproken. Thomas ook niet, maar daar had hij sowieso weinig contact mee gehad. Leek hem wel een fidele man. Natuurlijk een icoon, een vaderfiguur die om zeep moest worden geholpen. Waar Anne vandaan kwam en wat haar achtergrond was, wist hij niet. Hoelang ze al bij Godfried werkte wist hij ook niet. Of ze ooit een verhouding had gehad met Thomas? Volgens hem was ze lesbisch. Nee, ze was vast niet Thomas' smaak. Die zag meer in jonge, frisse meiden. Daarover deden geruchten de ronde. Wie heeft Jan Gansvoort van wiewatwaar.nl ingelicht? Hij zou het echt niet weten. Dat kon iedereen zijn geweest die een hekel had aan Thomas. Misschien een van die jonge, frisse meiden. Wat was er dan zo vervelend aan Anne? Ze wist altijd alles beter, corrigeerde onmiddellijk, liet je nooit eens aanmodderen, fouten maken en weer herstellen, had geen gevoel voor humor, werkte als een paard, deed qua uiterlijk ook sterk aan dat dier denken, nee, dat mocht hij niet zeggen, dat was zo cliché en zo seksistisch en antilesbo. Terwijl het hem niets kon schelen welke seksuele voorkeur mensen hadden. Hij was ruimdenkend. Zijn doel was zelf uitgever te worden, of verder te gaan in de gamewereld. Daar was veel geld te halen. Boeken, dat was toch eigenlijk passé.

Vragen die blijven: Wie heeft Jan Gansvoort ingelicht en van giftige pijlen voorzien? Was dat Anne zelf? Of een ander lid van de redactie? Of toch deze gamende stagiair? Nare jongen.

ISA

Cork is zo'n provinciestad waaraan je de armoede en achterstelling van Ierland nog altijd afziet. De bezienswaardigheden of wat daarvoor doorgaat heb je in een halve namiddag wel gezien en ben je ook meteen vergeten. Zelfs als de zon schijnt wil het er maar niet zonnig worden. Grauw, kapot en goedkoop overheersen. De enige aardige, warme plek is The English Market. Maar zover komen we niet eens. We blijven steken aan de westkant van de stad waar het universiteitsziekenhuis is en Sally door de molen moet. Voor dag en dauw zijn we vertrokken, opdat ze op één dag een aantal tests kan ondergaan. Ik heb mijn laptop en mijn boek meegenomen, want Sally stond erop dat ik gewoon in het restaurant van het ziekenhuis zou gaan zitten en niet met haar wachten in die eindeloze treurigheid van grijsgroene wachtkamers met afbladderend meubilair, beduimelde *Sunday World*'s en zieke oude mensen. Alleen dan zou ze zich minder bezwaard voelen omdat ik haar taxi was. Ik was dankbaar voor die fijngevoeligheid, want de sfeer in ziekenhuizen maakt me bang. Er gaat een dreiging uit van dokters en verpleegkundigen en hun efficiënte, bijna nonchalante handelingen. Ze zijn de handlangers en herauten van de dood. Om hen heen hangt als een dreigende wolk het slechtnieuwsgesprek, de besmetting laat zich niet uit hun witte jassen schudden of van hun handen wassen. Ik breng nog altijd het infuus dat mijn eerste bevalling inleidde in verband met de dood van mijn kind, het was moord met voorbedachten rade, al zeiden ze dat ze in mijn buik al was overleden. Dat was nog het ergste: ik had het zelf gedaan, zeiden ze met ogen vol verwijtend mededogen. Ik heb ze nooit meer vertrouwd. Het lijkt me gruwelijk in zo'n ergonomisch bed te moeten sterven, terwijl de ochtenddienst rammelend rondgaat met ondersteken en ontbijt. Goddank ben ik nooit ziek.

Het restaurant waar ik een plaatsje zoek is evenmin een paradijs met de vette geur van *full Irish breakfasts*, bonen en bacon drijvend in *brown sauce*. Ik sta telkens weer te kijken van de combinatie schitterend land – knoestige mensen – goor voedsel, maar toch houd ik van de Ieren. In Italië is alles mooi: landschap, mensen, steden en voedsel, maar ik slaag er niet in van Italianen te houden met hun egocentrische zelfgenoegzaamheid. De lege schittering heeft ons een tijdlang bekoord, en zelfs hebben we overwogen een huis te kopen aan de Ligurische kust, maar zeezicht was onbetaalbaar en zeezicht moest er zijn voor Thomas.

Om me heen hoor ik de bromklanken van het Iers, hier in het zuidwesten keliger en bonkiger dan in Dublin. Het landschap waar je opgroeit zit in je stem, je lijf en je hoofd. Ik kom uit Amersfoort, heb jarenlang in Bilthoven gewoond, niksige geboortegrond. Ik wou wel ergens anders opgegroeid zijn. Thomas vond het onzin. Geboorteplaats is niets. Afkomst is niets. Wat je zelf doet met de gegevens waaruit je toevallig bent samengesteld, daar gaat het om. Hijzelf was wel twintig keer verhuisd in zijn jeugd, telkens naar een andere stad, een ander dorp, een andere school, soms naar het buitenland. Hij was bagage. Soms was hij bang achtergelaten te worden, een vergeten koffer in de afdeling gevonden voorwerpen van een luchthaven. Het kwam doordat zijn vader internationaal kunstenaar was, nee, absoluut niet bekend, meer een meeloper, een handige uitvreter, een opschepper. Thomas vertelde weinig over zijn jeugd, alsof het hem werkelijk niet interesseerde. Ja, zijn ouders waren omgekomen bij een hotelbrand in India. Traumatisch maar vroeger was geweest. Hij was hier en nu en in de toekomst. Dat trok me in hem aan: zijn vrijheid. Geen wortels, geen banden, geen belemmeringen, geen tradities, geen richtlijnen, geen permanente supervisie door de kaste.

Une histoire simple was volgens mij de eerste film die we samen zagen. Thomas beweerde later dat het *Apocalypse Now* was. Die film stelde alle andere films in die periode en zeker de bescheiden en subtiele *Histoire simple* in de schaduw. Aan Romy Schneider als Marie vond hij niet veel. Allemaal te gecompliceerd, te onbegrijpelijk vrouwelijk, ja wel mooi, maar ook lastig voor een man, breekbaar, manipulatief. Niets voor hem. Bovendien, zei hij, werd hij in die begintijd te veel door mij in beslag genomen om zich die vrouwenfilm te kunnen herinneren. *Apocalypse Now* heb ikzelf uitgezeten in een roes van huivering en angst. Thomas leek nog uren erna in het universum van Kurtz te verkeren, terwijl ik er juist zo ver mogelijk vandaan wilde vluchten. Hij kon me niet banger maken dan door met schorre stem midden in de nacht 'the horror! the horror!' te hijgen. In het gesprek erover stonden voor het eerst expliciet onze werelden tegenover elkaar. Ik erkende de grootheid en het belang van de film, maar de agressieve duisternis was een nachtmerrie waartegen ik me bevend verzette, terwijl hij die juist adoreerde. Toen ik beweerde dat de implicaties van Romy Schneiders emancipatieproces in de film van Sautet op ons gewone dagelijkse leven veel verder strekten dan de tocht naar de *Heart of Darkness* van een verknipte Vietnamveteraan, keek hij me vol onbegrip aan. Ja, de vrouwen hadden zeker een punt met hun eis van gelijkheid op sociaal en economisch gebied, daarin was hij beslist een feminist, maar dat hardcore bestrijden van iedere man als een potentiële verkrachter ergerde hem mateloos, evenals de emotionele chantage waar vrouwen wel pap van lustten. Dat gekonkel, dat sektarische gedrag, dat slachtofferdenken, hij had er geen geduld voor. Doe wat je wilt doen, maar zeik niet. Willen jullie de rechten van de man, dan ook de plichten van de man. Gelukkig dat jij niet zo bent, voegde hij eraan toe. Ik wist niet of ik dat als compliment moest beschouwen en ook niet of hij gelijk had. We waren een heel gewoon stel in die tijd, niet benepen ouderwets maar evenmin in de voorhoede. Thomas was de man die ik wilde, ook om die voor mij onnavolgbare identificatie met *Apocalypse Now*. Liefde is een primitief dier dat zelfs bij het gevaar warmte zoekt.

Aan een tafeltje naast me schoof een oude man aan met handen als kolenschoppen en een verweerd gezicht van zwaar werk. Alles hing, als bij een hond waarvan de merknaam me nu even ontsnapt. Zijn onderste oogleden waren uitgezakt tot twee kommetjes waarin zich traanvocht verzamelde. Hij zette zijn pet af en wreef met beide eeltige handen over zijn gezicht dat het raspte. Het grijze haar vertoonde een moet van het hoofddeksel en stond in korte vette sprietjes alle kanten op. Zijn dochter (schoondochter?) volgde hem en zette een blad met twee mokken thee neer, voordat ze zuchtend een stoel naar achter schoof en zichzelf tussen stoel en tafel propte. Ze had scherpe zwarte wenkbrauwen bij zichzelf getekend; haar lippenstift was zuurstokroze en gaf licht. De oude man keek naar zijn thee alsof hij even niet wist wat hij daar nou weer mee aan moest. 'Tea, Dad,' zei de vrouw met een knik in zijn richting. Hij roerde lang. De vloeistof klotste bijna over de rand. 'Ze leek een beetje beter,' zei hij, starend in het kolkje. De dochter antwoordde niet, blies en nam een slok, beide ellebogen op tafel.

Uit zwijgende solidariteit met de oude man hield ik even op met typen en staarde naar mijn laptop. Ik zag een oude vrouw in een kamer voor vier liggen, bed bij de deur, diep weggezakt in het beddengoed, misschien aan de zuurstof of aan een infuus, de ademhaling kort en moeizaam, de handen onrustig op het dek, de ogen gesloten, de geest al half in het hiernamaals waarin ze haar hele leven had geloofd. Haar man zat op armlengte afstand naast me naar zijn thee te staren, een met moeite levend gehouden sprankje hoop in zijn hart dat ze weer thuis zou komen. Want hij wist niet hoe hij afscheid moest nemen. Dat kon hij niet na al die jaren samen. Dat deed je niet: iemand loslaten. Die onverschilligheid bezat hij niet, eerder een ezelachtige koppigheid om door te gaan, zoals ze al die jaren samen koppig waren doorgegaan. Dat zij niet verder kon was tijdelijk. Met bevende handen bracht hij de kop naar zijn mond en dronk.

Terwijl ik daar zo naar mijn scherm zat te staren verspreidde zich vanuit het centrum van mijn lichaam een arctische verlatenheid. Ach, dat morsige vlees dat warmte zoekt waar het niet is, dat hypocriete, waanwijze leven dat een verwaarloosbare vergissing van de schepping is, maar dat zich in de enkeling zo weerbaar toont in moed en pijn en hoop. Het mocht van mij klaar zijn. Capitulatie? Nee, zei ik tegen mezelf. Ik capituleer niet.

Ik haalde een flesje water en een scone waarvan het zelfrijzend bakmeel achter op mijn tong een zoutige bijsmaak achterliet, en keerde terug naar mijn 'werk'. In mijn 'arctische verlatenheid' besef ik heel goed dat iedere reflectie op mijn huwelijk, mijn echtgenoot, mijn gezin, mijn familie en mijn leven een puur persoonlijke oefening is in afhechten, dooddoen en afleggen, in eigenwaan en zelfmedelijden. Toch moet ik daardoorheen. Ik heb van Thomas gehouden zoveel ik kon en hij toeliet en dat was genoeg om het al die jaren vol te houden in een onuitgesproken erkenning van wederzijds tekortschieten. Seksueel konden we het vooral de eerste jaren goed met elkaar vinden. De permanente drang van sommige mannen, van wie Thomas er een was, om zichzelf in de spiegel van een bloeiende jonge vrouw onsterfelijk en machtig te wanen, maakte me in latere jaren onzeker en afstandelijker. Toen we een keer op het IJsselmeer in de kuip van de boot onder de stralende zon elkaar de kleren van het lijf trokken en gretig als honden neukten en ik na afloop mijn ouder wordende lijf in het genadeloze licht zag en zag dat hij mij zag, besloot ik nooit meer zo argeloos en kwetsbaar naakt te zijn. Ik verkoos het gedempte licht van de slaapkamer en de troost van dunne, soepele nachtlingerie, waar we tot dan naakt sliepen. Thomas vond het wel sexy, zei hij, zijde en satijn, stukjes kant en dunne spaghettibandjes. Wat is er mis met een flanellen pyjama, vroeg ik lachend. Als daar niks mis mee is, waarom heb je die dan niet gekocht? Omdat ik je ordinaire smaak ken, zei ik dan weer.

Ons gezin zag eruit als een goed draaiende machine. Thomas was toegewijd aan zijn werk, ik aan het mijne. Dat mijn boeken – vooral in het begin – succesvol waren verraste ons beiden. Zijn verrassing had iets neerbuigends, alsof hij het mij niet had toevertrouwd ergens een succes van te maken behalve van het kerstdiner. Iedereen heeft altijd gedacht dat ik op voorspraak van Thomas toegang kreeg tot een gerenommeerde kinderboekenuitgever. Niet dus. Ik liet hem met enige trotse schroom mijn eerste manuscript lezen. Getypt op een elektrische Brother in het jaar na de dood van mijn eerste kind. Een eenzaam jongetje wordt vrienden met een hond, een koe en een varken. Het verhaal moest het hebben van de stijl: sprookjesachtig maar ook grappig. Ik gaf het hem vol verwachting te lezen. Terwijl Thomas bladzijde na bladzijde omsloeg, zag ik geen enkele reactie op zijn gezicht. Aan het eind legde hij de stapel voor zich op tafel en zei: 'Tja.' Ik vroeg nog: 'Wat vind je?' En hij: 'Ik heb hier natuurlijk geen verstand van.' 'Maar...' vulde ik aan. 'Misschien moet je het een poosje laten liggen en dan opnieuw bekijken.' Ik wachtte even of er meer kwam, maar er kwam niet meer. De telefoon ging. Thomas nam aan en was snel in een zakelijk gesprek gewikkeld. Ik pakte de stapel papier op en stopte het in een la. Hij kwam er niet op terug. Ik volgde zijn raad op, veranderde na een paar weken het een en ander en stuurde het onder pseudoniem naar een uitgever. Het werd aangenomen. 'Good for you,' zei

Thomas, maar hij leek wel jaloers.

Een zekere vertrouwelijkheid bleef uit. Aangezien ik die met niemand kende – ik had wel vriendinnen maar geen hartsvriendinnen – besefte ik dat lange tijd niet. Het gekke is dat mijn eigen verhalen me de weg wezen naar dat gemis. De thematiek die ik erin aansneed kwam uit mijn eigen verlangens en tekorten voort. Van schrik schreef ik een jaar niet, terwijl ik me in duizend bochten wrong om te ontkennen wat ik had ingezien. Thomas had geen flauw idee van de impasse. Ik vroeg me af of hij iets miste in onze relatie, of dat hij het goed vond zoals het was, misschien helemaal niet bezig was met 'ons'. Zag ik spoken? Was ik een onbevredigde vrouw? Nogmaals: de seks was goed, en ik begreep uit feministische verhandelingen dat ik daarmee spekkoper was. Waar kwam mijn onbehagen dan vandaan? Het moest aan mij liggen, aan mijn jeugd misschien, mijn ouders, mijn familie, mijn 'controle'. Afhankelijkheid, zou Leonie uiteraard zeggen, en dat was gebrek aan autonomie, aan zelfvertrouwen, aan doorzettingsvermogen, gebrek aan ruggengraat. Ik kwam niet voor mezelf op.

Er mag dan het een en ander aan mij hebben gemankeerd – en vooral het feit dat ik zoals de meeste vrouwen ogenblikkelijk de schuld bij mijzelf zocht is een fout – ik heb wel degelijk mijn best gedaan om een ruimte voor vertrouwen te scheppen door op onze trouwdag weekends voor Thomas en mij samen te organiseren op een onverwachte plaats, een molen, een woonboot, een toren. Thomas was altijd enthousiast over mijn vondsten, maar ik genoot er minder van dan ik had gehoopt. Gezinsuitjes en vakanties regelen behoorde ook tot mijn takenpakket. Daarvoor gold hetzelfde. In mijn zorg om de bijval van mijn gezin werd ik aanstellerig druk. Dat heet nu 'herinneringen maken' en je ziet blije gezinnen elkaar voortdurend fotograferen in de hysterische verwachting dat ze binnenkort al met weemoed terug zullen kijken op dit moment. De herinnering zal beter zijn dan het moment zelf. Daar heb je foto's voor. Ik heb ze verbrand. Nu is er niets meer.

Ik ga maar even lezen in afwachting van Sally's terugkeer. Het boek waarin ik bezig ben is *The Portrait of a Lady* van Henry James. Het duurt erg lang. Dikke boeken zijn toch een vorm van ijdelheid.

De uitslag van Sally's tests is nog onzeker. Over een week is alles binnen en wordt het resultaat aan haar huisarts meegedeeld. Ze zegt dat ze geen pijn meer heeft en dat het al gewoon over is gegaan, maar ik geloof haar niet. Onderweg naar huis, anderhalf uur rijden, praat ze haar zorgen weg. Heb ik weleens het verhaal gehoord van Maureen, die ik vast heb gezien op de muziekavondjes in The Lake House, een pub in de buurt. Ze speelt de Ierse fluit. Ik heb haar inderdaad een enkele keer gezien, een naar Ierse begrippen rijzige vrouw van onbestemde leeftijd, die steevast poederachtig opgemaakt in een van haar zondagse jurken met bloemmotief op het appèl verschijnt, een portemonneetje op haar bovenarm gespeld waaruit ze gepast geld haalt voor één cider, waarna ze uit de zak van haar rok een heel klein zilveren fluitje tevoorschijn trekt. Ze wacht even, luistert naar het stuk dat de andere muzikanten spelen en valt dan in met hoge piepende tonen, die aan een nest muizen op speed doen denken. In de pauzes tussen de stukken spreekt ze met niemand, maar zit ze geduldig – fluitje in schoot – te wachten tot de eerste viool een nieuw lied inzet. Heeft ze haar cider op en een aantal wijsjes meegespeeld, dan staat ze op en verdwijnt. Die Maureen dus... 'Wist je dat die een graad heeft van Trinity College. Ze is een heel geleerde vrouw, die een carrière in de wetenschap heeft opgeofferd om hier voor haar oude, zieke ouders te zorgen, zij was als enige ongetrouwd, dus aan haar viel die plicht toe. Ze heeft het gedaan zonder dat er een klacht over haar lippen kwam, waarschijnlijk in de hoop dat het allemaal niet zo lang zou duren, maar hoewel haar vader vrij snel, na drie jaar, overleed, hield haar bedlegerige moeder het nog vijftien jaar vol, tot haar achtennegentigste, die ouwe pestkop, en Maureen verdeed haar leven in dat huis. Je kent het wel, het ligt aan de weg tussen de *coast road* en het postkantoor. Nu is ze het helemaal aan het opknappen. Men zegt dat ze er een laboratorium bij laat bouwen en dat ze er een geheim medicijn wil maken, het schijnt een pil te zijn die je in kunt nemen als je gaat drinken en die absorbeert dan de alcohol, zodat je wel vrolijk maar niet dronken wordt, zeggen ze. Zie je de rijen al voor je?' Sally grinnikt en hoest.

'Is het waar van dat lab?' vraag ik.

'Het kan ook een kennel worden voor bejaarde honden, of een planetarium, of een distilleerderij.'

'Wordt er veel illegaal gestookt?'

'Niet dat ik weet,' zegt Sally met een scheve lach.

We worstelen ons door de smalle hoofdstraat van Macroom. De huizen erlangs – zelfs de paars en groen en geelgeverfde exemplaren – zijn grauw van stof en roet, en zo laag en klein als lucifersdoosjes waarin bleke mensen achter kleine vuile ramen in benauwde slaapkamertjes liggen te schudden van het langsdenderende vrachtverkeer. Wie een arm naar buiten steekt raakt de zijspiegel van een autobus. Maar daarachter, achter het dorp en verder, strekken zich de natte groene heuvels uit aan weerszijden van schitterende, snelstromende beken en rivieren vol vis.

'Wie zorgt er voor jou als je oud en ziek zult zijn?'

'Dat ben ik al. Oud en ziek. Ik zorg voor mezelf.'

'Zou je dichter bij je dochter of je zoon willen wonen?'

'En dat dronken lor over de vloer hebben?'

'Je hebt toch ook nog broers en zussen?'

'Dood of halfdood.'
'De buren dan?'
'Aye. Zoals jij. Wat jij doet.'
'Maar ik ben er niet altijd.'
'Nee, maar nu ben je er. En ik word wel vanzelf beter.'

En ze vertelde van diverse wonderbaarlijke genezingen, die niet zelden aan geheime of heilige krachten te danken waren of aan kompressen met mos en zeewier, de nicht met de novene voor de heilige Agatha kwam weer voorbij, en de blinde schaapherder, die op een schapendrol uitgleed, met zijn hoofd op een rots terechtkwam en subiet weer kon zien, of hij werd juist blind doordat hij op een rots viel en dat ze probeerden het omgekeerde te bewerkstelligen door hem met een schapendrol op zijn kop te timmeren, maar dat hij daaraan doodging.

'Ik trakteer je op een kop thee en een eclair bij de French Bakery,' zei Sally, toen we het dorp naderden.

'Het is bijna zes uur, Sal, ze zijn dicht.'

'Time flies when you are having fun.'

Sally zag er bleek en moe uit. Ik bracht haar thuis. Ze vroeg me niet binnen te komen. Ze keek ook niet meer om. De zee waarop Seaview zicht had was donkergrijs en glad. In de verte gloeide een enkel licht.

LEONIE

Hij is te laat. Punctualiteit beschouw ik als een vorm van helder denken. Laatkomers verwarren hun chaotische levensstijl met creativiteit. Als ze zich al verontschuldigen is dat meestal een vorm van zelffelicitatie. Kijk mij eens druk, expansief en hyperactief zijn. Ik ben geen negen-tot-vijfmens, hoor! Sorry sorry sorry. Leuke jonge vrouwen gooien dan hun lange krulhaar naar de andere kant en doen even kinderlijk een vinger op hun onderlip. Mannen nemen snel een zogenaamd zakelijke houding aan: Let's get it done! Zij zijn er immers! Hun leven beteren? Waarom? Ik geef iedereen een marge van vijf minuten. Daarbinnen is op tijd, daarbuiten te laat. Telefoontjes of appjes van 'zit vast bij een vorige afspraak, ben een halfuurtje later' zijn uit den boze. Ik klok hem op dertig seconden te laat. Het vagevuur.

'Net op tijd!' zegt hij met een grijns. 'Heb je al besteld of heb je op mij gewacht? Wat drink je?'

'Een whisky,' zeg ik, 'en daar komt hij al aan.' De kastelein zet een glas voor me neer.

'Ook voor mij maar een whisky,' zegt Joris en tegen mij: 'Fijn dat je tijd voor me hebt gemaakt.'

Ik antwoord niet.

Hij wacht even, snapt de hint. 'Laat me toelichten wat mijn vraag is. De universiteit is de laatste jaren, zeg maar decennia, van karakter veranderd. Het is meer en meer een instituut geworden waar zo veel mogelijk mensen tegen een zo gering mogelijke inspanning een certificaat komen kopen waarmee ze toegang krijgen tot banen, geld en goede posities. De factor wetenschap is ondergeschikt aan de factor economie. Het bestuur van een universiteit is alleen geïnteresseerd in geld. Geld geld geld. Studies die niets opleveren worden verwaarloosd. Tegelijk zien we een enkele studie ondanks een betrekkelijk bescheiden carrièreperspectief enorm opbloeien. Het vak filosofie trekt meer studenten dan ooit tevoren, terwijl geen van de studenten die eraan begint weet wat hij ermee kan worden, om het zo maar eens te zeggen. Kun jij die filosofiemode verklaren?' Hij heft het glas dat de kastelein inmiddels heeft gebracht. 'Proost!'

Ik laat mijn glas staan en leun achterover om afstand te scheppen. Joris de Groot zit wel heel gretig naar me overgebogen, scherp als een uitgeruste jachthond. Ik ben de docent, hij is de student en dat moet zo blijven. 'Beginnen we met je laatste zin. Die draait om het woord "mode". Mode kan een neutraal woord zijn, maar in jouw context is "mode" negatief. Daarmee veroordeel je in één klap iedereen die filosofie studeert of doceert. De docent filosofie wordt aangevallen maar moet niettemin de aanvaller beschouwen als een oprecht geïnteresseerd mens? Je maakt het me wel heel moeilijk. Wat zou je ervan zeggen om opnieuw te beginnen? Proost.'

Hij schiet in de lach. Mooie tanden.

'Oké. Ik begin opnieuw. Vraag één: is het aantal studenten filosofie de afgelopen dertig jaar absoluut en procentueel toegenomen, ja of nee? De vervolgvraag: hebt u daar een verklaring voor, professor?' Hij leunt op het tafeltje, de armen als een omheining om het glas. Ik voel een warmte bij hem vandaan komen, alsof hij hard heeft gelopen en nog even zit uit te dampen. Niet onaangenaam, niet vochtig maar droog. Ik houd van droog. Droge handen, droge huid, droog haar. Transpiratie kan op een bepaald moment geil zijn, maar zeker niet in een beginstadium, uitsluitend na hard seksueel werk. De slok whisky die ik neem loopt als een warme streep van keel naar kruis.

'De belangstelling voor het vak filosofie gaat gelijk op met de secularisering van de maatschappij,' doceer ik. 'Bij filosofie leren zinzoekers de juiste vragen stellen. Daar is behoefte aan. En heus niet alleen op academisch niveau. Op veel scholen wordt filosofie gegeven. Er zijn cursussen en workshops. Het haakt aan bij allerlei trends. Er zijn filosofen die spreekuur houden, boeken en artikelen schrijven, lezingen geven. Het vak is echt neergedaald uit de ivoren toren en is een nuttig instrument om de werkelijkheid te duiden. Misschien beter dan de journalistiek.'

'Dat is waar. De manier waarop naar ons wordt gekeken is

veranderd. De journalist is helemaal niet meer de man in een morsige regenjas met een sigaret in zijn mondhoek en een opschrijfboekje in zijn zak die hele dagen in het café doorbrengt en ouwehoert met alles en iedereen, de man die het nieuws van straat opraapt, en schandalen en misstanden onthult door er zelf op af te stappen. We zijn nu verdachte fake-newsmakers, jongens en meisjes die de hele dag achter hun computer op foute sites ongecheckt nieuws zitten te copy-pasten. Wij komen niet meer buiten, wij gaan niet meer op onderzoek uit, we schuimen het internet af en zijn nooit meer in het café of dronken.' Hij doet net alsof ik een dergelijke ordinaire opinie over journalisten heb. Daagt me uit.

'Je doet Bellingcat en de speurders van de Panama Papers en Follow the Money tekort. Voor welke krant werk je eigenlijk?'

'Je hebt me vast gegoogeld. Je weet dus dat ik freelancer ben en voor verschillende kranten werk.'

Ik voel me een tikje betrapt. Natuurlijk heb ik hem gegoogeld en ben ik artikelen tegengekomen die hij heeft geschreven. Niet wat je noemt diepgravende essays of spraakmakende interviews, maar kan-geen-kwaadverhalen over de nieuwe bedrijvigheid in krimpgebieden, kleurtrends in woninginrichting en de herleving van oude ambachten door ecologische duurzaamheidsinzichten. Soepel geschreven, dat wel. Hij past zich vast uitstekend aan de wensen van de opdrachtgever aan. Toch werkt dat makkelijke niet in zijn voordeel. De kwestie die hij met me wil bespreken is te onnozel en te beperkt om serieus te nemen.

'Ja, ik heb het gezien,' zeg ik, 'leve de vrijheid van de zzp'er.'

Het gesprek stokt. Het ligt aan mijn gesloten, afwerende houding. Mededogen en toegeeflijkheid zijn niet mijn sterkst ontwikkelde eigenschappen, dat weet ik. Ik ben geen pleaser. Ik hou van duidelijkheid.

'Je bent actief op Twitter, zag ik.' Ik probeer een nieuwe opening te maken.

‘Ik streef ernaar een zo zinnig mogelijke bijdrage te leveren. Goeie artikelen te delen. Ik doe er zelf heel veel op.’

‘Ja, dat zal wel.’ Het klinkt onbedoeld negatief. Ik wil hem niet helemaal als nitwit wegzetten. Hij lacht weer, maar nu veel meer op zijn hoede.

‘Wat was voor jou de reden om filosofie te gaan studeren?’ vraagt hij.

‘Eliminatie. Filosofie bleef over.’

‘En? Heb je er wat aan, behalve een broodwinning?’

‘Het is geen therapie.’

‘Is het een “instrument om de wereld te duiden”?’

‘Zeker.’

‘Alleen als abstracte intellectuele exercitie, of helpt het ook bij doodgewone dilemma’s waar je in je leven tegenaan loopt?’

‘Geef eens een voorbeeld?’

‘Stel: je hebt een relatie. Je verdenkt je partner ervan dat hij vreemdgaat. Jullie staan op het punt samen een huis te kopen. Breek je in op zijn of haar iPhone?’

‘Filosofie geeft ons niet gratis een morele checklist die je kunt afvinken.’

‘Je weet wel overal een ontwijkend antwoord op. Wat raakt jou, Leonie?’ Voor het eerst zegt hij mijn naam. Dat geeft een schok van intimiteit. Als ik nu ‘Joris’ zeg wordt er een grens overschreden, een afspraak gemaakt. Dan voeg ik straks waarschijnlijk op het hoogpolige kleed in mijn moeders zitkamer een atletisch gebouwde, middelmatige journalist aan mijn erotische palmares toe.

JORIS

Uit de map van Joris
afdeling Leonie
Ze bleek op het huis van haar ouders in het Museumkwartier te passen zolang haar moeder in Ierland is. Dat verklaarde haar aanwezigheid in De Waterman. In ons gesprek heb ik nog met geen woord de kwestie-Thomas G. aangeroerd. Zij heeft er zelf niets over gezegd. Ik concentreer me voorlopig op het vak filosofie en de universiteit als veranderend instituut. Ze is niet makkelijk uit haar wapenrusting te krijgen. Ik zal moeten wachten tot ze zelf het verhaal van haar vader doet. Dat zal nog wel wat ontmoetingen vergen, vrees ik :-)

In het verslag voor de map houd ik uit veiligheidsoverwegingen de persoonlijke emoties beperkt. Het liefst was ik me als een puber van veertien aan pornografische fantasieën te buiten gegaan met ranzige hyperbolen en vunzige metaforen, doorspekt met zelfhaat. Mijn eigen gedachten stonken me de hele volgende dag tegemoet.

'Wat was je laat,' zegt Lucille aan het ontbijt. 'Was die zoon van G. zo'n kletsmajoor? Ben je wat wijzer geworden?' Ze mixt voor zichzelf een smoothie met veel ijzerhoudende groente. Het ziet eruit als de kots van de Hulk en het smaakt vast ook zo. Maar wat is ze lief in haar uitpuilende nachtjapon, het haar in twee staartjes, het kindje lekker op zijn gemak gevouwen in haar buik, een twee-eenheid van een hemelse zuiverheid en onschuld.

'Hij kletste vooral veel over zichzelf. Ik moet hem nog een beetje sturen naar waar ik hem wil hebben. Dat zal nog wel wat gesprekken kosten.' Ik kokhals bijna van de leugen, maar eerlijkheid zou vele malen erger zijn geweest. Weet je wat pas erg is, klootzak? Vreemdgaan.

Leonie had niet gezegd dat ze een volgend treffen op prijs zou stellen en ik was er na de daad wijselijk niet over begonnen. Op college zou wel blijken welke herinnering onze fysieke clash had achtergelaten. Zonder een woord te zeggen hadden we onze naakte armen en benen om elkaar heen geslagen en troffen onze rompen elkaar zoals soms in films gigantische magnetische metalen monsters met luid geklik in elkaar grijpen. Op seks geprogrammeerde robots waren we. Dat ging van haar uit. Zij hield haar hand op mijn mond als ik iets wilde zeggen. Zelfs haar orgasme was stemloos maar overweldigend merkbaar in het koele, bleke, vrijwel volmaakte lichaam waaraan naar mijn smaak wel wat houvast ontbrak.

Ik worstel de rest van de week met mijn ontrouw, al biedt mijn 'waardensysteem' diverse ontsnappingsmogelijkheden. Van de weeromstuit richt ik me meer op Lucille en geeft ze aanmoedigend commentaar op mijn positieve houding. 'Het is ook niet makkelijk voor een man mee te gaan in de ervaring van een zwangere vrouw,' lacht ze. 'Die hormonen zijn beesten! Ik ken mezelf soms niet meer.'

Dat hormonen beesten zijn kan ik onderschrijven en nog eens dubbel onderstrepen als ik tijdens het volgende college geen enkele blik van Leonie in mijn richting opvang. Ik besta niet, tenzij ze met negeren het tegenovergestelde bedoelt. Aan het eind van het college wordt ze in beslag genomen door twee andere studenten en geeft ze geen enkel teken dat ik op haar moet wachten. De bitch! Wachten doe ik dus ook niet. Ik boor een andere bron van informatie aan. Voor straf! De kinderachtigheid! Zodra ik buiten sta zoek ik het nummer van Jan Gansvoort van wiewatwaar.nl op. Ooit hebben we kort telefonisch contact gehad over een stuk van mij in een regionaal blad: het pop-upbordeel van een aspirant-politicus. Ik heb tot nu toe nog geen afspraak willen maken, want Gansvoort is de vleesgeworden onbetrouwbaarheid, die mijn voornemen om de affaire-Thomas G. te beschrijven aan de grote klok hangt als hem dat beter uitkomt dan erover te zwijgen. Toch moet ik eens het risico nemen. Ook hier weer is een omweg de beste benadering.

'Ik heb iets opgepikt in een jaarverslag van een goededoelenorganisatie dat ik stilistisch een beetje op moet jazzen, dat de verdenking van malversaties wekt. Het is niet helemaal duidelijk, en misschien zie ik spoken, maar ik wou er met jou eens over praten. Zelf kan ik er natuurlijk niets mee, want het is mijn opdrachtgever, maar misschien kun jij mijn tip nagaan.' Jan zit kennelijk in de auto, want ik hoor het geluid van de motor en 'Stom wijf, kun je je klauw niet uitsteken! Sorry, Joris, ga door.'

'Dat was het. Zullen we een biertje drinken een dezer dagen?'

'Ik zit een beetje moeilijk. Kun je het niet op de mail zetten?'

'Nou nee, het is wat ingewikkeld en ik heb het liever niet zwart op wit.'

'Vertrouw je me niet?'

'Ik vertrouw je zoals ik mijn vriendin vertrouw.'

Jan lacht. 'Dat zegt niks. Nou goed. Ik ga zaterdagochtend altijd hardlopen. Loop dan maar een stukkie met me mee. Om tien uur bij de hoofdingang van de Westergas, voor die bakker.' Hij verbreekt de verbinding.

Het miezert en het is kil. Toch verschijnt Jan Gansvoort in een imposant veelkleurig sporttenue met loopschoenen die er als nieuw uitzien en voor mij een week werken vertegenwoordigen. Gansvoort is een getraind loper of doet zich op de eerste paar honderd meter voor als een crack om mij te imponeren. Nu kan ik zelf aardig meekomen, zodat er zonder woorden een competitie ontstaat. Na vijf minuten geef ik me gewonnen. Dat lijkt me een strategisch juiste zet. Ik buig me voorover, handen op de knieën, schud de druppels uit mijn natte haar en reguleer mijn ademhaling, terwijl Gansvoort een paar meter voor me pas op de plaats maakt.

'Hé mietje! Kun je me niet bijbenen?'

'Jawel,' hijg ik, 'maar je weet toch dat ik astmatisch ben, een versleten heup heb, en dertig kilo te veel weeg! Effe dimmen, Jan, dan kan ik mijn zaak uitleggen.'

Op een tam looppasje sjokken we verder, terwijl ik een gefantaseerde fraude uiteenzet en een anonieme politicus van medeplichtigheid beschuldig. Jan kan goed luisteren en stelt een paar relevante vragen die het nodige van mijn improvisatievermogen vergen. Ook al is Jan Gansvoort een hyena zonder al te veel scrupules, hij gaat niet graag op zijn bek, zegt hij. Op die aanwijzing heb ik gewacht.

'Het loopt toch weleens gierend uit de klauw? Dat een bericht op jouw site onverwacht alle helhonden en moorddadige trollen uit de onderwereld mobiliseert en een episch schandaal uitlokt. Met gevolgen waar niemand verantwoordelijk voor is maar die iedereen zogenaamd betreurt. Iets wat je niet kan voorzien tegenwoordig. Hoewel... die affaire-Thomas G. kon je toch wel een beetje zien aankomen, hè?'

Gansvoort wendt zijn hoofd af, houdt een neusgat dicht en snuit met kracht een stuk snot de berm in. 'Dat was wel een Rocky Horror Pictureshow, ja.'

'Hoe kwam je eigenlijk aan die tip?'

'Het zijn altijd mensen zoals jij, half of helemaal een *inside job*. Meestal uit wraak of aandachttrekkerij.'

'Nooit uit nobele motieven om ons te informeren over vreselijke misstanden?'

'Geloof me, in deze wereld is niets nobels meer als zelfs moeder Teresa een ordinaire bedriegster en sadiste bleek te zijn. Het hebberige ego in alle vermommingen stuurt de acties van de mens.'

'Niets nieuws onder de zon.'

'Right.'

'Maar als er niet zo'n enorme bak stront over dat boek en die uitgever zou zijn gekieperd – of dat terecht was is trouwens ook de vraag – dan zou die vent nu nog vrolijk met zijn kleinkinderen cupcakes bakken.'

'Ik heb niks gekieperd. Wij hebben objectief en onafhankelijk verslag gedaan van een conflict op een vooraanstaande uitgeverij over de inhoud van een boek. Geen standpunt ingenomen. Geen verdachtmakingen. Geen overdrijving.'

'Wel sappige citaten uit het boek gepubliceerd.'

'Om duidelijk te maken waar de ruzie over ging.'

'Maar geen context aangebracht.'

'Voor racisme, seksisme en antisemitisme is geen context nodig. Wat zit je me eigenlijk te voeren over die affaire?'

'Ik zit alleen maar te denken waartoe mijn tip kan leiden en hoe je dat dus het beste aan de vork kunt steken.'

'Als ik ermee doorga, heb jij er helemaal niets meer mee te maken en er geen zeggenschap over. Daar staat tegenover dat ik jou nooit zal noemen als bron. Journalistiek erewoord.'

'Heeft die Anne B. soms zelf gelekt, toen ze haar zin niet kreeg?'

'Weet ik niet meer. Helemaal vergeten.'

Jan Gansvoort versnelt zijn pas. Ik vraag me af of ik iets te winnen heb bij deze loopoefening. Ik besluit door te gaan, maar geen vragen meer te stellen. We maken de ronde af, nu en dan kort commentaar leverend op het weer, het terrein, de verbazingwekkende toevloed op het traject van te zware, zwetende mannen van vijftig plus die met uitpuilende ogen recht op een orthopeed, een cardioloog of een begrafenisondernemer afstevenen.

'Respect,' zegt Gansvoort als we weer bij de bakker zijn, en hij geeft me een boks.

‘Heb jij er geen spijt van gehad dat je dat bericht over dat conflict in die uitgeverij hebt geplaatst?’

‘Nee. Waarom?’

‘Het heeft in sommige levens een verwoesting aangericht.’

‘Dat is niet mijn verantwoordelijkheid.’

‘Oké.’

Ik neem afscheid met de belofte een kopie van het frauduleuze jaarverslag te sturen. Schijtrijk is die vent geworden van zijn website, schijtrijk en schijtarrogant. Wat een proleet. Bij die patser vergeleken ben ik een wonder van journalistieke integriteit. En over de affaire-Thomas G. ben ik nog geen steek wijzer geworden.

LEONIE

Ik zit met een probleem en daar wil ik zo snel mogelijk van af. Soms doe ik dat door een eind te gaan fietsen of wandelen en op de cadans van de automatische lichaamsbeweging het vuiltje vakkundig uit de weg te ruimen. Maar daar is het nu te koud en te nat voor en dus ga ik naar het Stedelijk Museum. Een halfuurtje voor de werken van Jan Schoonhoven zal de klus wel klaren. Meestal zijn er nauwelijks bezoekers in die zaal, omdat er in de ogen van veel mensen weinig te zien is op de witte rechthoeken in reliëf. Voor mij is er juist veel te zien in de eindeloze variatie van het licht. Schoonhoven schept ruimte. Ruimte voor het kunstwerk om te zijn en ruimte voor mij om met het kunstwerk te zijn.

Ik moet nadenken. Seks kan ik met mezelf hebben, zoals ik ook alleen eet, het bevredigt een behoefte. Maar als behoefte begeerte wordt of erger nog: verlangen, en er een met name genoemd ander menselijk wezen aan te pas moet komen, dan dreigt seks afhankelijkheid te worden. Daar wordt seks gevaarlijk. En dus interessant. Is het overgave of juist bezitsdrang? Het is bezitten en bezeten worden, het is bezeten zijn. Seks is een gevecht. Zegeviert het ego over de kleine dood van het orgasme? Zegeviert het alleen en in een majestueus kaal landschap? Ik wil seks niet zien als een goedkope manier om een behoefte te bevredigen, maar als de beproeving van het autonome ego. Daar is de ander voor nodig. Deze gedachten zijn lachwekkend ritueel en hoogdravend. Het zij zo. Ik ben niet van plan me aan te passen aan de massa.

Nu dus: de middelmatige journalist Joris de Groot, die ik heb toegelaten in het huis van mijn ouders, zij het niet in de grote slaapkamer, maar inderdaad op het hoogpolige kleed voor de open haard die niet brandde. Ik leidde de dans, hij volgde me zonder volgzaam te zijn, aandachtig, niet geconcentreerd op eigen genot en evenmin slaafs op het mijne, vreemd genoeg was het alsof hij bezig was een kunstwerk te maken. Het was ambachtelijk, zoals het slijpen van een diamant ambachtelijk is.

Ik probeer kijkend naar de witte vakjes van Schoonhoven een precieze omschrijving te vinden van de ervaring die ik met Joris had. Het was alsof we allebei zowel acteur als toeschouwer waren, alsof we al doende met een esthetisch genoegen naar onszelf keken. Ons gelijktijdige orgasme spande een kathedraal van stilte over ons heen. Bijzondere acrobatische kwaliteiten had hij niet, en toch was er iets wat ik nog niet eerder heb gevoeld. Het moet in de seks zitten, want het gesprek in de kroeg had hem geen podiumplaats gegeven. Ik nam hem mee omdat ik gewoon trek had in een man. En nu vraag ik me af of dit samenspel zo ongewoon was dat het eenmalig moet zijn, of dat ik juist de herhaling moet zoeken om het wonder 'gewoon' te maken. Ik neig tot het laatste, maar snap ook wel dat ik mezelf belazer. Ik wil gewoon heel ordinair weer met die middelmatige journalist neuken. Als ik eraan denk voel ik een trilling in mijn buik. Verliefd ben ik niet. Dat ben ik nog nooit geweest, maar ik begrijp dat deze lichamelijke aantrekkingskracht een facet is van wat anderen verliefdheid noemen. Het is meer dan geil, geilheid herken ik makkelijk in mezelf. Er wordt een duisterder toon aangeslagen. Goed dat ik hem tijdens het laatste college heb genegeerd.

Maar, wat nu dus, meneer Schoonhoven? Iets zingt en wringt, een stille drang zoemt zacht. Het kan ook de airco zijn. Waarschijnlijk heb ik me vergist en de yogaoefening met Joris de Groot meer betekenis toegekend dan ze werkelijk heeft. Ik ben mijn zuivere oordeel een beetje kwijt. Er is vervuiling. Komt dat door papa? Een al te makkelijke therapeutische verklaring. Ik moet dit met open geest onderzoeken. Trots en vooroordeel: een mooi thema voor een college. Bedankt, meneer Schoonhoven! Ik loop het museum uit en het restaurant in, een functionele fabriekskantine. Wel mijn smaak.

Ik check nog eens aandachtiger de aanwezigheid van Joris de Groot op de sociale media. Aan Facebook doet hij weinig, Instagram is evenmin zijn ding, maar op Twitter bemoeit hij zich wel met een aantal actuele kwesties in korte, meestal grappig bedoelde interventies. Geen groot denker. Als ik hem ergens moet plaatsen is het intuïtief en fatsoenlijk links van het midden, begaan met klimaat en ongelijkheid, instemmend *De Groene* citerend, maar ook met afkeer van zendingsdrang en gelijkhebberij. Hij stelt eerder vragen dan dat hij antwoorden geeft. Goed voor een journalist.

Tevreden scrol ik verder en zie dat mijn broer Arthur weer eens een losse flodder over zijn muziek heeft gedeeld: op een Sounds of the Underground-festival zal hij zijn nieuwste productie presenteren. Er staat een foto bij van een gemaskerde Arthur gebogen over zijn geluidsinstallatie, waarvandaan veel draden naar allerlei versterkers lopen. Als kinderen hadden we een natuurlijk bondgenootschap, gekruid met een lichte competitiedrang, maar in onze puberteit gingen onze wegen uiteen. Ik ben hem kwijtgeraakt. Misschien moet ik maar eens een kaartje kopen voor dat festival.

Als ik 'thuis' kom, kil en nat, voel ik me niettemin voldaan. De sfeer begint te wennen, nu de keukentafel mijn werkdomein is en het hoogpolige kleed is ingewijd. Ik beweeg me iets vrijer, zonder een permanent gevoel van bevangenheid en ergernis. Het huis heeft toch wel veel voordelen. Met animo kijk ik een paar werkstukken na die enig talent verraden. Ik ga op zoek naar een elastiekje of een doosje paperclips waarmee ik papieren en een map bijeen kan houden. Die artikelen liggen niet op het bureau van mijn vader en evenmin op het bureau van mijn moeder, dus zoek ik in kastjes en laatjes vol onbestemde boekjes, brillendozen, concertprogramma's, plastic hoezen, lege geschenkverpakkingen die op hergebruik wachten, in onbruik geraakte apparaten, mappen met illustraties van Isa. In een van die laatjes schuiven een paar foto's uit een papieren folder met daarop de naam Katelijne. Ik raap ze op om ze weer terug te doen en bekijk ze even. Het zijn foto's van Isa met een baby in haar armen en foto's van de baby apart. Ben ik dat of is het Arthur? Wat betekent die naam Katelijne dan? Ik kijk beter en besef dat de baby dood is. Een ingebakerd, dood kindje. Isa houdt het stevig vast en kijkt in de lens met een wilde blik, alsof ze haar het kind afhandig willen maken. Thomas moet de foto hebben genomen. Ik leg de foto's terug en sluit de la. Er is dus nog een kind geweest, een zusje, waarvan Arthur en ik niets wisten. Was Arthur op de hoogte geweest, hij had het me zeker verteld. Het moet het eerste kind van Isa en Thomas zijn. Nooit één woord over gehoord, van niemand. Niet één toespeling. Een complot van volwassenen om een kind uit te gummen, om een leven uit te wissen, om gevoelens te onderdrukken en te bedekken. Een oefening in ontkennen. Wat een bedrog!

Ik loop doelloos door het huis, op zoek naar een verklaring, alsof die in de ijskast of onder het bed ligt, tot ik mijn jas van de kapstok neem en naar De Waterman ga, waar de kerstsfeer uitbundig in zilveren en rode ballen, slingers nepgroen en veelkleurige lichtjes boven de bar hangt, ondersteund door het weerzinwekkende 'It's beginning to look a lot like Christmas'. De kastelein heeft een vlinderdasje met flikkerende lichtjes voor. Lang verdraag ik het niet. Na een whisky ga ik weer de druilerige avond in en loop met een grote omweg terug naar huis. De stad ziet eruit als een verregende hoer. Ik krijg mijn gedachten maar niet geordend. Was dat kind werkelijk verdrongen of had ze in ons gezin een spoor van leegte achtergelaten? Was haar aanwezige afwezigheid het geheime stempel dat als een brandmerk op het huwelijk van mijn ouders en dus op mijn broer en mij was gezet? De oorzaak begraven, terwijl de gevolgen als onbegrepen giftige restanten ons leven tekenden? De afhankelijkheid van Isa, de explosies van Thomas, de floers van angst en dreiging... werkelijk, Leonie, de floers van angst en dreiging als resultaat van een tragische, onverwerkte gebeurtenis!? Wat zie je nu opeens in het verleden opdoemen? De leugen. De ontkenning. De verdringing. So what? Maak er niet meer van dan het is.

Weer thuis haal ik het mapje met de foto's van Katelijne tevoorschijn en ga er met opzet langdurig en zorgvuldig naar kijken. Had ze geleefd of was ze dood geboren? Het ingebakerde kindje lijkt een larf met een menselijk gezichtje. Een zeventiende-eeuws baby'tje. Het heel precies getekende mondje, de gesloten oogjes die nooit licht hadden gezien, het volmaakt gevormde schedeltje, waarin de ongebruikte zachte hersenen lagen, in het DNA van iedere cel alle mogelijkheden van een compleet leven, maar alle systemen uit. Geen beweging. Geen kloppend hartje. Alleen waren er de geluiden in opgeslagen die door de baarmoederwand waren doorgedrongen, de liedjes die Isa zacht voor haar had gezongen, de streling van de hand over de buik.

Spinoza zegt in een van de axioma's die voorafgaan aan de *Ethica*: 'Uit een gegeven bepaalde oorzaak volgt noodzakelijkerwijs een gevolg, bestaat er daarentegen geen bepaalde oorzaak, dan is het onmogelijk dat er een gevolg optreedt.' En: 'De kennis van het gevolg hangt af van de kennis van de oorzaak en sluit die in.' Hoeveel gevolgen had de dood van dit kind veroorzaakt? Of hield een oorzaak op gevolgen te hebben? Het is mogelijk dat de stroom opdroogt en de oorzaak verdampt, dat die alleen nog een naamloos gegeven is dat wordt weggeblazen als een herfstblad.

Al kijkend denk ik aan mijn eigen mogelijkheid tot moederschap. Ik betreed gevaarlijk terrein, met gaten waarin ik kan verdwijnen, en obstakels waarover ik mijn nek kan breken.

ISA

Een mail van Leonie zonder onderwerp. Eén woord in kapitalen. KATELIJNE. Het is een stomp tegen mijn borst die me de adem beneemt. Elke letter is een beschuldiging. Ik loop naar buiten, naar zee, weg van mijn computer, blind van woede. Het is windkracht 8. Het loeit door de kale bomen, de schuimende golven van de vloed slaan bijna tegen het hek dat ons terrein van het steenachtige strand scheidt. Een enkele meeuw waagt zich in de vlagen, krijsend en zwenkend alsof hij het enorm naar zijn zin heeft. Ik schreeuw zo hard ik kan tegen de meeuw en de zee, die terugbuldert. Zout schuim slaat in mijn gezicht, tranen lopen uit mijn ogen mijn oren in. Ik sta schrap, mijn handen om het hek geklemd, de knokkels wit. Ik schreeuw nog eens en nog eens en vloek godverdegodver en ik roep als een moeder die haar kind onder haar ogen ziet verdrinken: 'Katelijne!' En nog eens: 'Katelijne!' Alles zit erin. Alles. En nog meer. Misschien sta ik er maar twee minuten, misschien een halfuur. Ik sta er. Wel godverdomme: ik sta er. De wind vult me, valt me aan, omwindt me, rafelt me: ik sta er. De zee blaast, trekt grommend terug en stormt weer op me af. Bruisend, schuimend, razend. Alles grijs en zwart. De stenen rollen ratelend over elkaar door de kracht van het water. Ik sta er. Kom maar op.

Op de terugweg heb ik de wind in de rug; hij duwt me voort naar het huis. Schouderklopjes van de wind. Ik sluit de mail. Geef geen antwoord.

De dood van Katelijne hebben Thomas en ik ieder voor zich verwerkt. We wisten niet hoe we moesten rouwen om een kind dat al in de baarmoeder was overleden, dat we niet warm en ademend en huilend in onze armen hadden gehouden, dat niet had 'gevochten' om bij ons te mogen zijn, dat ons in de steek had gelaten nog voordat we het welkom konden heten. Behalve luid zelfverwijt hoorde ik een zwakke tegenmelodie waarmee ik het kind veroordeelde, dat ze het had laten afweten, dat ik alles voor haar had gedaan maar dat zij mij had afgewezen. Ik was niet goed genoeg voor haar. Ik voelde me schuldig maar ook verongelijkt. Dat durfde ik niemand te bekennen. In die eerste periode was ik helemaal op mezelf geconcentreerd, een door nutteloze hormonen gestuurd zwijgzaam projectiel. Ik had absoluut geen oog voor het verdriet van Thomas. Die had geen verdriet. Die ging gewoon naar zijn werk, die liep fluitend door het huis, die maakte plannen voor een vakantie, die deed de deur van de babykamer op slot en hield de sleutel bij zich. Die eiste na korte tijd weer zijn seksuele bevrediging op. Die zei aan tafel gerust: 'Kom, lach eens! Blijf niet zo in je verdriet hangen.' En ging dan weer verder met eten. Ik was sprakeloos.

Toen ik een halfjaar later weer zwanger bleek te zijn – ik kan me niet herinneren dat we over een mogelijke nieuwe zwangerschap hebben overlegd – reageerde Thomas vreemd. Ik nam aan dat zijn terugtrekkende beweging voortkwam uit mijn zwangerschap, die mij weer enigszins opvrolijkte. Ik voelde me nooit beter dan wanneer ik zwanger was. Nu was hij degene die aan tafel somber zweeg. Op mijn vraag of hij bang was dat het weer mis zou gaan, antwoordde hij niet. Hij probeerde af en toe opgewektheid te veinzen, maar hij bleef langer op de uitgeverij, reisde alle boekenbeurzen af, en maakte ook in het weekend zakelijke afspraken. Hij kocht vrijwel zonder overleg het huis in Santpoort, liet het verbouwen en organiseerde de verhuizing. Het was alsof ik onzichtbaar was. We woonden nog geen drie weken in het nieuwe huis of hij ging weer op reis. Voor zaken. Hij zou me elke dag bellen. Maar hij kon me geen nummer geven waarop ik hem kon bereiken. Hij belde elke avond. Drie weken lang. En dan vroeg hij hoe het ging en dan zei ik: 'Goed, en met jou?' 'Ook goed,' zei hij dan. Veel meer dan trivialiteiten wisselden we niet uit. Ik had een angstig voorgevoel, maar als ik daarover begon zei hij dat ik me geen zorgen moest maken. Hij was in gesprek over een belangrijk auteur. Dat nam tijd. Het leek me flauwekul, al kon ik er weinig tegen inbrengen. Zijn stem klonk dof, maar dat kon de verbinding zijn. Achteraf, ja, achteraf... Het duurde heel lang voordat het 'achteraf' werd. Jaren duurde het. Een mensenleven duurde het. Tot nu duurde het. En dan blijkt dat het een niets met het ander te maken heeft. Ik heb mijn leven lang met een vreemdeling samengewoond.

Sally had haar kerstjurk aan, een eenvoudig bordeauxrood wollen geval, waarop ze een artistieke ketting droeg die door een van de pottenbakkende buurtdames in elkaar was geknutseld. Ze had zich bescheiden opgemaakt. Haar nog altijd mooie, bleke huid was opgefleurd met een toets rouge, ze droeg mascara, die haar knalblauwe ogen fraai omrandde, en lippenstift. Ze had wel een soort platte, zwarte sloffen aan, omdat haar feestschoenen zo knelden.

'Klaar voor het feest, Sally?'

Ze gaf een goedmoedige brom.

'Voel je je goed?'

'Goed genoeg,' zei ze. De huisarts had nog niet alle uitslagen binnen, maar voorlopig leek het een ernstig vitamine B12-tekort. Daar had ze niet voor naar Cork gehoeven, maar hij had een ander vermoeden willen uitsluiten. 'Het kon ook nog alvleesklierkanker zijn,' rapporteerde Sally over de medische verdenking. 'Maar ik kies voor het vitaminetekort.' Een paar injecties hadden haar weer wat energie gegeven, al was de pijn nog niet helemaal weg.

Het regende, de kustweg was aardedonker, gelukkig waren er geen tegenliggers. We passeerden haar oude huis, nu verlaten en vervallen. Ik reed met opzet langzaam om haar de kans te geven nog een verhaal te vertellen over de ontberingen die ze er had geleden. 'Zie je wel,' zei ze. 'De berg gaat steil omhoog pal achter het huis en aan de voorkant gaat het meteen weer steil naar beneden. We hingen eigenlijk permanent met onze klauwen aan de bergwand, als vleermuizen. Godallemachtig, dat ik het er zo lang heb volgehouden. Als de kinderen omhoogklommen om een kip of een bange kat te redden en ze vielen, dan hoefden ze maar één keer op de weg te stuiteren om dan in zee te storten, ik zag het voor me! Ze hadden net als katten negen levens, nou ja, behalve Deirdre en Moira dan, die hadden er maar één. Heel kort.' Ze snoof en keek weer voor zich uit naar de striemende regen in de koplampen. De ruitenwissers versnelden driftig hun tempo, de bui werd heviger.

'Deirdre en Moira?' vroeg ik, onzeker of het kinderen dan wel katten waren.

'Een tweeling. Te vroeg geboren.'

Ik slingerde van schrik. 'Godverdomme,' zei ik.

'En hoe snel denk je dat je hiervandaan bij een couveuse bent?'

'Helikopter?'

'Die kon niet vliegen. Het stormde.'

'Shit.'

'Het is niet anders.'

Ik vroeg me af of ze werkelijk zo stoïcijns was. Omdat ik mijn aandacht bij de smalle weg moest houden, zou ik haar er later verder naar vragen als ik durfde.

'Volmaakte kindjes waren het,' zei ze. 'Ze zijn in mijn armen gestorven.'

Ze hadden nog geleefd. Ze hadden geademd en gehuild, ze hadden hun moeder gevoeld. Ze waren er echt geweest. Het was een krankzinnig toeval dat ze me juist nu dit verhaal vertelde.

'Wat verdrietig.'

'Aye.'

De tl-buis boven de bar in Eileen's pub verspreidde zijn ongezellige keukenlicht, maar in de aanpalende ruimte brandden slingers kerstlampjes. We konden nog twee stoelen veroveren, voordat de kroeg volliep met het volk dat in een wijde cirkel van vijftien kilometer rond dit 'last homely home in the west' woonde. Stond je overdag aan de overkant van de baai waar de weg omhoogging, met het weidse uitzicht op bergen en zee en de oneindige hemel, dan was het niks, dit huis, een hoopje stenen als met een enorme duim diep in de grond gedrukt. Een en al nederigheid werd je hier ingeprent door de natuur. Eileen groette ons voor deze bijzondere gelegenheid met een handdruk en een 'hartelijk welkom' en liet een hulpje de bestellingen opnemen. Schalen met gefrituurde hapjes werden van hand tot hand doorgegeven. Het gonsde om ons heen. Sally stelde me voor aan mensen die ik niet kende, maar die op hun beurt precies wisten wie ik was en in welk huis ik woonde. Ik bestelde een Smithwick's en was van plan er heel lang mee te doen. We moesten nog terug over die verdomde kustweg.

Thomas zou hier in no time het centrum van een kring mannen zijn geweest, van waaruit af en toe lachsalvo's opklonken, mannen die tot de lage zoldering reikten, steeds rodere koppen, grote glazen bier in hun knuisten, ruige veeboeren, vissers, bouwers, en hoe Thomas me er dan even bij zou hebben getrokken: 'my lovely wife'. En ik zou dan glimlachend de mannen hebben gegroet en me daarna weer tot de dames hebben gewend, tot Sally en haar vriendinnen, tot de geleerde Maureen of de bloedmooie maar volstrekt geflipte Harriet, die met bomen en kabouters sprak en wier grootmoeder de beroemde verpleegster was die in 1947 een interview met een alien had nadat die met zijn vliegende schotel was gecrasht bij een ranch in Roswell, New Mexico. Hij zou ervan genoten hebben, en hij zou zonder twijfel licht beschonken aan het eind van de avond luid zijn imitatie van Dylan Thomas ('my hero, my brother!') ten beste hebben gegeven: 'Do not go gentle into that good night, rage, rage against the dying of the light.' En dat dan met een zelfgemaakt Welsh accent, dat noch op Welsh noch op Engels, Iers of Schots leek, maar meer een tukkerse variant was.

Nu zat ik hier alleen, zij het met een ontkiemend gevoel van eigenwaarde, dat nog zo broos was als een krokus in nachtvorst, en ik miste hem. Ik miste mijn vertrouwen in hem, dat zich ooit op hem had verlaten als op een huis dat misschien hier en daar tochtte en rammelde, maar waarvan het fundament stoer en stevig was. (Redacteur: andere metafoor?) Nu, wetend dat het huis misschien tiptop was maar het fundament verrot, bleek mijn vertrouwen een foute investering. (Redacteur: ? Ik: Ja, dat zou hij zo hebben gezegd. Redacteur: Maar jij?) Al deze vriendelijke mensen waren mijn nieuwe sociale bedding. Was dit genoeg, de welwillendheid en behulpzaamheid van relatief onbekenden, die net even anders met elkaar omgingen dan ik met mijn familie en vrienden in Nederland doordat de taal en het landschap nu eenmaal anders waren? Was het mogelijk om tegen Sally te zeggen dat ik wist wat het was een baby te verliezen, en haar te vertellen van Katelijne, voor wie wel een couveuse klaarstond, maar die het toch niet had gehaald? Ik wist niet of de woorden die we gebruikten dezelfde reikwijdte en betekenis hadden. Stel, ik zou haar vertellen dat ik mijn baby haar dood kwalijk had genomen, terwijl mijn eigen placenta hoogstwaarschijnlijk de oorzaak was, dan zou Sally daar mogelijk niets van begrijpen. Glad ijs, die universele emoties, glad ijs.

Terwijl ik deze treurige overwegingen in stilte aan mijn Smithwick's toevertrouwde en Sally een luid gefluisterde litanie van Mary aanhoorde, kwam Eileen – tevreden als een kat met een dood vogeltje – me een Nederlands echtpaar brengen, dat ik vast wel wilde leren kennen. Ze hadden zich hier een maand of vier geleden semipermanent gevestigd en behoorden al tot de vaste klanten. Dat Nederlanders in den vreemde graag andere Nederlanders in den vreemde willen ontmoeten is een wijdverbreid misverstand. Ik zat er niet op te wachten. Naar mijn smaak waren er al genoeg landgenoten in de buurt, die Thomas en ik over het algemeen goed op afstand hadden weten te houden. Voor mij stond nu een vers gepensioneerd stel dat in de geestelijke gezondheidszorg respectievelijk het onderwijs werkzaam was geweest en eindelijk hun droom had waargemaakt: een cottage in Ierland. Ze zongen de lof van het groen en de regen, van de Ieren en de zee, precies zoals ik het heb gedaan. Dit soort emigratie heeft altijd een ecologisch en biologisch aspect, het zoeken van vrijwillige ontbering in de natuur. De kou in het huis, het vocht, de primitieve badkamer, de hokkerige ruimtes, zo leuk! We hebben onze Hollandse e-bikes meegenomen, zodat we niet steeds met de auto boodschappen hoeven te doen, want toch algauw dertig kilometer heen en weer, nietwaar, naar het dorp! Hij had een grijs kinbaardje onder een kaal hoofd en zij – gemillimeterd haar en lange oorhangers – paste precies bij de lokale amatrices van quilts en aquarellen. Opgetogen vroegen ze waar ik woonde. Ik legde het uit zonder er een invitatie aan vast te knopen. Zij legden uit waar zij zaten maar voegden wel een uitnodiging toe voor als ik in de buurt was. En of ik alleen woonde. 'Nu wel,' zei ik.

'U komt me zo bekend voor,' zei de vrouw, die Carla heette. Ik glimlachte en praatte eroverheen. Zodra Mary's monoloog ten einde was stelde ik Carla en Joop voor aan Sally, maar het gesprek verliep stroef. Het Engels van het echtpaar leed onder een houten accent en een primitieve woordkeuze, terwijl Sally omgekeerd in het geheel haar best niet deed haar Ierse tongval te temmen. Omdat wij zaten en de twee anderen stonden was de verstaanbaarheidskloof moeilijk te dichten.

De komst van nieuwe happen en bestellingen dreef tot mijn vreugde een wig tussen ons. Sally boog zich naar me over en wees een paar opvallende leden in het gezelschap aan: een man zonder armen, wiens bier voorzien van een rietje op de bar stond. Hij had in de hakselaar gezeten en voor hij het wist was hij tot boven zijn ellebogen versnipperd en op het pad geblazen. Ze waren later nog een duim en een pink in de mulch tegengekomen. Tegen een pilaar stond een jonge schoonheid geleund, gekleed in strak lakleer, dat de nijverheid van sm-meesteres deed vermoeden, zo'n hoer die in deze omgeving geen klandizie zou vinden vanwege de exorbitante prijs die ze voor haar diensten vroeg, dan namen ze hier wel een schaap. Dat was het nichtje van Maureen, een getalenteerd violiste die in New York aan de Juilliard studeerde, inderdaad qua uiterlijk een beetje apart maar een reuze timide meisje. En dan daar helemaal links achterin, die man met die enorme bos haar, dat was de plaatselijke begrafenisondernemer en tevens beeldhouwer van nogal fallische sculpturen (Sally gebruikte het woord 'fallisch' niet, maar zei 'zekere rechtstandige') die hij aan de kerk in Castletownbere had verkocht als origineel Keltisch-katholieke symboliek voor de wederopstanding. Ze hikte van het lachen. Ik zag Carla met angst in de ogen kijken alsof ze zich het voorwerp van Sally's geestige roddel waande. Daarna stootte ze haar man aan, fluisterde wat in zijn oor en wees met een hoofdknikje op mij. Joop keek naar me en wendde toen betrapt zijn blik af. Het zweet brak me uit.

Ik wilde weg. Maar Sally had het nog naar haar zin. Die was aan haar derde vrij koppige cider bezig en wachtte met smart op de kerstliedjes die zonder mankeren bij een zekere hoogte van de feestvreugde zouden worden aangeheven.

'En? Hoe vind je het?' vroeg ze. Ik stak twee duimen op. De damp van de warme lichamen was tegen de kleine ramen geslagen en walste naar buiten zodra er nieuwe natte, koele mensen binnenkwamen, die steeds luider werden begroet. Carla en Joop bleven op een afstandje staan en spraken niet of nauwelijks met andere gasten. Ik voelde hun benepen oordeel, dat hun een steeds misprijzender hoofd bezorgde: dat is die vrouw van je-weet-wel, die vent die... dat boek dat... vreselijk dat boek, en die man en zij en nou ja, gevlucht natuurlijk, maar niet mee bemoeien. Had haar dan niet uitgenodigd, straks staat ze voor de deur en wat dan.

'Wil je weg?' vroeg Sally.

'Nee hoor, tenzij jij weg wilt.'

'Nog even,' zei ze, 'nog even.'

Gelukkig werd kort daarna 'Christmas in Killarney' ingezet en 'I saw three ships' en kon Sally met haar welluidende sopraan een fraaie tweede stem toevoegen. De hele kroeg zong, het klonk als een klok, alsof een geïnspireerde dirigent de maat sloeg. Aye, zingen kunnen ze, die Ieren. Met een dikke keel en tranen in mijn ogen luisterde ik naar het koor van inwoners, alsof Llareggub van *Under Milk Wood* naar Eileen's was verplaatst.

Vandaag is het Kerstmis. Bugger all.

JORIS

Het komt me goed uit dat de colleges van Leonie door de kerstvakantie worden onderbroken. Ze boezemt me een angstige fascinatie in. Bij haar denk ik aan een film als *Blade Runner*, zij de vrouwelijke Rutger Hauer. Intussen leg ik contact met Anne Benraad. Aan de telefoon lijkt ze lang niet zo'n haaibaai als de nare stagiair haar had gevonden. Aan het eind van de affaire-Thomas G., dat wil zeggen na de ietwat uitgestelde definitieve ondergang van de protagonist, kreeg Anne door de publieke opinie opeens een heel groot brok van de schuld toegeworpen, alsof ze Thomas G. hoogstpersoonlijk een mes tussen zijn ribben had gestoken, figuurlijk gesproken dan. Zo ben je heldin, zo ben je duivelin. Ze is bereid me te woord te staan, maar dat wil nog niet zeggen dat ze ook bereid is volledig mee te werken aan mijn project.

Ze geeft me koffie en gaat dan zodanig zitten dat het licht op mij valt en niet op haar.

'Vertel,' zegt ze.

Ik leg uitgebreider dan aan de telefoon uit wat mijn doel is. Als ik klaar ben met mijn verkooppraatje blijft ze me zo lang en zwijgend aanstaren dat ik er onzeker van word. Wil ze meer horen? Elk woord kan mijn kans verpesten. Ik reik naar mijn koffie, neem een slok, verslik me en hoest. Dan zeg ik maar eens: 'Tja' en 'Dus.' De stilte wordt bepaald onaangenaam. Nu gaat ze een poosje naar haar schoenen kijken (mooie laarsjes trouwens) en vandaar naar het raam en daarna weer terug naar mij. Ik blijf doodstil zitten. Na een minuut – of is het langer, ja, het is veel langer – begin ik het stadium van giechelen te naderen. Dit is een strijd. En elke strijd gaat om macht, al weet ik niet precies of ze macht over mij en het gesprek nastreeft of macht over een emotie die haar kwelt. Ze haalt een hand door haar halflange zwarte haar dat glanst als sabelbont. Ze streelt het alsof ze een lief dier aait. Het lijkt een gewoontegebaar. Die hand glijdt als een kam door de zwarte glans, waardoor het haar omhoogkomt en weer neervalt. Hindoestaanse, creoolse en blanke elementen combineren haar gezicht tot een sprekend en eigenzinnig geheel. Mooi is het woord niet, daarvoor zijn haar trekken te scherp en te geprononceerd en incompatibel, de ogen, de neus en de mond ieder uit een andere la getrokken.

'Ik ken je niet,' zegt ze ten slotte en ik haast me dat te beamen, 'maar om de een of andere reden heb ik het gevoel dat ik je kan vertrouwen', opnieuw beaam ik, 'daarom wil ik een experiment aangaan. Kun je beloven dat je alles wat ik je vertel voorlopig geheim zult houden, met niemand zult delen, niet zult gebruiken in gesprekken met anderen, en dat ik uiteindelijk zal beslissen of en wanneer je mijn verhaal mag verwerken in je reconstructie?'

Ik kijk haar aan, zij kijkt terug, we schatten elkaar nog eens in. 'Dat is goed,' zeg ik, 'maar dan mag ik iedere vraag stellen die ik relevant vind.'

'Oké,' zegt ze. Uit haar toon maak ik op dat ze over een heuvel is, een moeilijke klim achter de rug maar nu aangeland in een kalm dal. Ik steek mijn hand uit, ze neemt hem aan. Het voelt enigszins plechtig en voor het eerst dringt tot me door welke impact de 'affaire' had op de mensen die er deel van waren. Op Isa en Thomas, Leonie en Arthur, en vervolgens op Anne en Rudolf M., die elk hun deel van de schuld hadden. Ja, ook Jan Gansvoort en Frederik en alle kranten en twitteraars en tv-programma's die als gieren erop af waren gedoken, waren schuldig en misschien meer nog dan ze zelf wilden toegeven, maar de kern vormen Thomas, Rudolf en Anne en hoe die drie een weg zonder afslagen op waren gegaan. Had Anne kunnen omkeren, of Thomas, of Rudolf? Ik zie ze op een snelstromende rivier drijven, richting waterval, voortgestuwd door de wind van de publieke opinie, die slachtoffers eist, steeds luider om bloed roept.

'Ik wil dat je geen contact hebt met andere deelhebbers aan het conflict zolang ik nodig heb om mijn verhaal te doen. Bovendien wil ik dat je *Hedendaags fanatisme* leest.'

'Dat heb ik al gedaan.'

'Dat je het goed leest.'

Ik zwijg. Ze heeft gelijk, ik heb het cursorisch gelezen, vooral de aangestreepte en becommentarieerde passages. 'Dat verklaar en beloof ik,' zeg ik met de hand op mijn hart, en de vingers van mijn andere hand gekruist achter mijn rug.

Uit de map van Joris

Transcriptie verhaal Anne Benraad, deel 1. Eerste sessie.

'Ik keek tegen hem op. Ik keek heel erg tegen hem op. Thomas, meneer Geel, zoals ik hem natuurlijk in het begin noemde, had als jonge hond in de jaren zeventig de keurige uitgeverswereld opgeschud met zijn brutale start-up waarmee hij razendsnel inspeelde op de actualiteit met schotschriften en cartoonbundels, met licht pornografische schelmenromans en hoofdletterpoëzie, zoals hij het noemde. Allemaal boze jongemannen, die dichters met heel veel haar, stinkend naar drank en shag, zei hij. Nu allemaal vergeten. Toen ik twintig jaar geleden bij de uitgeverij kwam was het bedrijf al geconsolideerd en had het een vaste plaats gekregen tussen de grote jongens. Het fonds was ook wat minder kleurrijk. Er werd op zeker gespeeld, want er werkten toch algauw een man of twintig. Ik werkte bij pr. Meneer Geel leunde een beetje op zijn rebelse imago en was heel amicaal tegen de medewerkers. Ik mocht hem Thomas noemen, hij noemde mij "dushi" of "mi gudu" omdat hij het verschil tussen de taal van Curaçao en van Suriname niet kende. We leefden nog in een tijd dat oudere mannen zo mochten praten tegen jonge meiden zonder dat het als seksuele intimidatie werd gezien. Maar ik voelde me er ongemakkelijk bij. Hij zette me weg in een categorie waar ik niet in wilde zitten. Ik had een behoorlijke opleiding, ik was van plan carrière te maken, ik voelde me gekleineerd en op mijn plaats gezet als vrouw en als half-Surinaamse. Zoals er vroeger schilderijtjes werden gemaakt van "bekoorlijke slavinnetjes", weet je. Toen ik hem iets beter kende heb ik het een keer tegen hem gezegd. Hij was stomverbaasd. Ik moest er niets achter zoeken, maar als ik er niet tegen kon, hield hij er wel mee op. Ik zei dat het er niet om ging of ik ertegen kon of niet, maar dat hij het zelf ongepast moest vinden. Poehpoeh, zei hij. Vanaf dat moment veranderde zijn houding. Hij maakte nog wel grapjes, maar niet meer zo kleinerend. Hij nam me wel degelijk serieus. Ik kreeg meer verantwoordelijkheid maar hij kafferde me ook vaker uit. Ik heb veel van hem geleerd.

...

Nou, nee, hij was ook een baas die ondanks zijn soms foute opmerkingen vrouwen gelijk behandelde. Hij stimuleerde de mannen kinderen en huishouden eerlijk met hun vriendin te delen en hij stimuleerde vrouwen zowel het moederschap als hun baan serieus te nemen. Of hij dat thuis zelf ook deed vraag ik me af. Veel mannen zijn vrome feministen in theorie maar in hun eigen praktijk *male chauvinist pigs*. Die vrouwen beklaag ik echt. Toen ik Joy kreeg was hij oprecht blij voor me en vroeg hij regelmatig hoe het ging. Tijdens mijn scheiding gaf hij me voldoende gelegenheid mijn zaken te regelen. Ik had eigenlijk weinig op hem aan te merken, al zag ik wel dat hij de wat minder assertieve jonge meiden op kantoor nog weleens belaagde met zijn aandacht.

...

Ja, ik vond hem wel een knappe vent. Een beetje slungelachtig, zijn haar eigenlijk iets te lang, zogenaamd artistiek. Goed gekleed. Soms een dandy, weet je, met zo'n choker toen ze eigenlijk niet meer konden.

...

Weet je dat niet? Een choker is een zijden sjaaltje dat ze om hun hals knopen en in hun overhemd stoppen.

...

Ja, hij had wel een beetje een *struggle for high life*. Hij liet graag namen van bekende ondernemers en politici vallen, alsof hij intiem met ze bevriend was. Dan zei hij hun voornaam, bijvoorbeeld "van Frits hoorde ik" en dat verduidelijkte hij dan even later met "je-weet-wel Bolkestein". Zodat wij soms naar hem verwezen met Thomas je-weet-wel Geel.

...

Zijn vrouw schijnt van nette familie te zijn. Daar heb ik geen verstand van, van nette families. Ik zag haar één, hooguit twee keer per jaar. Leuke vrouw om te zien, verzorgd, goed gekleed, maar ook wat afstandelijk. Ze stond een beetje in zijn schaduw maar scheen daar niet onder te lijden. *He took her for granted*, leek het wel. Een beetje wat ik bedoel met de praktijk van de male chauvinist pig.

...

Die zoon zag ik bijna nooit. Volgens mij ontliepen ze elkaar. De dochter, Leonie, kwam weleens bij papa op kantoor, meestal rond lunchtijd. En dan nam hij haar mee uit. Verwend nest, vond ik. Zag ons niet staan. Dol op haar papa. Hij apetrots op haar. Die twee hadden een bondje. Vaders en dochters, vertel mij wat... Waar was ik?

...

Ik werkte er een paar jaar toen er dingen scheef begonnen te gaan. Het is moeilijk precies aan te wijzen wanneer en waardoor. Hij leek minder geïnteresseerd, was snel afgeleid, bleef soms lang weg op buitenlandse reizen naar boekenbeurzen, en deed onverantwoorde aankopen. Ik herinner me een kloon van *De Celestijnse belofte*, die een paar jaar tevoren enorm goed had verkocht, god, hoe heette dat boek ook alweer, het was in Amerika een megaseller, wacht even, het staat hier nog... o ja, *Mind and Magic*. Hij kocht het voor goudgeld, gooide er een slechte vertaler tegenaan die de titel verbasterde tot *U kunt toveren* zodat het als een instructieboek voor aspirant-goochelaars werd gezien, en het flopte grandioos.

...

Wij waren natuurlijk niet blij. Hij was zijn touch een beetje kwijt. De situatie werd heel vervelend. Er dreigden ontslagen, faillissement zelfs. Thomas werd weer wakker, haalde alles uit de kast om faillissement te voorkomen, stapte naar banken, naar die zogenaamde vrienden van hem, de Fritsen, Jeroenen, Hansen, Pierres en god mag weten hoe de magnaten heetten, maar hij kwam met lege handen thuis, ze lieten hem keihard vallen. Toen heb ik hem weleens een avond moeten troosten.

...

Nee, niets fysieks. Ik was opgeklommen in de hiërarchie en

we bespraken de pr-strategie bij krimpende inkomsten. Ik betoogde dat je juist dan de uitgaven voor pr moest beschermen en de bezuinigingen bij redactie en productie moest zoeken. Dat was hij wel met me eens, maar verkoop dat maar eens aan de jongens en meisjes van die afdeling. Je kunt het wel aan de auteurs verkopen, zei ik. Die willen liever meer pr dan duur papier. Hij zag het somber in. Was bang dat hij zijn liefdesbaby moest verkopen aan de Wajang-groep. Frederik Bons cirkelde als een vale gier boven het stervende hert. Samen dronken we een fles wijn leeg en begonnen aan de volgende toen Thomas opeens in huilen uitbarstte en ik een poosje met mijn arm om zijn schouder heb zitten zeggen dat het allemaal goed zou komen, dat het allemaal goed zou komen. Hij klampte zich aan me vast. Ja hè, het komt allemaal goed. Ja, het komt allemaal goed. Twee weken later zat Frederik Bons in de directiekamer en riep ons bij elkaar om te vertellen dat we voortaan onder zijn paraplu mochten schuilen en dat Thomas een zakelijk leider naast zich zou krijgen. De voorganger van Brummelhuis. Daar zijn er wel een paar van geweest. Ze hielden het niet erg lang vol met Thomas, die als een hond aan de ketting trok. Ik had met hem te doen. Hij had er geen plezier meer in.

…

Dat speelde zich af in 2010-2011, toen de crisis het boekenvak bereikte en de verkopen spectaculair daalden. Afslankingen, fusies en faillissementen waren aan de orde van de dag. Niemand was nog zeker van zijn baan. Er vielen ontslagen en als er even werk genoeg was werden zzp'ers ingeschakeld. Langzamerhand verdween het vaste contract voor nieuwe mensen geheel achter de horizon. Dat maakte het bedrijf wel flexibel, maar de sfeer harder, minder collegiaal.

…

Een goede voedingsbodem voor conflicten, zeker.

...

Ik werd ook scherper, ongeduldiger. Ik vond Thomas te traag, te gemakzuchtig. Hij mat zich het air aan van editor at large, en liet veel van de dagelijkse dingen aan mij en aan de voorganger van Brummelhuis over. Hoewel ik de macht wel prettig vond ergerde zijn houding me toch. Ik vond het kinderachtig, hij was een kleuter die pruilde. Als hij op kantoor was en opeens op alle slakken zout ging leggen, schoot ik uit mijn slof. De sfeer was dan zodanig verpest dat iedereen hem weer op zakenreis wenste. Van missers kregen wij de schuld, successen nam hij voor zijn rekening.

...

Een verschrikkelijke man? Ik zou zeggen dat die houding geen enkele man vreemd is. Narcisme is het kenmerk van de leider. Ik denk dat er daarom zoveel minder vrouwen doordringen tot de top. Niet omdat er een glazen plafond is, maar omdat narcisme onder vrouwen minder voorkomt.

...

Vrouwen kunnen ijdel zijn, ja, op hun uiterlijk. Maar narcisme is pathologische ijdelheid en zelfoverschatting. Bij vrouwen zie je eerder het omgekeerde: zelfonderschatting. Ik ken het mechanisme maar al te goed en ik haat het. Dat focussen op eigen tekortkomingen, eigen falen, eigen onzekerheid, eigen zieligheid werkt slachtofferschap in de hand. En als iets je leven kan vergiftigen is het de permanente rancune van het slachtoffer. Het is een ziekte. De winst die daar triomfantelijk uit wordt gehaald! Ik sta liever in de koude wind van de verantwoordelijkheid dan in het tropische zwembad van zelfmedelijden. Sorry voor deze verheven beeldspraak. Juist in de tijd dat het in de uitgeverij moeilijk begon te worden heb ik de knop bij mezelf omgedraaid. Want ook ik voelde me vaak het slachtoffer, ik zag de comfortabele privileges die anderen hadden zonder dat ze zich daarvan bewust waren, en ik wilde niet blijven hangen in die emotie. Het was een echte bevrijding: jullie zijn gek, niet ik.

...

Het was geen defensieve houding. Dat moet je goed begrijpen. Ik zette een extra stapje. Uit mijn mond geen expliciete verwijten over de koloniale geschiedenis, al zou dat volkomen terecht zijn, ik benadrukte de voordelen van mijn afkomst, ik koos voor mijn kleur, mijn sekse, mijn identiteit, ik maakte geen excuses meer, ik eiste de macht op omdat die mij toekwam.

...

Ik ging de strijd met Thomas aan. Kon me niet schelen of hij nog steeds aandeelhouder was en macht had, kon me niet schelen dat hij veel ouder was, dat zijn reputatie hem bijna onschendbaar maakte, kon me niet schelen dat hij me kon ontslaan, kon me niet schelen dat hij mijn leermeester was. Ik stond dansend als een bokser in de ring. Kom maar op, Mohammed Ali! Sorry, vreemde vergelijking. Ik riep hem ter verantwoording. Ik bekritiseerde hem openlijk. Ik betwistte de keuzes die hij maakte. Ik eiste van hem een visie, een plan, een idee over de inhoud van ons fonds. Weg met de pulp, riep ik. Weg met de managementboeken. Weg met de makkelijke zelfhulptraktaatjes. Er moet meer engagement komen. Een duidelijker standpunt in de belangrijke kwesties van deze tijd. Identiteit, religie, gender, *white privilege*, kolonialisme, imperialisme. Een uitgeverij is geen boekenfabriek maar een ideologisch aangedreven culturele onderneming. Ik was soms behoorlijk op dreef, al zeg ik het zelf. Thomas hoorde me dan rustig aan, zei vervolgens voor het front van de troepen: "Ben je klaar?" en ging dan over tot de orde van de dag. Ik heb wat met deuren geslagen! Ik geef toe dat sommige mensen er moeite mee hadden. Iedereen heeft een grote bek op Twitter, maar als ze bij iemand het wit in de ogen zien of het schuim om de mond, dan zeggen ze tuttut en hoho en lopen ze weg. De lafaards.

...

In die sfeer kwam hij opeens steels, stiekem bijna, met *Hedendaags fanatisme*. Hij heeft altijd ontkend dat hij het boek binnen probeerde te smokkelen, maar reken maar dat het zijn ondershandse opzettelijke bijdrage was aan de discussie over ideologische gedrevenheid. Als ik ideologie wilde, dan kon ik die krijgen! Het benam me de adem! Je hebt het gelezen, dus je begrijpt wat ik bedoel. Hij haalde precies de andere kant binnen. Het was het paard van Troje.

...

Je hebt het toch gelezen? Het was meer dan een klap in mijn gezicht. Ik dacht dat ik je kon vertrouwen.

...

O, dus dat ben je wel met me eens.

...

Ik weet dat je pijnlijke vragen mocht stellen.

...

Mijn mening over de inhoud van het boek is niet veranderd. Nog steeds vind ik het een manifest van het kwaad.

...

Ik heb geen fouten gemaakt. Duizendmaal heb ik de hele gang van zaken overdacht, op zoek naar het moment waarop door mijn daden de zaak escaleerde, maar ik kan er niets aan doen dat Thomas zichzelf op de televisie in een hoek liet dringen en pijnlijk onhandig eruit probeerde te komen door de integriteit van de interviewer in twijfel te trekken. Door zich almaar achter de vrijheid van meningsuiting te verschuilen, en uiteindelijk te schermen met Theo van Gogh, die erom was vermoord. Niet handig om die antisemiet ter verdediging erbij te halen. Als iemand zijn kop in de strop heeft gestoken, dan is Thomas het!

...

Ja, het emotioneert me. Want ik voel me schuldig, al ben ik het niet. Iedereen draagt in deze affaire schuld. Maar als iedereen schuld draagt, zijn we uitgeluld. Dan kun je net zo goed zeggen dat iedereen onschuldig is en dat dergelijke schokkende gebeurtenissen een autonoom kwaad zijn. Opeens springt de duivel in de menigte en maakt alles voos en vies en onoprecht.

...

Ik heb Rudolf Merkelbach nooit gesproken, nee. Maar inderdaad, als je een urheber zoekt dan kom je uiteindelijk bij hem uit.

...

De grenzen van de vrijheid van meningsuiting zijn wat mij betreft duidelijk. Ik weet hoe rekkelijk de wet is. Vrijwel alles mag als je maar niet tot haat en geweld aanzet. Maar de gedachte dat de verschillen tussen mensen in ras en geslacht bedoeld zijn door een opperwezen of oerscheppingskracht om een hiërarchie aan te brengen, en dat binnen die hiërarchie de stabiliteit van een samenleving is gewaarborgd, dat revolte en revolutie kwade krachten zijn die altijd geweld oproepen en in geweld ondergaan, dat wijst op een minachting voor zwarte en Aziatische mensen en voor vrouwen die tot haat aanzet. Het boek is nooit voor de rechter gebracht omdat het de tamelijk doorzichtige en flinterdunne vorm van een roman had. En in romans zijn we vogelvrij. Daarin mogen ze me neger noemen. Keur je dat goed? Kom op, keur je dat goed?

...

Ja, misschien moeten we pauzeren. Een volgende keer verdergaan. Dat is beter.

ISA

Daar stond ze opeens voor mijn neus op eerste kerstdag om een uur of twaalf. Mijn bloedeigen dochter trok met onuitstaanbare vanzelfsprekendheid mijn vesting binnen, voor het eerst overigens, ze had nooit tijd of zin om een weekje hier te logeren, en al helemaal niet in het gezelschap van Thomas en/of mij.

'Vrolijk kerstfeest, mother dear,' zei ze, toen ik opendeed in de verwachting Sally te zien en even in totale verwarring verkeerde over wie ik voor me had. Ze had een baseballcap op waarvan de klep haar gezicht overschaduwde en droeg een gewatteerd wintersportjack waarin ik haar nooit eerder had gezien. Een rolkoffertje vergezelde haar als een braaf hondje. Ze passeerde mijn verbijsterde gestalte en schoof de hal in. 'Dit is een godvergeten klere-eind weg, zeg. Wat een oord!'

Mist en regen hielden vandaag de charmes van het land goed verborgen.

Terwijl ze om zich heen keek, deed ze jas uit en pet af, legde die op een stoel in de hal en liep door naar de woonkamer.

'Knus, hoor! Vuurtje in de open haard, kaarsjes aan, ballen en groen, mijn moeder maakt het gezellig, ook als ze alleen is.' Ze draaide zich naar me om. 'Maar nu ben je niet meer alleen. Ik kom kerst met je vieren!'

Ik voelde me overvallen en betrapt. Leonie had zoals altijd een verlammend effect op me. Mijn stem ging op slot, ik was mijn woorden kwijt, mijn bewegingen werden houterig. Ik lag als een insect onder het vergrootglas van een entomoloog. Van nu af aan zou alles wat ik zei vals klinken in mijn eigen oren en waarschijnlijk ook in de hare. Dit effect was de laatste jaren sterker geworden en tot mijn teleurstelling hadden de weken hier mijn ongemak niet genezen. De mindere was ik, de mislukkeling, de minkukel, de muis, de middelmatige mama. Het zou niet lang duren of ze ontrolde het hele tapijt van verwijten dat ze me te maken had. Daarbij was nu een nieuwe zonde gekomen: het verzwegen zusje. Haar onverwachte komst had daar natuurlijk alles mee te maken. In die eerste minuten dat Leonies aanwezigheid mijn warme, grijze, veilige huis vulde met haar schoonheid en scherpte en haar scheepslading aanmatiging (kan een moeder dat over een dochter zeggen? Ik verlies mijn controle) besloot ik Katelijne helemaal voor mezelf te houden. Ik voelde het lauwe lichaampje in mijn armen en de overweldigende drang tot bescherming en behoud van dat dode wezentje dat ik tot ademen wilde dwingen met mijn liefde. Dat ene moment was het withete brandpunt waar zijn en niet-zijn elkaar opheffen, waar een eeuwigheid in de tijd ontstaat, een moment dat dus nog altijd voortduurt. Dat mocht ik niet afstaan. Ik zag mijn levende dochter als een vampier (redacteur: werkelijk?) die me zelfs van dat essentiële moment wilde beroven, door me ervoor ter verantwoording te roepen, door me te dwingen het te delen.

'Wat een verrassing,' zei ik stijfjes. 'Gezellig dat je eindelijk je Ierse erfgoed komt inspecteren.'

'Niet meteen beginnen met verwijten, mama!' Ze liep keurend rond en tuurde door de smalle ramen naar buiten. 'Kun je van hier de zee zien? Ja, hè? Die is vlakbij. Cool. Geef me maar eens een rondleiding door het huis.'

Ik nam haar mee door de eetkamer en de serre naar de keuken, vandaar naar de slaapkamer annex badkamer beneden en ten slotte naar de kamers op de eerste etage, waar ik haar uitnodigde er een van te kiezen. Alle bedden waren vers opgemaakt, alsof ik permanent in afwachting ben van gasten uit Nederland, al die vrienden en kennissen en familieleden die ons sociale leven tot voor kort hadden bevolkt, maar die ik sinds de dood van Thomas nauwelijks meer zie. Ze koos de kamer met zicht op zee en terwijl ze haar koffertje haalde om het uit te pakken, ging ik beneden snel mijn computer en mijn tekenspullen opruimen van de eettafel. Ze hoefde niet te zien waarmee ik me bezighield. De getekende stenen hadden gezelschap gekregen van kleine wezens die erop en eronder kropen, wezens met klauwtjes en mensenkopjes of snuiten en snavels en daaronder wanstaltige benen, half-hagedissen half-mannen met brillen en baarden en ook wat Schrödingers en Cheshire-katten, een Jeroen Boschachtig landschapje. Als ze die tekeningen zag, zou ik er niet verder mee kunnen, ze zouden zijn besmet met haar blik en met haar onuitgesproken commentaar. Ik schrik van de vijandschap die hieruit spreekt. Het is alsof ik als een bange hond sta te blaffen tegen een onschuldige postbode.

'Wil je iets eten of drinken?' vroeg ik haar toen ze weer beneden kwam. 'Was het druk onderweg?'

Ze droeg een lange, zachte zwarte coltrui op een zwarte broek. Haar blonde sluike haar viel vlekkeloos soepel tot op haar schouders. Haar Canova-kopje had een serene uitdrukking. Met in mijn hoofd nog altijd dat beeld van baby Katelijne besefte ik dat ik mijn levende baby's nooit met zoveel echte diepe wanhoop had durven liefhebben. Ik heb ze tekortgedaan. En dat tekort wreekt zich in de greep die mijn dochter op me heeft. Ze eist me op. Dat heeft ze haar hele leven gedaan. Ze eist me op om over me heen te kunnen lopen. Eten hoefde ze niet, maar wel graag thee, veel thee.

Ze kwam in de keuken naar me toe. 'Heb je het hier naar je zin in je eentje?'

'Ja, dat gaat best, en zo alleen ben ik niet. Ik heb Sally. En de andere buren.'

'Ik dacht dat je niet met hen omging.'

'Jawel hoor.'

Ik wilde haar vragen hoelang ze van plan was te blijven,

maar deed het niet uit vrees voor het antwoord. Stel dat het een week was! Kon het niet zo zijn, corrigeerde ik mezelf, dat de superieure Leonie gewoon een beetje eenzaam was en behoefte had aan vertrouwd gezelschap, al was dat dan haar moeder. Ik herinnerde me met een zweem van schaamte de keren dat ik me bij mijn eigen moeder had gemeld in de hoop op een bemoedigend woord, een stille steun, een beetje veiligheid, en dat ik niet kreeg wat ik van haar wilde omdat ik er niet expliciet om vroeg. Hoe had zij moeten weten wat ik van haar verwachtte. Het beeld van mijn moeder – de kille, verongelijkte vrouw die permanent bezig was de rekening op te maken – vertoonde een haarscheurtje hier en daar. Ik begon toch niet werkelijk begrip voor haar te krijgen? Hoewel al die week makende overwegingen mijn vastbeslotenheid ondermijnden, bezwoer ik mezelf mijn rug recht te houden. Ook dit was een effect van Leonie: in de schaduw van haar zekerheid trok de ander zichzelf in twijfel.

'Hoelang was je van plan te blijven?' vroeg ik. 'In verband met de proviandering,' voegde ik slap toe.

'Vier dagen,' zei ze. 'Dat is toch wel genoeg?'

'Waarvoor? Waarvoor genoeg?'

'Voor het aanhalen van de moeder-dochterband.' Ze zei het met een zo vette veeg ironie dat ik de neiging had mijn middelvinger naar haar op te steken.

'Die zit strak zat,' zei ik.

'Niet zo bijten naar het baasje.' Ze deed de koektrommel open en inspecteerde de inhoud. 'Lekker.'

Met de thee bij de open haard, de regen tegen de ruiten, spraken we over wat keuvelige onderwerpen: het weer hier en in Amsterdam, hoe het in het Museumkwartier beviel, of het werk aan de UvA lekker liep, of ze Arthur nog had gesproken, wie Sally eigenlijk was en die buren, wat ik in godesnaam de hele dag deed in dit verlaten oord, of het alleen-zijn me hier beter afging dan thuis. Zodra het over mij ging hield ik de kaarten voor de borst. Eén zwakke plek in mijn verdediging en ze zou me door de bres naar buiten trekken. Met bewondering en vrees keek ik naar haar. Dit hadden Thomas en ik gemaakt en opgevoed. Met hem erbij waren we een gezin geweest, zonder hem was de club uiteengevallen, los zand geworden, alsof we alle drie blind een eigen weg waren ingeslagen. Keken we om, dan zagen we de anderen niet eens meer. Waarom was ik dan zo bang voor haar en kwam er niettemin uit een onverwachte hoek een wolkje medelijden aandrijven?

'Luister, mama,' zei ze toen de beuzelarijen waren opgedroogd en er een stilte viel, 'ik wil een paar dingen met je bespreken, maar daar wil ik je nu niet meteen mee overvallen. Het komt vanzelf wel. Wen eerst maar weer een beetje aan me. Ik ben al zo lang het huis uit. Ga gerust verder met de dingen die je wilde doen vandaag. Ik ga hier lekker bij de haard zitten lezen. Je hoeft me niet bezig te houden en mijn welzijn te bewaken zoals je als goede gastvrouw gewend bent te doen.' Ze bevestigde elegant het zwaard van Damocles aan een zijden draadje boven mijn hoofd. Dit was doortrapt van voorkomendheid.

'Dan ga ik even naar Sally. Kijken of haar kater kopjes geeft.'

Leonie keek me vragend aan, maar ik legde het niet uit. 'Zo terug,' zei ik.

De lucht, zwaar van zoute mist, bedekte mijn huid met een dunne spray waar schoonheidsspecialistes dure installaties voor hebben. Ik liep langzaam naar Seaview. Sally was niet thuis, wist ik, opgehaald door haar zoon voor het kerstdiner bij haar dochter die in Tralee woonde. Ik nam de weg naar het haventje. Het was eb en de kom was drooggevallen. Drie boten lagen scheef tegen elkaar op de zandige bodem als slapende dronkenlappen. Twee andere – van Michael en Patrick – wachtten buitengaats zachtjes deinend aan hun *mooring* tot het weer geschikt was om uit te varen voor sprot of wat het ook was dat de zee in het winterseizoen prijsgaf. Ik rook de geur van dooie vis, zo'n dertig grote krabben lagen te rotten op de *slipway*. Op de smalle zandgraat naar het eiland pikten scholeksters tussen de stenen naar alikruikjes. De contouren van het eiland zelf vervaagden in de mist. Het was stil, triest en prachtig.

Ik bleef een tijdje staan kijken, de vuisten gebald in mijn zakken. Aan dit in zichzelf verzonken landschap ontleende ik mijn kracht. De vrouw die ik ooit was, uiterlijk verzorgd en afstandelijk, kenner van sociaal wenselijk maar nietszeggend gedrag, innerlijk niet substantiëler dan een gelei of een pasta, had hier de afgelopen weken haar weerstand en haar harde kern gezocht, het zelfvertrouwen van een tot stilte gereduceerd bestaan gewonnen, had een begin gemaakt met de grote opruiming; die vrouw weigerde nu door haar eigen dochter teruggedwongen te worden in de oude huls. Opeens vroeg ik me af wanneer mijn oppervlakkige meegaandheid was begonnen. Sinds wanneer was ik de strijd uit de weg gegaan? Het was een sluipende gewoonte geworden vanaf mijn tweede zwangerschap: Thomas naar de ogen kijken, Thomas sparen, Thomas opgewekt verwennen en plezieren, hem niet uitdagen, zorgen dat hij zich aan mij niet stoorde. En alles wat mij raakte en trof, wat mij uit het veld sloeg of verdrietig maakte, dat alles hield ik voor mezelf en ik temde het tot het niets voorstelde. Ik schrok ervan hoe vanzelfsprekend het was geweest. Maar niet meer. Nee, niet meer. Ik was niet meer wie ik ooit was, ik vond in mezelf een jarenlang verwaarloosd wezen: de vrouw die verdriet aankon. Dat witgloeiende moment.

Leonie zat inderdaad op meisjesboekwijze op de bank bij de open haard te lezen, één hand af en toe in de koektrommel dopend. Ze kan eten en snoepen wat ze wil, ze wordt nooit dik.

Ik ging in de keuken wat voorbereidingen treffen voor het diner. Ik had voor mezelf zes wilde oesters gehaald, geraapt door een neef van Sally die in de Eyeries woont. Die moest ik nu delen. Als hoofdgerecht besloot ik een groente-aardappelgratin te maken, een salade, en twee mooie biefstukjes van een door Frank geschoten ree te ontdooien. Pruimenchutney van Sally erbij. Triomfantelijke demonstratie van mijn inbedding in de gemeenschap.

Ik was me voortdurend bewust van Leonies aanwezigheid, ze liep als het ware met me mee en keek over mijn schouder. Af en toe maakte ik zelfs een gebaar alsof ik een vlieg wegsloeg. Als wij normale mensen waren met een normale verhouding, dan zou dit samenzijn als een idylle worden voorgesteld in vrouwentijdschriften. Moderne moeder en dochter, beiden alleenstaand, wat een eeuw geleden een treurig beeld van onvervuldheid en verlies zou hebben opgeleverd, genieten van hun autonomie en van een ontspannen kerstfeest. Blablabla. Zoiets. Empowerment en zo. Een ontkenning van de met boobytraps uitgeruste band die moeder en dochter bindt, en die nooit ongedaan is te maken. Toch viel ik even voor de idylle, een periodiek zwak als voor een tijgerwelp. Daar zat ze toch maar te lezen op de bank, vol vertrouwen. Of hield haar geest zich buiten mijn waarneming bezig met de strafexpeditie die ze voor mij in petto had? Ik sneed me met het aardappelmesje in mijn vinger. Een deel van het topje lag eraf als was het een gekookt eitje. Ik wikkelde er vloekend een theedoek omheen en zocht met mijn andere hand in de la waar de EHBO-spullen lagen naar gaasjes, zwaluwstaartjes en pleisters. Shit shit shit.

'Is er iets?' riep Leonie.

'Ja, verdomme, ik heb mijn vingertop geamputeerd.'

Ik hoorde haar het boek op de grond gooien. Ze kwam naar me toe. 'Laat kijken. Jezus wat een bloedbad.' Ze trok een beetje wit weg, maar ze betoonde zich ook efficiënt in het plakken van zwaluwstaartjes en verband aanleggen. Ik had niet anders van haar verwacht. Door de verpleegkundige exercitie kwamen onze hoofden dicht bij elkaar en voelde ik de kracht in haar benige, bleke vingers. Ze rook naar Leonie, zoals ze rook toen ze vier was en nog weleens op schoot kroop.

'Omhooghouden je hand, dan houdt het bloeden sneller op.'

Ik hield mijn hand hoog en probeerde met de andere hand mijn werk voort te zetten.

'Hou daarmee op, ik doe het zo meteen wel. Ga lekker de krant lezen.' Ze wees op de Nederlandse kranten die ze had meegebracht. In geen weken was ik aan nieuws uit het vaderland blootgesteld geweest, en ik verlangde er ook niet naar. Ik voelde nog steeds de angst waarmee ik bijna twee jaar geleden de pagina's omsloeg. Er ging een harteloze dreiging uit van dat nonchalante dichtbedrukte papier.

'Ik hoef geen krant,' zei ik. Ik haalde *The Portrait of a Lady* uit mijn slaapkamer en ging verder waar ik was gebleven, maar ik had geen flauw idee waar het inmiddels over ging. Gisteravond in bed had ik zonder iets in me op te nemen de woorden mijn blik laten passeren. Ik probeerde de draad weer op te pakken, mijn ene hand nog steeds omhoog. Wie waren hier in godsnaam aan het woord? Het ging over iemand die zo overdreven perfect was dat ze ergernis opriep. Ze was zonder enige blaam, een woestijn van deugd, je kon haar nooit eens voor dwaas uitmaken. Extreme perfectie is weerzinwekkend, was de conclusie. Een paradox, die alleen gekoesterd kan worden door afgunst, dacht ik. Ik was kleinzielig jaloers op mijn kind in plaats van trots op haar te zijn, en zij riep dat gevoel op. Haar schuld. Van alle soorten slachtofferdenken was dit wel een heel bijzondere. Ik legde de wijdlopige Henry James weg en staarde een poosje in het vuur, wierp er met één hand nog een briket turf op. Door de mist sloeg de geur van turf naar binnen. De hele dag waren de schemerlampen nog niet uit geweest. We waren ingekapseld in het halfduister, de mist en de stilte. Ik vroeg me af of het prettig was of niet. Nee, ik vroeg me af of Leonie dat prettig vond of niet. Weg met die gedachte. Ik liep naar de keuken en vroeg hoe het ging.

'Prima. Voorbereidingen bijna klaar. Hoe laat wil je eten?'

'O, voorlopig nog niet. Het is nog vroeg. Zal ik muziek opzetten?'

'Wil je een glas wijn? Voor de schrik?'

Ze maakte een fles wijn open, schonk twee glazen in en kwam weer op de bank zitten. Nou komt het, dacht ik. Nu gaat ze beginnen. Ik zette me schrap. Maar ze begon niet. Ze pakte haar boek weer op. En ik zocht een playlist op Spotify. Strijkkwartetten van Schubert. Een persoonlijke favoriet van mij. *Der Tod und das Mädchen* zette in. Rechtstreeks strijkend over de snaren van mijn ziel. Ik pakte toch een krant op en las over de favoriete Kerstmis van een reeks Bekende Nederlanders die ik in het geheel niet thuis kon brengen.

Het kerstmaal verliep in prettige sfeer. Leonie sneed geen gevaarlijke onderwerpen aan. Als we zwegen klonk dat goed. Een voor een ontspanden mijn spieren zich en keek ik naar mijn dochter tegenover me met welwillendheid en mededogen: ik had bijna alles al achter de rug, zij moest de rest van haar leven nog maar haar hoge standaard zien te handhaven, terwijl in haar uit graniet gebeitelde hart het leven zelf zijn merktekens zou kerven en etsen. Dat had Thomas trouwens al gedaan, dat kon niet anders.

'Heb je je vader vergeven?' vroeg ik. Het verbaasde me van mezelf: ik wachtte niet tot zij begon, ik deed het zelf. Leonie keek niet op, maar verstarde even in het snijden van haar hert.

'Vergeven?' echode ze en ze sneed verder. 'Wat is dat?' Ze stopte de hap in haar mond en keek me aan.

'Je weet heel goed wat dat is.'

'Nee, dat weet ik niet. Leg me dat eens uit.' Haar toon was beheerst en kalm. Vriendelijk zelfs, hoewel daar net zo makkelijk ergernis onder kon liggen.

'Hij heeft ons geen kans gegeven hem te helpen. Hij heeft ons buitengesloten. Hij heeft ons zelfs nooit toegelaten. Dat is een daad van vijandschap, ook al is het tegelijk een daad van wanhoop. Hoe ga je daarmee om? Is zijn zelfmoord', ik zag haar verstrakken bij het gebruik van dat woord. Leonie is iemand die nadrukkelijk 'zelfdoding' zegt, 'een ultieme spijtbetuiging en aanvaard je die? Laat je hem weer toe tot je liefde? Ik heb er zelf mee geworsteld.'

'En?'

'Ik ben er nog niet uit.'

Ze zweeg, legde mes en vork neer. Haar bord was nog niet leeg. Ik at door.

'Die is wel sterk, zeg: zijn zelfdoding – als het dat was, want we hebben geen zekerheid! – een manier om sorry te zeggen? En dan zeggen wij zeker: geeft niet, joh, zand erover! Bedoel je dat met vergiffenis?'

'Sarcasme helpt niet,' zei ik lam. 'Hoe zie jij zijn... afscheid dan?'

'Ik kan het niet zien.' Ze maakte aanhalingstekens met haar vingers in de lucht. 'Het is de Kaäba. Een zwarte steen. Een zwart gat.'

'Hoe voelt dat?'

'Het voelt niet. Dat is het hem juist.'

Ik nam de laatste happen en een laatste slok uit mijn glas. Hier wilde ik het even bij laten. Dit waren wellicht de eerste schermutselingen op wederzijds onbekend terrein. Daar moesten we ons verder op beraden.

'Wil jij een toetje? Ik heb Christmas pudding. Dat is lekker, maar wel zwaar.'

'O, zijn we klaar met het onderwerp?'

'Voor nu wel. Kleine beetjes tegelijk,' zei ik en ik voelde opeens zo'n stoot verdriet tegen mijn zoldering bonken dat ik haastig de borden opstapelde, onhandig met mijn verbonden vinger, en naar de keuken bracht, waar ik geleund tegen het aanrecht een paar keer heel diep ademhaalde en het beven probeerde te doen bedaren.

'Geen toetje!' riep ze vanuit de eetkamer.

'Koffie?' riep ik terug.

'Met cognac!'

De bezigheid leidde me af. Leonie kwam me niet helpen. Die moest ook even hergroeperen.

'Zullen we bij de haard gaan zitten?' zei ik met het volle dienblad in mijn hand.

Ze schoof haar stoel achteruit en ging weer naar haar plaatsje op de bank. Het zag er al vertrouwd uit. Ik zette alles neer en koos andere muziek op Spotify. Philip Glass. *Einstein on the Beach*. Favoriet van Thomas.

'Zet die zeikmuziek af,' zei ze even later, terwijl het koor vele malen afgemeten tot tien telde. 'Ik kan er niet tegen. Dat weet je. Je doet het met opzet, om me te pesten.'

'Het was een favoriet van je vader.'

'Precies. Daarom.'

'Het helpt.'

'Jou misschien met je sentimentele rouwverwerking.'

'Maakt het jou verdrietig?'

'Het maakt me woedend.'

'Dat is ook rouwverwerking.'

'Vertel me niet hoe ik moet rouwen.'

Ik reikte naar mijn iPad en zette andere muziek op. Per ongeluk iets met 'Christmas' erin. Ze sloeg haar ogen ten hemel. Pakte een krant. Zwijgend dronken we de koffie en de cognac. Af en toe gooide Leonie een briket op het vuur met een kort en boos gebaar. In mij passeerden vele gevoelens, alsof er een film van wolkenluchten versneld werd afgedraaid.

'Ik ga naar bed,' zei ze ten slotte. 'Ik ben moe.'

'Welterusten, schat,' zei ik.

'Welterusten.'

Toen ze naar boven was, ruimde ik de vaat weg en zette de afwasmachine aan. Ik was ook uitgeput.

LEONIE

Ik word gedesoriënteerd wakker, kan niets bewegen en weet niet wie of waar ik ben, drie angstige seconden lang. Voelt het zo als je net dood bent? Je geest is al losgekoppeld van je lichaam en heeft er geen macht over, de functies zijn allemaal uitgevallen en pas dan dooft het bewustzijn, zoals een lamp nog nagloeit als de elektriciteit is uitgeschakeld. Paniek.

Ik heb diep en droomloos geslapen, lig nog strak tussen de gestreken lakens als een brief in een envelop. Ik ruik frisse wasverzachter met een zweem van schimmel. Hoe laat is het? Door de kieren van het gordijn is de ochtendschemering zichtbaar. Best lang geslapen dus. Ik stap het bed uit en loop over de krakende vloer naar het raam. Gordijnen open. De mist is opgetrokken. De kleur zit nog niet in het landschap. In vele tonen grijs en zwart zie ik de wijde armen van het land een poging doen de oceaan te omvatten. De tuin loopt uit op het strand, wordt daarvan gescheiden door een hek. In zee liggen een paar kleine eilanden en een groter. Ik neem een poos het uitzicht in me op, de kalme zee, de ademende ruggen van de eilanden, de ruige struiken in de tuin, de stenen op het strand. Het is zaak alles aandacht te geven. Hier ben ik dan. Niet gewend een opwelling te volgen, en nog wel een emotioneel complexe opwelling – opeens had ik een ticket geboekt, een auto gehuurd en stond ik op Schiphol –, probeer ik mijn motieven in het gareel te krijgen en een plan voor de dag te maken.

De vrouw die me gisteren opendeed herkende ik nauwelijks. Mijn moeder droeg geen make-up, had haar haar laten groeien en bond het in haar nek samen met een elastiek. Gekleed in een spijkerbroek en een Ierse trui leek ze in niets op de mevrouw die met kerst altijd feestelijk en onberispelijk gekleed en gekapt familie en vrienden ontving. Ze leek ouder en jonger tegelijk. De kerstversiering en het vuur in de haard waren er dan weer wel. Heb ik in een vlaag van medelijden met Isa opeens het vliegtuig gepakt? De vrouw die zo afhankelijk en zo traditioneel trouw en ondergeschikt was eenzaam in een verafgelegen huis te weten gaf me kennelijk een schuldgevoel naast de wrevel omdat mijn hartenkreet over het dode zusje op stilte was gestuit. Misschien vooral om die stilte.

Beneden staat het ontbijt klaar. Isa leest aan tafel de krant, in dezelfde trui en spijkerbroek, leesbril op, een kop koffie onder handbereik.

'Goedemorgen. Lekker geslapen? Wil je een eitje?' Ze staat al op. Gewoontegetrouw dienstbaar.

'Nee, alleen koffie. Ik maak het zelf wel.'

Isa wendt zich weer tot de krant. Met de beker in mijn hand ga ik voor het raam staan kijken naar de terugkeer van de kleuren. De hemel diepdonkerblauw naar het westen, maar allengs lichter, de glooiende heuvels bruin en zwart en paars, in de tuin helgele spikkels van de gaspeldoorn, in een moerassig deel wuiven lichtbruine halmen van een rietkraag, rode takken van kornoelje, en overal het gedempte groen van het oude gras, de zee weerkaatst het winterlicht in rimpels. Een vogel vliegt snel als een gedachte langs het raam. Rechts in een boom twee voedersilo's waaraan pimpelmeesjes hangen.

Die hadden we vroeger in Santpoort ook. En pindaslingers. Ik wend me van het raam af en kijk rond in de zitkamer. Nergens staat een foto. Nergens een artistiek arrangement met mooie zwarte lijsten aan een muurtje of op een tafeltje of een plank, zelfs geen prikbord met aan punaises gestoken geinige snapshots van het leven vroeger.

'Fijn dat het goed weer is vandaag,' zegt Isa, 'dan kan ik je iets van de omgeving laten zien. Als je dat wilt, natuurlijk.'

'Waarom niet,' zeg ik.

Ik ga tegenover mijn moeder aan tafel zitten, handen om mijn koffiebeker.

'Waar is papa?' vraag ik.

'Hoe bedoel je?'

'Ik zie geen foto. Jij was altijd zo dol op foto's. Waarom zie ik geen foto van papa?'

'Ik heb alle foto's verbrand.'

Isa kijkt me strak aan maar ik zie dat haar handen, die de krant vasthouden, trillen. Het papier maakt een zacht ritselend geluid. Zodra Isa het merkt legt ze haar handen in haar schoot.

'Waaróm?'

'Le coeur a ses raisons que la raison ne connaît pas.'

'En daar moet ik het mee doen?'

'Daar doe ik het mee.'

'Ben je die foto's van Katelijne vergeten te verbranden?'

'Nee, die ben ik niet vergeten.'

'Waarom niet?'

'Je lijkt wel een kleuter met je waaroms. Bedenk zelf iets.'

Zo schiet het niet op. Haar weerstand is bijna demonstratief, en bedoeld om mij uit te dagen en te treffen. Ze is harder en directer dan ik haar ooit heb gekend. Is dit de moeder die ik eigenlijk had willen hebben? Zit hier iets van oma in, het genadeloze? Kom maar op!

‘Ik kan van alles bedenken, maar ik hoor het graag van jou.’

Isa staat op. ‘Op mijn eigen tijd en wijze,’ zegt ze, ruimt de krant op en loopt weg. Even later hoor ik de voordeur dichtslaan en vervolgens verschijnt Isa, ijsmuts op en warm jack aan in de tuin, op het pad dat naar het strand leidt.

Tot voor kort stond in Amsterdam nog prominent een portret van Thomas op een soort altaartje, een mooie bloem en een waxinelichtje ervoor benevens een paar fraai gesneden netsukes uit zijn geboortejaar. En dan opeens de vlammenwerper erover? Is dit een natuurlijke fase in het rouwproces? Ik ruim de ongebruikte ontbijttafel af. Er is iets gebeurd. Ze weet iets wat ik niet weet. ‘Op haar eigen tijd en wijze’ houdt in dat Isa ooit over zal gaan tot onthulling van het geheim, dat ze zo vakkundig heeft gesuggereerd. Maar met dat uitstel komt ze niet weg. Ik ben hier vier dagen en voor ik wegga weet ik alles. Van het zusje, van de foto’s, van Thomas en zijn spijt. Ik snap verdomd goed dat dwang en chantage niet werken, dat doet het bij mij ook niet. Maar wat werkt wel? Opeens herinner ik me hoe de manier waarop Joris de Groot mijn naam zei een zwakke plek aanraakte. Ik ging voor de bijl. Haar naam. Thomas zei vaak liefkozend ‘Marietje’ of ‘Marie’, een manier om haar deftige naam terug te brengen tot iets heel gewoons, iets kleins en eenvoudigs. Marie. Soms zelfs klonk het denigrerend, alsof hij het tegen de keukenmeid had. Maar Isa reageerde daar nooit negatief op, noemde Thomas dan George om hem deftig te maken, hoewel ‘Thomas’ deftig genoeg was. Meestal lachten ze dan naar elkaar. De naam zou een breekijzertje kunnen zijn.

Het duurt vrij lang voordat ik Isa de deur open hoor doen. Ik heb me weer met een boek op de bank geïnstalleerd en muziek opgezet, iets van Ierse balladen met veel zanderige, onverstaanbare stemmen en nogal zeurderige melodieën.

‘Ik ben nog even bij Sally langs geweest,’ verklaart Isa.

‘O, oké. Wil je me straks een beetje rondrijden? Het uitzicht hier vraagt erom. Zo mooi.’

‘Dat is goed.’ Isa blijft midden in de kamer staan. ‘Nu?’

‘Oké. Dan kunnen we misschien ergens koffiedrinken of lunchen.’

‘Stel je daar niet veel van voor hier.’

‘Maakt niet uit. Laat me maar zien wat jou hier houdt, Marietje.’

Niet te vroeg, die naam? Ze reageert met een scherpe blik. Geen lachje. Ik kan mijn moeder lang niet meer zo goed lezen als vroeger. Isa loopt weg en komt weer terug met jack aan en muts op.

‘Kom dan.’

Haastig pak ik jack en cap van de kapstok en volg mijn moeder naar de oude Volvo, die vanbinnen naar natte hond ruikt, ook al hebben we die nooit gehad.

We rijden door een bonkig landschap over wegen niet veel breder dan de auto, afwisselend bogs en mossig bos, met hoge heggen aan weerszijden die in het voorjaar de bloei van veel rododendrons en fuchsia’s beloven, soms langs een meer waaruit berghellingen oprijzen met een patroon alsof er telkens een matras van rots over een ander matras van rots is geplooid. De zon erop geeft overal glinstering. Een volkomen eigen landschap. Isa zwijgt. Ze rijdt behoorlijk hard. Er is bijna geen verkeer op de weg, maar ze moet vol in de remmen als een tegenligger in een onoverzichtelijke bocht van de weg verschijnt. Ik grijp naar de beugel boven het portier. Verderop komt aan de rechterzijde de oceaan erbij, dertig meter lager, terwijl links de berg steil naar boven gaat. Ik hel een beetje over om tegenwicht te geven aan de diepte. Na een aantal kilometer rechtdoor loopt de weg weer even het land in. Isa parkeert op een verbreding die toegang geeft tot een begraafplaats. Achter een lage muur staan op een heuvel wat Keltische kruisen en een met klimop overgroeide ruïne van een kapelletje. Op een bord: KILMAKILLOGE CEMETERY. Isa stapt uit en verwacht dat ik haar volg. Wat wil ze laten zien? Vanaf het kapelletje op de heuveltop ontrolt zich een groen welvend veld met wat grijze huisjes, daarna de gekuifde golfjes van de baai en dan gaat in de verte aan de overkant het land weer majestueus omhoog. Isa loopt keurend tussen de zerken door alsof ze bloembedden inspecteert. Ik blijf aan de rand van de dodenakker staan.

'Het is goed liggen hier,' zegt ze. Alsof ze me uitnodigt een graf te betrekken. Ik lees wat teksten. Veel dezelfde namen op de stenen. En veel 'loving memories'. Isa heeft behalve de foto's ook Thomas laten verbranden. Betuigt ze daar haar spijt over? Had ze hem toch in de grond willen stoppen?

'Wat doen we hier, mama? Wat wil je me zeggen?'

'Ach,' zegt Isa, 'hier ligt de man van Sally. Dat had ik me niet gerealiseerd.'

Ze aait over de steen. Een morbide flirt.

'Had je papa soms hier willen hebben?' Hoewel ik aan cremeren verre de voorkeur geef boven begraven vanwege het toch huiveringwekkende aspect van rottende lijken en overal in en uit kruipende maden en wormen, wil ik een opening maken voor Isa. Maar ik zeg het bits, omdat ik me zo voel. Ze kijkt geschrokken op.

'Nee. O, nee!'

Wat is dat nu weer voor afwijzing?!

'Je had hier elke dag zijn steen kunnen komen aaien. Nu heb je niets meer.'

Thomas is gecremeerd en ergens uitgestrooid. Van dat uitstrooien hebben we geen gezamenlijk evenement gemaakt. Een keurig briefje van het crematorium dat het was gebeurd. Een beetje harteloos allemaal. Zoals ook de crematie was. Een speech van Arie Draaijer, die zich onmiddellijk na de dood van

Thomas had gemeld als woordvoerder en huisvriend, en een speech van Isa. Alsof ze een voorbeeldboek hadden gebruikt, zo onpersoonlijk vond ik het. Een dunne laag ijs. Verschrikkelijk. Ik wilde er niet aan meedoen, aan dat plichtmatige, beheerste ritueel. Wat had ik kunnen zeggen? Ik had tegen Thomas in die kist willen schreeuwen: Godverdomme, lafaard! Daar snakte ik naar, en Isa misschien ook. Maar dat doen wij niet.

Zwijgend loopt Isa nog even langs de graven en gaat dan terug naar de auto, zonder me aan te kijken, zonder antwoord te geven. Langs een kliko vol uitgebloeide bloemen en verwelkte kransen volg ik haar.

'Tja,' zeg ik.

Voordat ze de auto start, zegt ze: 'Je begrijpt het niet.'

'Leg het dan uit! Waarom dit kerkhof? Wil je zelf soms dood en moet ik je hier begraven?'

Ze start en rijdt weg. Mijn vraag blijft in de auto hangen.

Een paar honderd meter verder steekt aan de rechterzijde een lange pier met borstwering de zee in. Aan de beschutte kant ligt een viertal schepen achter elkaar. Aan de andere kant van de weg bevindt zich volgens een bord Eileen's pub, die er gesloten uitziet. Maar mijn moeder parkeert er.

'Ze hebben hier geen espressoapparaat maar ouderwetse filterkoffie die te lang op het plaatje staat.'

Een tl-buis verlicht karig en onflatteus de bar. Aanpalend een duistere ruimte, waar niemand zit. Een man met een brede, gebogen rug in een blauwe trui roert staand in een grote kop koffie. Een vrouw van onbestemde leeftijd en snit is bezig met een sorteerwerkje. Het kleine raam laat weinig daglicht binnen. Een reeks omgekeerd opgehangen flessen met kraantjes eronder vertegenwoordigt de favoriete dranken.

'Good morning, Eileen,' zegt Isa. De man kijkt even opzij

naar ons en richt zich weer op zijn koffie, waarin hij veel ziet.

'Oh, good morning, Isabel. Lovely weather today. Out on a stroll?'

'This is my daughter, Leonie.'

'Welcome, Leonie and Happy Christmas. What can I do for you girls?'

'Two coffees please.'

Mijn moeder heeft zich een licht Iers accent aangemeten. Met haar nieuwe eenvoud gaat ze goed op in de omgeving. We gaan zitten op een hoekbank aan een blankhouten tafel, terwijl Eileen de koffie brengt en Isa haar nog eens bedankt voor de 'wonderful Christmas Eve party'.

'Wat was dat voor feestje?'

Isa legt het in een paar woorden uit.

'Kwam papa hier ook?'

'Ja, papa kwam hier bier drinken met zijn golfvrienden. Voor de couleur locale.' Er klinkt een lichte ironie in haar stem.

De koffie is beter dan ik vreesde. Mijn moeder lijkt net als de man aan de bar in haar kom verzonken.

'Afgelopen september,' begint Isa opeens na diep adem te hebben gehaald alsof ze in één keer een heel lange zin wil gaan zeggen, 'kreeg ik post van Rudolf Merkelbach, de schrijver van *Hedendaags fanatisme*.' Ze pauzeert. Ik knijp mijn billen samen, trek een beetje mijn schouders op, ik sta op scherp. 'Hij schreef dat hij een week na de dood van Thomas een pakket en een brief van hem ontving. Het pakket – een tekst van je vader – was voor mij bedoeld, de brief voor hem. Verstuurd op de dag van het... ongeluk.'

'Maar dat was in januari!'

'Precies. Merkelbach moest de tekst die voor mij was bedoeld lezen. En vervolgens moest hij naar eigen oordeel het moment bepalen waarop hij het geheel aan mij zou sturen.'

‘Hij heeft wel de tijd genomen, zeg!’

Isa drinkt met kleine slokjes haar koffie. Het bloed trekt uit mijn hoofd weg.

‘Even recapituleren,’ zeg ik. ‘Papa heeft dus iets geschreven, een soort brief of een verhaal?’

‘Zijn levensverhaal.’

‘En dat stuurt hij aan Merkelbach? Sorry hoor, maar waarom niet meteen aan jou?’

‘Begrijp je dat niet? Via Merkelbach maakt zijn verhaal een omweg. Dat is opzet.’

‘Je bedoelt dat het definitief bewijst dat het ongeluk geen ongeluk was?’

‘Je kunt het zien als een afscheidsbrief.’

‘Maar via Merkelbach!’ Het is een stomp in mijn maag. ‘Wil je er iets over zeggen?’

Isa denkt zo lang na dat het lijkt of ze me niet heeft gehoord. Dan kijkt ze op. Ik probeer in haar ogen een antwoord te lezen, alsof daar de brief van Thomas zichtbaar is. Ik kijk een vreemde aan.

‘Daar wil ik nog even mee wachten. Ik ben zelf bezig zijn verhaal te verwerken. Je komst heeft me overvallen. Het is niet uit wantrouwen, maar...’

‘Je bent er nog niet aan toe.’ Mijn toon verraadt mijn ongeduld en mijn afkeer. Ik wacht even, maar kan me niet inhouden: ‘Heb je daarom alle foto’s verbrand?’

Isa haalt haar schouders op.

Eileen komt met twee bakjes aan.

‘Ik heb nog wat restjes appeltaart van kerstavond. Zin in?’

‘Ja, heerlijk, dank je wel Eileen,’ zegt Isa met een bewonderenswaardige overgang naar intieme hartelijkheid. Haar ogen stralen. Hoe krijgt ze dat voor elkaar? Meteen begint ze ervan te eten.

‘De brief van Merkelbach aan mij was heel sympathiek. Begripvol.’

‘Het schijnt dat ss’ers veel van kinderen hielden. De grootste psychopaten kijken naar kattenfilmpjes.’

Isa zwijgt. Ik neem een hap van de kruimelige taart en schuif het bakje van me af. Mijn keel zit dicht. Isa eet mijn bakje leeg.

‘Wat heb jij eigenlijk gedaan om papa te helpen, die laatste paar maanden voor zijn dood? Hij zat dus aan dat levensverhaal te schrijven, die afscheidsbrief, en jij zat kalmpjes bij de open haard een wijntje te drinken?’

‘Het gedoe was voorbij. Ik probeerde de draad van het gewone leven weer op te vatten.’

‘Ik moet even naar buiten,’ zeg ik.

‘Ik had het je niet moeten vertellen.’

‘Nee, inderdaad, niet zo half, niet als een teaser. Binnenkort in dit theater.’

Ik schuif achter de tafel vandaan, stoot mijn been aan de rand en loop vloekend naar buiten, de kille wind en de felle winterzon in, ruik de zoete geur van de velden en het zout van de zee. Aan het eind van de pier blijf ik staan. Hadden we (ikzelf, mijn moeder en broer, de familie en vrienden, ja heel Nederland) bij het ‘ongeluk’ gedacht aan een fatale impuls van een wanhopig man, blijkt het weloverwogen en dus voorbereid te zijn. Hij heeft alles in scène gezet.

Ik leg mijn armen op de borstwering en mijn hoofd erop. Achter en onder de affaire-Thomas G., de publieke executie van een man en zijn reputatie, ging iets schuil. Het fatale ongeluk was geen gevolg van de affaire, de affaire was het gevolg van het ongeluk. De causaliteit was omgekeerd, hoewel de tijd niet toestaat dat het gevolg aan de oorzaak voorafgaat. Hoe krijg ik in deze waanzinnige gedachte de logica terug? De lijn die leidt naar het ongeluk heeft ook de affaire voortgebracht. Zo kan de redenering kloppen. Als ik opkijk nadert een kleine vissersboot begeleid door meeuwen met een wijde boog de pier, de visser in een geel regenpak aan het roer. Handig en zeker bevestigt hij de landvasten aan de bolders en zet hij de vangst in platte bakken op de kade. Ik ruik de vis. Langzaam loop ik terug en groet in het voorbijgaan de visser. Mooie, verweerde kop. Isa staat op de parkeerplaats naast de auto met het portier open op me te wachten. Dat is waar ook. We zijn op *sightseeing tour*. Hoe kan ze daar zo staan!

'We rijden nog over de Healypas naar de andere kant van Beara en dan met een grote bocht via Glengariff en de Cahapas terug naar huis. Ontspan je. Het komt wel goed.'

Ik verlang naar de evenwichtige lijnen van mijn eigen appartement in Amsterdam, naar de precieze indeling van mijn agenda en mijn werkplan, naar de onbarmhartige wiskunde van Spinoza's *Ethica*, de stilte van een trappistenklooster, de vergetelheid van seks met een goede minnaar. Ik verlang naar mezelf.

De weg gaat omhoog langs de wand van een kale berg met plakken gras, bevolkt door natte schapen die met een lichtgevende stip rood op hun rug zijn gemarkeerd, een natuur waarin nergens een klare lijn te ontdekken valt, een onverzoenlijk en verraderlijk gebied waarvan ik geen deel uitmaak. Ik ben een fremdkörper. Ik wil naar huis.

Op de pas, schrijlings op de graat van Zijn en Tijd kijkend in verleden en toekomst, het bochtige lint van de smalle weg dalend naar weer een zee, zegt Isa:

'Het landschap van mijn ziel.'

Ik krimp ineen onder het kitscherige sentiment van die woorden en vind mijn woede terug.

ISA

De glorieus schitterende rit over de Healypas en de Cahapas met al dat waterige goud van de winterzon over schaduwrijke *glens*, die overal de gestalten van elfen en eenogige koningen suggereerde, verliep in stilte met alleen een 'hmm' als ik op de schoonheid wees. Ik had het niet moeten doen. Wankelmoedig als altijd liet ik me door Leonie verleiden haar bij de koffie en de taart tegemoet te komen, haar te paaien zelfs met een belofte van biecht. Dat ik nog een slag om de arm hield is dan de winst die ik de afgelopen weken heb geboekt. Mag ik nog op mijn toezegging terugkomen? Er is toch geen wet die me verplicht haar te laten lezen wat Thomas voor mij heeft bedoeld? Hoewel mijn kinderen recht hebben op informatie over hun vader, behoud ik me voor te bepalen hoe ver ik zal gaan. Arthur zal het niet veel kunnen schelen, denk ik. Zijn houding is: zo snel mogelijk de herinnering bijzetten in een luchtdicht compartiment van zijn geest en er gauw een nieuw soundscape overheen leggen. Maar Leonie wil nu eenmaal weten en heersen.

De sfeer in huis is er niet beter op geworden. Ze gedraagt zich voorbeeldig, maar onder haar vriendelijke zelfbeheersing waait een gure wind. De komende twee dagen zullen een stille strijd te zien geven tussen mijn weerstand en haar vastbeslotenheid volledig ingewijd terug te vliegen naar Amsterdam. Vooral omdat er naast het dode zusje de nog veel markantere dode vader ligt, met een bekentenis op zijn borst gespeld, en des te intrigerender omdat de figuur van de verdoemde Rudolf Merkelbach fungeert als aanzegger. Haar nieuwsgierigheid moet tot extreme ondraaglijkheid geprikkeld zijn. Hoe komt ze voor in het verhaal van Thomas? Wat zal hij zeggen over haar rol in zijn neergang? Maar ze zegt of vraagt er niets expliciets over, lokt me uit mijn tent met zorg en betrokkenheid, mama voor en mama na, en informeren naar mijn activiteiten in de buurt en Sally en Eileen. Het woord 'papa' valt niet meer. Opeens lijken alle punten die ze met me wilde bespreken verdampt. Nou ja, in haar geval worden ze vriesdroog bewaard.

Tot mijn lichte verontrusting stond om een uur of vijf 's middags Sally op de stoep, die dacht dat ik alleen was en ondanks de huurauto voor de deur toch maar haar boodschap kwam brengen: of ik de restanten van Fiona's kerstdiner met haar wilde komen delen. Ik vroeg haar binnen om haar aan mijn dochter voor te stellen en ons dan even later te verontschuldigen. Zo overvloedig zouden de kerstkliekjes toch niet zijn dat ze drie vrouwen konden voeden. Dat was geen punt, er was zoveel dat ze er nog een week van kon eten. Fiona wist nooit maat te houden, en zelf was ze geen grote eter meer.

Leonie schoof mijn bezwaren terzijde en ging allerhartelijkst op de uitnodiging in. Zo leuk om nader kennis te maken met de nieuwe vrienden van haar moeder! Ze vertoonde de charme van haar vader, waarin hoogstwaarschijnlijk alleen ik het kleinerende element kon zien. Sally was er duidelijk door gevleid.

'Nou, kom op dan,' zei ze vrolijk, 'neem wel je eigen drank mee want Fiona heeft de wijn voor zichzelf gehouden omdat ik alleen cider drink.'

Leonie keek me met enige voldoening aan: deze bescheiden overwinning had ze maar mooi op me behaald. Onderweg naar Seaview fluisterde ik haar toe dat Sally niets wist van de gebeurtenissen rond Thomas en evenmin dat hij dood was, en dat ik dat graag voorlopig zo wilde houden.

'Op jouw eigen tijd en wijze zeker.' Niemand kan zo goed smalen als zij.

Ik zat op hete kolen, al waren Sally en Leonie in een hartelijk gesprek gewikkeld. Leonie bewonderde de knusheid en de authenticiteit van het interieur, ze vroeg naar de ouderdom van het huis en of het erfgoed was, ze vroeg naar de B&B en naar de klanten die ze kreeg, ze vroeg dingen die ik nooit had durven vragen en Sally zat aan de cider en wij aan onze wijn terwijl de restjes in de grote oven warm stonden te worden, en ik voelde me verlaten en vroeg me af hoe ooit het verhaal van Thomas onderdeel zou kunnen zijn van huiselijke folklore, zoals Sally de ene na de andere anekdote opdiste over verdriet en verraad en hilarisch bedrog in het netwerk van families dat over dit eenzame land lag. Hoe over de erfenis van haar oom Paddy door zijn ex-vrouw, zijn minnares en zijn drie dochters zo lang was gesteggeld dat het huis – want daar ging het om – tot een complete ruïne was vervallen en geen cent meer waard was. Hoe achterneef Georgie, een man met een schitterende stem maar een dwalende geest, op een dag de Black Valley was in gelopen en aan het eind ervan rechts af was geslagen, en hoe hij vervolgens de Devil's Ladder besteeg om zich op Ierlands hoogste punt, 'zingend en overweldigd door de schoonheid', zei Sally, een kogel door zijn kop te jagen. En nu ze het toch over kogels had, haar eigen zuster Sarah had ooit als menselijk projectiel in het circus gewerkt maar werd steeds dikker en kon daardoor steeds minder ver worden afgeschoten. Sally gaf met haar hand het pisboogje aan. Exit Sarah, de vrouwelijke kanonskogel.

Bij de vraag van Leonie naar verdere familie, naar man en kinderen, wijzend op foto's aan de muur, kwam Liam ter sprake (een goede, zwijgzame man die in zijn stoere buitenkant een broos gestel huisvestte, 'verrot achter het pleisterwerk') en ook de dode Deirdre en Moira, die in tegenstelling tot katten en haar andere kinderen geen negen levens hadden. Sally had net als oude barden een repertoire met vaste narratieve combinaties.

'Ach, wat erg. Mijn moeder heeft ook een dood kindje gebaard,' leefde Leonie mee. 'Katelijne heette ze. Caitlin.'

Sally keek me aan en woog de blik die mijn dochter me toewierp na het noemen van de naam.

'I know,' zei Sally. Ik was haar dankbaar. Mijn hart klopte in mijn keel. In gedachten gaf ik Leonie een harde draai om haar oren. Godverdomme.

'We hebben nog foto's van haar. Zo zielig,' zei Leonie vroom. 'Maar ze hoorde er toch helemaal bij. Ik heb altijd een ouder zusje gehad.'

De gotspe! Als ze nu over Thomas begon zou ik ontploffen. Leonie keek me even aan met een glimlachje. 'En papa noemde me altijd zijn jongste dochter. U kent mijn vader natuurlijk ook.'

Sally knikte en keek nog eens naar mij. 'A good man,' zei ze, 'a good man. Funny too.' Ze schraapte haar keel en vroeg mijn dochter naar haar bezigheden. Net op tijd. Ik ontspande een beetje en vermaakte me met Leonies pogingen haar studie filosofie en haar onderzoeksonderwerp toe te lichten voor de eenvoudigen van geest. Zelden zie je de kloof tussen hoog- en laagopgeleid zo hilarisch gedemonstreerd als in de pogingen van hoogopgeleiden die te overbruggen. Sally was niet geïnteresseerd in quasidiepzinnige theorieën, maar alleen in het plezier waarmee iemand over zijn vak – moeilijke woorden incluis – praatte.

'Interessant,' zei Sally, 'maar vind je het leuk?'

Dat bracht Leonie even van haar à propos. 'O, ja,' zei ze, 'ja, ik vind het leuk.' Maar ze bracht in haar overname van Sally's woordkeuze dan weer net een neerbuigende intonatie aan. Was ik nou gek? Sally leek het niet te horen, hoewel ik daar niet zeker van was.

Na de hoogcalorische maaltijd, de Christmas pudding en het getweeën ledigen van anderhalve fles wijn maakte ik snel een eind aan de dolle avond met Sally's gezondheid als excuus.

'I'm fine, I'm fine,' wuifde Sally mijn zorgen weg.

Ik zag dat ze moe was toen ze ons uitliet.

'Heb je je zaklantaarn bij je? Er is geen maan,' zei ze. Ik hield mijn smartphone omhoog. Ze stak kort haar hand op voor ze de deur achter ons dichtdeed.

Nog twee dagen.

LEONIE

In de twee dagen die me nog in Ierland restten brachten we papa maar een enkele keer terloops ter sprake. En steeds met een scheut grommende scherpte erin van twee honden die allebei verbeten aan een slof trokken. Isa schermde haar huwelijk af alsof het breekbare waar betrof. Thomas en zij waren een goed team geweest. En over zijn soms botte gedrag: 'Ach, overal is weleens wat.' Heeft ze nooit eens de boel bij elkaar geschreeuwd, een ultimatum gesteld, zijn kleren uit het raam gesmeten? Was ze altijd zo beige geweest, of is ze langzaam in zijn schaduw verwelkt? Een vrouw die geen weerwoord gaf, een vrouw van stopverf, een opblaaspop met een gat erin, een wegwerpwezen, een mannequin die je in de inloopkast kon opsluiten en tevoorschijn halen naar believen, een keukenprinses met een cocktailschortje voor, een lege geest met zweverige verhalen over toverkastelen, een receptiekoningin! Ik voedde mijn frustratie door karikaturale kwalificaties van mijn moeder te geven. Het was een soort vloeken. Het hielp niet erg. In mijn mond bleef een zure smaak achter.

Terwijl we op de ochtend van mijn vertrek samen aan tafel koffiedronken en de brownies aten die Isa had gebakken en waarvan de warme chocoladegeur nog in het hele huis hing, een sfeer scheppend van vertrouwelijkheid, zei ze: 'Je was gekomen om een aantal dingen met me te bespreken. Ik heb het je niet makkelijk gemaakt. Ik hoop dat je dit bezoek niet als mislukt beschouwt.'

Ik nam een hap van de brownie en zocht naar een tekst die er qua afstandelijkheid op rijmde. Ik keek naar de vrouw tegenover me, naar de grijze uitgroei langs de scheiding in het haar, naar de zachte, bleke huid waarin door het kale winterlicht de rimpels zichtbaar waren die ze vroeger met fillers verhulde, naar de ogen die zonder make-up dof en moe stonden; ik zag een trage metamorfose, alsof uit de as van Isa Geel een heel andere vogel opvloog dan de feniks, een gewone vogel zonder pretenties, zonder maskers, zonder vluchtigheid, meer een loopvogel, een onverstoorbare kip die haar zaadjes bij elkaar pikt. Dit was niet langer de vrouw van mijn vader, dit was de moeder van Katelijne. Als een haal met een mes, zo scherp schoot de afgunst door mijn hart.

Uit mijn tas, die aan de voet van mijn stoel stond, haalde ik de foto's van Katelijne en Isa en schoof ze naar haar toe.

'Ik begrijp heel goed waarom je deze niet hebt verbrand, al begrijp ik niet waarom je alle andere foto's wel hebt verbrand. Maar dat komt misschien nog. Ik heb ze meegenomen. Misschien was je vergeten waar ze lagen, en wil je ze nu toch bij je hebben.'

Isa legde zonder ernaar te kijken haar hand over de foto's, alsof ze zichzelf wilde beschermen tegen het beeld dat erop stond. Alsof ze me ervan weerhield ze nog een keer te zien. Ze nam er bezit van. Ze gunde ze niemand anders. Mijn gebaar was een toenadering, haar gebaar voelde ik alweer als een afwijzing. Maar misschien was het dat niet. Misschien was ze alleen kwetsbaar.

'Dank je wel,' zei Isa. 'Dank je wel.' Ze stond op en borg de foto's weg in de lade van een kastje, ging weer zitten en roerde nog eens in haar koffie, hoewel ze die al bijna ophad. Met haar rechtervinger depte ze wat browniekruimels van haar schoteltje en stak haar vinger in haar mond.

'We hebben Arthur en jou nooit over Katelijne verteld, niet omdat we haar zelf waren vergeten, verre van, maar omdat we jullie leven niet wilden laten overschaduwen door een dood zusje en door ons verdriet. We hebben ons verdriet en de herinnering aan haar zo diep weggestopt dat je achteraf zou kunnen betwijfelen of ze er wel waren. We hebben met de beste bedoelingen een verkeerde keuze gemaakt. En om er later nog eens op terug te komen, "à propos, jullie hebben nog een zusje gehad, maar dat is doodgegaan", leek ook niet de juiste weg. We hielden haar dus voor onszelf, dat wil zeggen: ik hield haar voor mezelf en Thomas hield haar voor zichzelf. We spraken nooit over haar.'

'Waarom niet, denk je?'

'Over een dood kind spreken de ouders ieder meestal in een ander register. Dat was me al snel duidelijk.'

Dat begrijp ik wel, die verschillende registers. Dat is de ellende van de meeste gesprekken tussen mensen.

Toen ik een uur later afscheid nam om naar het vliegveld te rijden, omhelsde ik mijn moeder. Ik weet niet meer wanneer ik dat voor het laatst had gedaan.

Het is of in het huis alles een tikje is verschoven. De meubelen, bibelots, artistieke arrangementen, kussens en lichtpunten hebben een andere substantie, denk ik, als ik mijn koffertje heb uitgepakt en met de sushi uit de Schiphol-AH op de bank zit. Wat ik in dit huis zie zijn de attributen van de substantie die het huwelijk van mijn ouders, hun gezinsleven, hun eenheid (inclusief Katelijne) was. Wat in dit huis is gedacht en gevoeld was ook attribuut van de substantie. Volgens Spinoza's definitie: 'Onder substantie versta ik, wat op zichzelf bestaan heeft en door zichzelf kan worden begrepen: ik bedoel datgene, waarvan wij ons een begrip kunnen vormen, zonder daartoe het begrip van enige andere zaak nodig te hebben.' Zo heb ik als kind ons leven gezien, als een substantie met attributen. Dat heeft voortgeduurd tot de dood van Thomas: een ontoelaatbare en onbegrijpelijke wijziging in de substantie. En nu, na het bezoek aan Ierland en de cryptische mededelingen van mijn moeder, krijgt alles weer een andere substantie. Het was niet zoals ik dacht dat het was. Het verleden wordt vloeibaar, trillend als hitte aan de horizon. Ik word licht in het hoofd, zweef een beetje, en schrijf dat toe aan de vermoeienissen van de reis. Vroeg naar bed, zeg ik hardop.

De druilerige volgende dag zet de spullen niet terug op hun oude plek en in hun vertrouwde licht. De ervaring van verandering, van bedrog zelfs, blijft. Hier klopt iets niet. Ik doe een was, kwast met de plumeau over de beeldjes, haal een stofzuiger door het huis, maak de badkamer en de wc schoon, maar blijf ondanks die nuchtere bezigheden onrustig. Het zijn de dagen tussen kerst en oud en nieuw, dagen van niets, van stilstand, dagen die als een donker gat in het jaar liggen, waarin je als een verdronkene langzaam wegzakt. Ik zoek *Der Tod und das Mädchen* op, dat Isa in Ierland uitzocht. Muziek die erbij past. Ik loop – oortjes in – luisterend door het huis. De soundscapes van Arthur zijn misschien wel verontrustend in hun ongecoördineerde technolawaai, maar dit is veel verontrustender. De naam van mijn broer blijft hangen. Arthur. Hoe kan ik mijn gedachten met hem delen, wat weet hij en hoe ziet hij onze 'substantie'? Of Arthur een samenhangend antwoord op mijn vragen zal weten te geven, betwijfel ik, maar door zijn associatieve denken schiet weleens een heldere flits. Ik was toch al van plan een afspraak met hem te maken. Waarom niet nu?

Het negentiende-eeuwse dubbele benedenhuis in Haarlem waar Arthur met zijn vrouw Judith woont heeft meer weg van een geluidsstudio voor griezelfilms dan van de *VTwonen*-reclame waarin veel van onze generatiegenoten zich thuis schijnen te voelen. Overal staan versterkers, kastjes met knoppen, enorme tafels met schuifweerstanden, ouderwetse bandrecorders, microfoons en onduidelijke hulpstukken tussen de met vuilniszakbinders samengeknelde kabels. Veel langwerpige stekkerdozen worden gepenetreerd door zwarte en witte stekkers met bijbehorend draad. Daartussen staan drie bureaustoelen, een lage tafel, een uitnodigend luie bank, en een keyboard, en aan de muur hangt naast de kleurige kunst die Judith kennelijk met veel animo maakt een reeks foto's van Arthur in actie. De chaos is aanzienlijk toegenomen sinds ik er ruim een jaar geleden voor het laatst was.

'Ik ben met kerst bij Isa geweest,' zeg ik als ik met thee in de bank zit-lig.

'Good for you. Hoe was het daar?'

'Goed wel. Merkwaardig.'

'Hoezo merkwaardig?'

'Ben jij er weleens geweest?'

'Nee, nooit. Ik had geen zin in een close encounter met onze betreurde vader. En met mama alleen, als ze daar zat te schrijven aan haar sprookjes, nee, dat leek me ook niets. En Judith houdt niet van Ierland. Te nat. Te somber.'

Judith trekt een bijpassend gezicht en zegt: 'Geef mij maar Griekenland.'

'Het is er prachtig. Wild, ruig en lieflijk tegelijk. Isa voelt zich er thuis.'

'Wat is dan merkwaardig?'

'Dat ze zich zo thuis voelt. Alsof ze altijd, haar leven lang, een schijn van chic heeft opgehouden.'

'Ja, daar was ze goed in.'

‘Maar die schijn verborg andere dingen dan we dachten.’

Ik vertel van mijn ontdekking: het dode zusje op de foto’s in een vergeten laatje. Van de reacties van Isa daarop, de afwezigheid zowel in het Ierse als het Amsterdamse huis van de familiegeschiedenis en van Thomas in de vorm van foto’s, en als klap op de vuurpijl het geheimzinnige manuscript van Thomas dat maanden na zijn dood door Rudolf Merkelbach bij Isa is bezorgd en dat haar heeft geïnspireerd tot haar vertrek naar Ierland en de fotodafe. Een laatste boodschap van onze vader.

‘Goh, heftig!’ zegt Judith. ‘Wat een onthullingen. En dat jullie daar nooit iets van hebben geweten. En dat manuscript. Tjee.’ Ze babbelt door.

Ik negeer haar, kijk naar mijn broer. Beseft hij wel dat ik om hulp en steun vraag? Arthur blijft lang stil.

‘Hallo, is daar iemand?’ roep ik hem toe.

Hij kijkt op. ‘En dus?’ zegt hij uiteindelijk.

‘Wil jij niet weten wat papa heeft geschreven?’

‘Ik vind dat zusje wel zielig, voor onze ouders.’

‘That’s it?’

Arthur staart een poosje naar zijn handen. ‘Ja,’ zegt hij uiteindelijk. ‘Laat het los.’

‘Ben jij niet benieuwd naar zijn motieven? Heb jij, juist jij, geen behoefte aan duidelijkheid en waarheid? Dat manuscript is de brief waarnaar we vergeefs hebben gezocht.’

‘Waarom zou juist ik daar behoefte aan moeten hebben?’

‘Voor een compleet beeld van een vader die jou in menig opzicht afwees.’

‘Alsof zijn testament me opeens in zijn favoriet zal veranderen.’

‘Nee, maar misschien begrijp je hem beter.’

‘En dat moet jij zeggen! Mevrouw de scherprechter!’ Stemverheffing. Opeens komt onder de wazige afzijdigheid van mijn broer een stukje kale harde rots tevoorschijn.

‘Ik had wel vaak ruzie met hem, maar dat kwam...’

‘... omdat jullie zoveel op elkaar leken, ja. Ik ken dat liedje. Jij begreep hem. Jij begreep hem zo goed! Jij begreep hem beter dan Isa. Mama en ik waren vulsel, het ademloze publiek in jullie theater, voor wie jullie na afloop van de voorstelling niet eens bogen.’

Judith slaat haar hand voor haar mond.

‘Maar jij, met al je begrip,’ gaat Arthur verder, ‘jij hebt de genadeklap aan Thomas uitgedeeld. Weet je nog dat interview dat je gaf nadat papa zich bij *Pauw* had gecompromitteerd? Je nam afstand van hem. Heel ver, weet je nog. Judas! Dus doe jij nu niet zo schijnheilig!’

‘Wil je me helpen?’ Ik onderdruk mijn neiging om met slaande deuren het pand te verlaten. Ik denk aan de substantie en de attributen en ik voel hoe mijn broer net als mijn moeder een eigen baan om een andere zon zoekt. Dat moet ik verhinderen. Het is nog niet klaar. Thomas en Isa en Arthur en Leonie (en Katelijne) zijn nog niet klaar met elkaar.

‘Waarmee in godsnaam?’ Zijn woede is nog niet koud.

‘Hou je van Isa?’

‘Wat is dat nou voor rare vraag. Ze is onze moeder.’

‘En dus hou je van haar?’

‘Ja, ondanks alles. Dankzij alles.’

‘We moeten haar niet alleen laten.’

‘Hoor wie het zegt. Het klinkt als puur opportunisme. Je bent nieuwsgierig naar dat manuscript en je vermomt dat als medelijden met mama.’

‘Allemaal waar. Allemaal waar. Maar er zit daar in Ierland een Isa die we niet kenden en die meer onze moeder is dan de Isa zoals we haar kenden.’

‘Dat is een hele tournure, zusje. Dit is een Leonie die ik niet ken en die minder mijn zusje is dan de Leonie zoals ik haar kende. Ik vertrouw je niet.’

'Denk erover na.'

Arthur staat op en gaat naar zijn keyboard, slaat een dissonant aan, die in de geluidsinstallatie echoot en kraakt en fluit. Fijn voor de buren. Ik drink mijn thee op, groet Judith en verlaat de soundscape van mijn verdrietige broer.

JORIS

Tweede sessie Anne Benraad
Transcriptie

Ik heb een paar rotnachten gehad. Ik heb gedroomd van een groot paard dat overal doorheen denderde en alles vertrapte, en iedereen stond te kijken naar de puinhopen van zijn huis. Want in mijn droom had iedereen een verrot houten huis dat bij de minste of geringste klap in elkaar stortte. Het was in Suriname. En dat paard maar snuiven en briesen en steigeren en rammen en wij maar hulpeloos proberen het te temmen.

...

Ik denk dat het paard de vrijheid van meningsuiting voorstelde. Als je die niet beteugelt slaat ze op hol en maakt alles kapot. Onze wet is daarin te slap. Ja, ik weet het: als je de vrijheid inperkt kan ook je tegenstander met een beroep op de wet jouw gedachten verbieden. Ik maak me zorgen over de racistische, oorlogszuchtige taal die op sommige fora wordt aangeslagen, de rauwe haat, die zijn rechtvaardiging vindt in boeken als *Hedendaags fanatisme*.

...

Hij blijft binnen de wet, dat weet ik. Er zit een zekere religieuze orthodoxie in die op zichzelf geen geweld predikt, maar de grens is heel dun, bijna onzichtbaar. Hij moedigt aan! Hij wijst geweld niet expliciet af. Hij verheerlijkt het verschil, hij verheerlijkt de meester-knechtverhouding, hij ziet slavernij als een onhandig in de praktijk gebrachte maar theoretisch juiste relatie! De brutaliteit. Ik moet kalm blijven. Telkens schiet ik weer in de verontwaardiging. Dat komt omdat jij zo rustig en afwachtend zit te luisteren en af en toe een vraagje ertussendoor gooit waarbij ik me afvraag of je me wel serieus neemt. Je zit erbij of je denkt dat ik een klap van de molen heb gehad en overal verkrachters en slagers zie. Ik voel geen empathie van jou uitgaan.

...

Alsof journalisten altijd zo onpartijdig en objectief zijn! Neem een willekeurige krant van een willekeurige dag en probeer in kaart te brengen op welke manier in de verschillende artikelen feiten van meningen worden gescheiden. Kijk eens naar het woordgebruik. In hele kleine, bijna onopvallende woorden zit het verraad. Nog het ergst in de zogenaamd sympathiserende stukken! De neerbuigendheid. Het paternalisme. Is dat jou nooit opgevallen? White privilege staat altijd tussen aanhalingstekens, wist je dat? Altijd zogenaamd.

...

Ja, ik weet ook wel dat absolute objectiviteit een onhaalbaar ideaal is. Hoewel: waarom zouden we objectiviteit ideaal vinden? Expliciete subjectiviteit is misschien veel beter. Daar kun je tenminste mee dealen. Quasiobjectiviteit is veel geniepiger, sluipender. Daar kun je je veel moeilijker tegen verweren...

...

Hedendaags fanatisme is inderdaad heel subjectief maar heeft wel universele pretenties. Jezus, nu ben je weer bezig mij in twijfel te trekken. Ik vertel jou een verhaal, weet je nog wel. En jij luistert. En de vragen die je stelt zijn niet bedoeld om een discussie uit te lokken maar om een toelichting te krijgen op een onduidelijk element. Meer niet.

...

Oké. Waar was ik gebleven?

...

Ja. Nog steeds weet ik niet of ik het goed heb gezien: toen ik Thomas aanviel om het manuscript – ik had het nog niet eens helemaal gelezen, zo misselijk werd ik ervan – was hij oprecht verbaasd. Dat ik het als een aanval beschouwde, dat ik het als een statement tegen mij zag, vond hij buitengewoon merkwaardig, liever gezegd: totaal van de pot gerukt. Hij klonk bijna geloofwaardig in zijn gekwetstheid: dat ik dat van hem dacht! Hij bracht alleen maar een manuscript in dat met al zijn controversiële standpunten paste in het huidige maatschappelijke discours. Nu denk ik weleens dat dit het moment was waarop de zaak zijn onafwendbare loop heeft gekregen. Ik had een keuze tussen twee reacties: hem rustig uitleggen waar mijn verontwaardiging vandaan kwam, begrip tonen voor zijn onwetendheid en een gesprek aangaan over de manier waarop we het manuscript zouden behandelen. Met of zonder commentaar, met of zonder weerwoord, bijvoorbeeld. Er waren verschillende mogelijkheden om het boek te temmen. Zelfs had ik kunnen aanbieden een historicus en een filosoof naar het betoog te laten kijken en er een oordeel over te laten geven, waarna wij dan ons plan zouden trekken. Want waarom zou het boek zonder enige bewerking moeten worden uitgegeven? Alsof we nooit een redactionele ingreep pleegden.

Ik koos de andere reactie: ik noemde hem hypocriet en achterbaks en ik beschuldigde hem ervan de interne discussie te vervuilen, een vijandige daad te stellen tegenover mij en ieder ander die tot een minderheid behoorde, en het zaad te zaaien voor een absoluut te verwachten terreurdaad van de Hollandse Anders Breivik die *Hedendaags fanatisme* zou zien als de goedkeuring van zijn zelfgezochte heldendom. Je verklaart me de oorlog, riep ik. Hij wierp tegen dat het publiceren van het boek niet betekende dat hij er honderd procent mee instemde, wel dat hij het zag als een representatieve bijdrage vanuit een gedachtegoed dat niet alleen het eigendom was van een raaskallende zonderling. En je kon veel van Merkelbach zeggen, maar niet dat hij raaskalde. Het betoog was zorgvuldig opgezet en consistent. In die romanvorm dan. Een disclaimer behoorde toch tot de mogelijkheden? Hij zag het probleem niet.

...

Ik moet je eerlijk zeggen: ik zat in die tijd niet lekker in mijn vel. Mijn dochter dreigde dat ze bij haar vader ging wonen. Ze mocht per slot van rekening kiezen van de rechter. Ik was mantelzorger voor mijn moeder, die nog wel thuis woonde maar niet meer helemaal thuis was in haar eigen geest. Dat kostte veel energie, veel verdriet, veel zorg. Het is geen excuus, maar toch: I lost it. Ik ging helemaal door het lint. Mijn woede werd aangeblazen door de houding van Thomas: de onschuld zelve, de redelijkheid in persoon. 'Maar, luister nou eens, meisje,' zei hij. Meisje! Ik beschuldigde hem van fascistoïde denkbeelden, van Holocaustontkenning, van collaboratie. In de jaren dertig zou hij gemarcheerd hebben met Mussert, zei ik, houzee! Het was geen fraaie vertoning, besef ik achteraf, maar in de kern had ik gelijk. Thomas stond op en liep weg.

...

Ja, toen heb ik veelzeggende alinea's uit het boek gekopieerd en aan de medewerkers van de uitgeverij gestuurd met het verzoek om steun. Jan Gansvoort van wiewatwaar.nl kreeg ook een kopie.

...

Uit hun context gehaald. Je zegt het alsof ze dan ook uit het verband waren gerukt en binnen het betoog een heel andere werking hadden. Nou, dat was niet het geval. Je hebt het boek zelf gelezen. Je weet dus dat elke willekeurige alinea bij wijze van spreken geheel zelfstandig kan functioneren als een pars pro toto.

...

Inderdaad, toen kon ik niet meer terug. Toen ging het een geheel eigen leven leiden.

...

Nee, gezien de omstandigheden kan ik dat geen fout noemen. Ik wist niet wat de gevolgen zouden zijn. Dat kon ik niet voorzien. Wie kon dat wel? Een relletje, ja. Een ruzie, ja. Ik eruit. Hij eruit. Ja. Maar deze openbare executie? Nee. Deze dodelijke afloop? Nee.

...

Toen in een stemming onder de medewerkers de partij van Thomas won, werd het boek eigenlijk vrij snel geproduceerd. Ik had verloren. Eigenlijk had ik weg moeten gaan, maar dat vond ik vaandelvlucht. Ik bleef, als permanent verwijt. En ik had een aantal medewerkers mee. Ook lullig hoor, die splitsing in het bedrijf. De mensen die durfden en de mensen die de hielen van de macht likten. Hadden ze maar voor mij gekozen, het boek zou er niet zijn gekomen. Thomas zou er misschien nog zijn. Maar dat weet ik niet.

...

Er ligt enige tijd tussen het openbare conflict, de toestanden op tv, in de pers, het internet en de sociale media, en het fatale ongeluk. Ik heb hem weinig gezien in die tijd. Hij hield zich op de achtergrond en ik had het druk met mijn moeder. Ik kan wel zeggen dat ik een zekere broosheid in hem waarnam, of een stil verwijt, of een sombere berusting, maar dan zou ik liegen. Ik zat zelf nog te trillen op mijn stoel en kon absoluut niet afstandelijk reageren, hem vriendelijk toeknikken en kalm aan het werk gaan. Ik ontliep hem. Hij mij. Ik dacht: de tijd heelt de wonden wel.

...

Een tragische held? Een man geveld door zijn hybris en zijn zwakte? Daar moet ik even over nadenken. Er zitten elementen in. Maar het is ook raar.

...

Nou ja, het was toch allemaal al voorbij. Doordat de affaire aan het ongeluk voorafging, leek die er de oorzaak van. Dat is het punt. Het is een beetje ingewikkeld. Hoe moet ik het uitleggen? Thomas was gewoon een lul in de manier waarop hij in de affaire optrad. Maar toen hij doodging was hij alsnog de tragische held, vermoord door de media, en door mij. Door zijn dood heeft hij de zaak omgedraaid. Sliepuit, ik heb jullie tuk. Gewoon superkut in ieder opzicht.

...

Als ik terugkijk naar die periode is alles een vage, bewegende vlek waaruit kreten loskomen. Allemaal schuldig, allemaal onschuldig. Een chemische reactie, die we niet meer konden stoppen.

...

Dat vind ik zelf helemaal geen makkelijke conclusie.

...

Ja, ik zit ermee. In slapeloze nachten zie ik het nog steeds voor me, hoe hij nota bene in januari bij een proefrit in een dure open sportwagen de macht over het stuur verliest, tegen een boom op knalt en als een gekruisigde Christus met gebroken nek ondersteboven tussen de takken hangt.

...

Wist je dat niet? Nee, ze hebben het uit de kranten gehouden. Niemand wist het. Dat van die takken. Ik heb het gehoord van een kennis bij de politie die het eerst ter plaatse was. Ze hebben hem er natuurlijk meteen uit gehaald.

...

Zeg dat wel.

...

Ja, ik ben bij de crematie geweest. Wat een vertoning. Ik stond achterin, een beetje onopvallend. Isa keek opeens naar me toen ze achter de katheder stond en haar bloedeloze speech hield. Er lag geen beschuldiging in die blik, was dat maar zo geweest, dat had ik begrepen, nee, het was een onpersoonlijke blik van welgemanierdheid. In die seconde kreeg ik het hele pakket van dat huwelijk in zicht: het arrangement dat zowel haar als hem had bevredigd én tekortgedaan. Twee mensen die zichzelf tot elkaar hadden veroordeeld. En daar lag Thomas in die kist, en hij had verloren. Hij had opzettelijk en groots verloren. En die vrouw daar stond kalm haar triomf op te eten alsof het een toastje kaviaar was.

Ik lees de transcriptie nog eens door. Heel veel nieuws heb ik niet gehoord, behalve dan de toedracht van het ongeluk. Wat een bizarre vorm van zelfmoord, zo'n ejaculatie tot in de kruin van een boom. Wie van plan is een sportwagen te kopen is niet meteen bezig met zelfmoord, maar om in januari met open dak 150 kilometer per uur te gaan rijden is verdacht. De affaire-Thomas G. werd een-op-een in verband gebracht met de dood van Thomas G. Daar zat geen licht tussen. Maar er zat tijd tussen, en dus kan er licht tussen zitten. Misschien moet ik door de affaire heen zoeken naar een diepere grond in Thomas. De verkoop van zijn uitgeverij? Huwelijksproblemen? Een fatale diagnose? Het aantal mogelijkheden is ontmoedigend groot. Mijn slechtere ik voelt de opwinding van een noodzakelijke actie: dieper de familie binnendringen. Leonie beter leren kennen, de geliefde dochter, haar verleiden tot verhalen over haar jeugd en haar papa. Nu niet de affaire als thema, maar de interne gezinsverhoudingen. Nog explosiever, gevaarlijker. Ze viel haar vader af in het openbaar. Het voelt niet heel koosjer. Stel dat het inderdaad verderging dan de affaire, dan moet ik daar als mens eigenlijk niets mee te maken willen hebben. Dat was dan privé en had geen belang voor de gemeenschap. Hoewel een ander aspect dat onderzoek kan rechtvaardigen: de publieke opinie keerde zich na de dood van Thomas tegen Anne. Zij zou hem tot zelfmoord hebben gedreven, een al te zware straf in het licht van de publicatie van een hooguit onsmakelijk boek. 'De doodstraf is bij ons toch afgeschaft?' werd er getwitterd. Annes foto werd uitgerust met een bijl en een beulsmasker. Als ik de wreedheid daarvan aan de kaak kan stellen door de ware reden van de zelfmoord te onthullen, doe ik goed werk. Dat ik me met dat doel voor ogen bloot moet stellen aan de verwoestende persoonlijkheid van Leonie, dat zij dan zo.

Wat voor figuur is Thomas G. eigenlijk als hoofdrolspeler? Als ik een gooi mag doen: hij is een typische vertegenwoordiger van zijn generatie. Hij vecht bij wijze van spreken als een ridder in een toernooi, terwijl zijn tegenstanders allang kernwapens tot hun beschikking hebben. Hij leeft in een andere tijd, hanteert andere spelregels, en heeft geen sjoege van of begrip voor de nieuwe methoden en de nieuwe issues van de volgende generatie, de generatie van #MeToo, van identiteit en *safe spaces*, van policor en genderfluïditeit, van verschansing in bubbels, van nostalgisch nationalisme en religieus extremisme. Hij staat daar te kijken in de arena, het houten zwaardje in de hand, het vizier omhoog, de maliënkolder enigszins slordig om de leden gehangen. De ridder van de droevige figuur. Is wel een mooie nieuwe insteek.

ISA

Er woedt een storm met een naam, de eerste van het jaar: Andrea. Ze loeit en fluit en buldert alsof ze wanhopig aan de greep van de oceaan tracht te ontsnappen; ze vlucht het strand op, verbergt zich gierend tussen de kieren van het gebergte, stuift het water in plassen en meren op als schuim; ze probeert mijn huis omver te duwen in haar haast om aan land te komen. Tegen de oevers slaan de opgejaagde golven stuk met spectaculaire fonteinen. Ik begin eraan te wennen. Nog steeds krimp ik ineen bij een buitengewoon indrukwekkende vlaag waarin de buigzame bomen en struiken vrijwel plat gaan, maar ik blijf zitten met mijn rug naar het raam en lees, schrijf of teken. Vuur in de haard aan. Lichten en kaarsen aan. Ieder ogenblik kan ergens een elektriciteitsdraad knappen en valt de boel uit. Soms voel ik hoe de storm me met huis en al meevoert, zoals Abeltje in zijn lift door het dak schiet en wordt weggeblazen.

Ik teken bijna gedachteloos een boog, een gewelf. Altijd een moeilijk perspectief. Zuilen en ribben. Waar is het verdwijnpunt? Waar sta ik? Hoe kijk ik? Ik verdeel de boog in stukken, in vlakken, arceer de vlakken om en om. Het is de Mezquita in Córdoba. Natuurlijk is het Córdoba. Het is 1979. Het is onze eerste vakantie samen. Thomas is negenentwintig, ik ben vijfentwintig. God, wat zijn we mooi! Zoals ik het nu zie zijn we vooral verliefd op wat we zelf niet zijn. Onze verliefdheid is meer afgunst dan herkenning. Ik ben een kind nog, een meisje, denk ik nu, beschermd opgevoed, en ik zie in Thomas de avonturier, de grenzeloze. Hij is vrij man, terwijl ik me beklemd voel als een vlinder in een cocon.

Wat hem aantrekt in mij durf ik bijna niet te vragen. Hij zegt dat hij me mooi vindt en lief, maar dat is zo'n cliché, dat was zelfs toen niet genoeg voor me. Dan voegt hij toe dat hij me lekker vindt en slim. Nog niet genoeg voor me. 'Je bent heel,' zegt hij. 'Heel wat? Heel slim, heel lekker?' 'Heel,' zegt hij. 'Helemaal.' Daar wil ik op doorgaan, maar zoals alle mannen die ik ken, ontwijkt hij diepe gesprekken over gevoelens. Mannenpraatgroepen: niets voor hem. Als ik aan zijn innerlijk klop, zegt hij: 'Niet bedelen.' In mijn gevoelsleven is hij maar heel beperkt geïnteresseerd. Als er wat is, moet ik het zeggen, maar niet zeuren. Tederheid neemt bij hem de vorm aan van een klapje op mijn kont in het voorbijgaan of een aai waarmee hij mijn haar door de war maakt. Een onverwachte kus soms. Ik weet dat hij het meent.

In het oude Córdoba lopen we hand in hand, ik in een ultrakort jurkje met felle print, lang haar, Thomas in een strakke witte broek en een zwierig overhemd. Als ik aan ons denk zoals we toen waren, herken ik ons niet. Vooral mezelf niet. Ik zie ons staan bij de ingang van de Mezquita, komend vanuit het felle blonde licht op het plein, in het gezeefde oker en steenrood van de ruimte met de gestreepte bogen en zuilen, aan alle kanten het verraderlijke verdwijnende perspectief van een Escher-labyrint. Ik laat Thomas' hand los, overweldigd door een verheven ontroering. Ik voel me aangeraakt door iets wat groter is dan ikzelf, dan Thomas, groter dan de beproevingen van onze tijd. Ik word omhelsd door wijsheid. Het klinkt kitscherig, maar zo voelde het niet. Nu ik me in dat moment verplaats hoor ik Nick Cave zingen: 'And this is the moment, this is exactly where she is born to be, And this is what she does and this is what she is.' Vanuit het verre heden druk ik het stempel op dat moment van toen, waarin alles al zat, waarin ik alles al wist. Wat in Thomas zat vertelde zich aan mij, en terwijl het in dat ene moment woordloos werd verteld, werd het ook weer uitgewist. Dat intuïtieve weten bond me aan hem. Het lijkt een wankel anker, maar het hield.

De lichte en donkere vlakken van het Mezquitagewelf worden de beweeglijke vlekken van de zon die door de blaadjes van de berk schijnt en schaduwen en lichtplekken tekent op het witte damasten tafelkleed in de Bilthovense eetkamer. De tafel is gedekt voor het zondagsmaal. Het bos om het huis is op een dag als vandaag aaibaar en fluisterend lief, vol springerige konijntjes en eekhoorns, een Disneyfilm. Thomas komt voor het eerst met mij mee. Ik ben al dagenlang nerveus, ken de afstandelijkheid van mijn vader, de negativiteit van mijn moeder. Hij zal worden gewogen en ongetwijfeld te licht bevonden, zoals de vorige vriend die ik mee naar huis nam. Toen die afscheid nam met 'Tot ziens, meneer' zei mijn vader: 'Ik dacht het niet.' Het contrast tussen mijn ouders en Thomas kan nauwelijks groter zijn. Thomas met zijn iets te lange haar à la Robert Redford, zijn spijkerbroek (op zondag!) en zijn overhemd zonder das, Thomas de ongebondene, de naamloze, de uitgever van vieze boekjes: hij begon met een gigantische achterstand. Mijn vader vuurde de gebruikelijke vragen op hem af over zijn financiële positie, zijn plannen en zijn perspectieven, mijn moeder informeerde afgemeten naar zijn familie of wat daarvan over was en Thomas slalomde als een skikampioen om alle paaltjes heen. Bij de soep was de sfeer nog kil, bij de koffie die in de tuin werd geserveerd waar de zon net achter de boomtoppen zakte, was er een gemoedelijkheid ontstaan die ik zelden had meegemaakt. Ik was verdoofd van geluk. In de auto naar Amsterdam legde ik mijn hoofd tegen Thomas' arm.

'Ik ben zo blij,' zei ik.

Hij duwde me terug, schakelde naar zijn vier.

'Lieve schat, het zijn jouw ouders. Jij mag ze zo vaak zien als je wilt. Ik ben bereid één keer per jaar een beleefdheidsbezoek af te leggen, maar *that's it*.'

'Ik dacht, omdat jij geen ouders meer hebt...' hakkelde ik.

‘Ik heb geen behoefte aan surrogaat.’

Toen zag ik er een diep verdriet in, een saluut aan zijn eigen ouders. Ik vond het wel mooi van hem. Maar voor mij nogal ongemakkelijk in de praktijk. Het zou wel overgaan, hoopte ik. Het ging niet over. Hij moest mijn ouders gewoon niet. Hij vond ze koud, hij vond ze nep, hij vond ze geborneerd. Dat was dus mijn probleem.

Vijfendertig jaar later probeer ik hem onderweg van Amsterdam naar de boot in Cherbourg op te vrolijken met ideeën over de reizen die we nog kunnen maken nu hij helemaal vrij is, naar bestemmingen die op onze bucketlist staan, IJsland bijvoorbeeld, of Argentinië, of nee: de Zijderoute! Hij reageert niet. Ik noem wat minder bewerkelijke uitjes: een tochtje langs Hanzesteden, Loirekastelen, Bretonse vissersdorpjes, of...

‘Concentratiekampen!’ voegt Thomas toe.

Ik doe er even het zwijgen toe, maar wil toch zijn stemming doorbreken of in ieder geval bespreken. Het was allemaal heel moeilijk en pijnlijk, maar nu hij afscheid heeft genomen van de uitgeverij is er toch een nieuw perspectief mogelijk. Verder dan golfen of vissen kom ik ook niet. Ik moet hem gewoon maar laten, denk ik. Lezen, wandelen. Gaelic leren desnoods.

‘Zullen we samen op een cursus Gaelic gaan?’

‘Tuurlijk!’ zegt hij. Ook weer afgewezen.

Die laatste paar maanden was hij min of meer neutraal. Zo lang achter elkaar had ik hem nooit thuis gehad. We moesten eraan wennen, maar het was niet onaangenaam. Hij was goed gezelschap. Een enkele keer spraken we over de affaire, als iets wat achter ons lag. Wat had ik kunnen doen om het ongeluk te voorkomen? Ik vraag het me elke dag af. Het enige wat ik nu weet is dat ik er in Córdoba al mee had moeten beginnen.

Op het strand ligt een dood schaap, van een klif af geslagen door de storm, aangespoeld tot ver boven de normale vloedlijn. Ik klop bij Sally aan om te vragen wat we met het kadaver moeten doen. Het is warm en bedompt binnen, maar ze houdt haar wollen vest stevig om zich heen getrokken.

'Dat gebeurt weleens. Vaak spoelt zo'n dier met het volgende hoogtij weer de zee in, maar soms graaft het zich in het zand in. Ligt het op een stenig stuk?'

'Nee, op zand.'

'Laten we hopen dat de zee zich erover ontfermt, anders moet Frank of Michael het wegslepen. Op de gemeente kun je lang wachten. Jij raapt toch ook plastic?'

'Het is een troosteloos gezicht, zo'n dood dier.'

'De harde werkelijkheid van de natuur. Thee?'

Ik neem de uitnodiging aan en schuif aan tafel, waar Sally bezig is een kruiswoordpuzzel op te lossen.

'Je dochter is een mooie vrouw,' zegt ze terwijl ze de thee inschenkt, die zwart en lauw en bitter is.

Ik staar in mijn kom. 'Ja'.

'Ze lijkt me niet gelukkig.'

'Ik weet er niets van,' zeg ik. 'Ik bedoel: daar heb ik het nooit over met haar.'

'Je kunt het toch zien?'

'Ze heeft het moeilijk gehad. Wij hebben het moeilijk gehad.'

Sally knikt, impliceert met haar knik 'wie niet?'.

'Thomas is dood.' Eindelijk zeg ik het. Straks zal iedereen het weten hier.

Sally schrikt. Ze weet even niet waar ze haar handen moet laten, slaat ze ineen, voor haar mond, wringt ze in haar schoot. 'Oh dear, oh dear....' En even later: 'Ik wist dat er iets moest zijn. Jij alleen hier met kerst en oud en nieuw. Wat is er gebeurd? En wanneer?'

Ik vertel haar van het ongeluk bijna een jaar geleden. Zelfmoord durf ik het bij haar niet te noemen. En dat ik hier de winter kwam doorbrengen om zijn dood te verwerken in rust en eenzaamheid.

'Hij was een bijzondere man. Ik mocht hem graag,' zegt Sally, 'al zag ik hem niet vaak.' Ze staat op, houdt zich even vast aan de tafel en loopt naar het buffet. 'Een borrel,' zegt ze. 'Die hebben we nodig.'

Ze schenkt me een whisky in van eigen stook, dat wil zeggen van een buurman van een neef, en slaat de hare in één teug achterover, veegt met de rug van haar hand haar mond af. 'Op Thomas,' zegt ze. Ik volg haar voorbeeld. 'Op Thomas.'

'Jezus!' zegt ze.

Ik knik.

'And death shall have no dominion.' Het klinkt fel alsof ze bedoelt dat de dood geen vat op ons mag krijgen, dat elk optreden van Magere Hein moet worden beantwoord met een toost op het leven.

'Dylan Thomas,' zeg ik. 'Mooi gedicht.'

'Romeinen 6 vers 9,' zegt ze. 'Harde brief.'

Ze schenkt nog eens in, maar nu met het doel de whisky rustig zijn verwarmende en verdovende werk te laten doen. De zon zakt langzaam achter de bergen boven Ardgroom.

'Ben jij bang voor de dood, Sally?'

Ze denkt zo lang na dat het lijkt alsof ze me niet heeft gehoord.

'Soms wel, soms niet.'

Ik wacht op de toelichting. 'Wanneer wel?' vraag ik uiteindelijk.

'Als ik gelukkig ben.'

Het woord 'gelukkig' associeer ik zo weinig met Sally dat het bijna naïef en meisjesachtig klinkt uit haar mond. Maar waarom zou Sally met al haar lek en gebrek niet gewoon ook af en toe gelukkig kunnen zijn en dan tegelijkertijd bang dat de dood aan dat geluk een eind komt maken? Nu ja, het geluk gaat sowieso vanzelf wel over en dan is de dood wellicht weer welkom.

'Geloof je in een hiernamaals?'

'Ik vrees het hiernamaals.' Ze begint te lachen. 'Stel je voor dat het er is!' Ze ziet het voor zich. 'En dat ik Liam terugzie en gedoemd ben voor eeuwig onze ruzies voort te zetten. Want eeuwigheid is toch voortzetting van wat was. Almaar hetzelfde. In eeuwigheid zit geen ontwikkeling.'

In dat geval zie ik Thomas terug en gaan we door met onze verhulde levens.

'Misschien mogen we in die eeuwigheid onszelf op ons allerbeste moment zijn en blijven.' Ik denk aan de mystieke momenten van woordloos weten. Voor eeuwig op de drempel van de Mezquita.

'Dat zou mooi zijn,' zegt Sally. En haar gedachten gaan zichtbaar naar haar allerbeste momenten. Daar zou ik meer van willen weten, maar ik laat haar aan haar verbeelding over en neem afscheid. Ze neemt mijn beide handen in de hare.

'Be brave,' zegt ze.

LEONIE

Bij het eerste college na de kerstvakantie ontbreekt de potente journalist. Ik onderdruk een lichte teleurstelling. Onwillekeurig heb ik naar hem uitgekeken. Ik had wel een sessie met die gediplomeerde minnaar in gedachten. Is hij boos omdat ik hem de vorige keer negeerde? Of heeft hij gewoon zijn belangstelling voor de stof die ik doceer verloren? Hoe dan ook: hij houdt zich niet aan de regels van het spel. Ik ben degene die begin en eind van een verhouding bepaal. En ik heb hem nog nodig als journalist om op slinkse wijze Rudolf Merkelbach te benaderen.

Het oneigenlijk gebruik van Joris ligt sinds mijn bezoek aan Ierland half en half in de marinade. Joris kan pretenderen een artikel te schrijven over pakweg Joseph de Maistre en daartoe een kenner te willen spreken. Ik kan dan de fotografe zijn, of gewoon de vriendin, de chauffeuse, de secretaresse, de God mag weten wat, die op een handig moment mijn vader ter sprake brengt. Ik laat de opzet bezinken, terwijl ik wat plichtmatig de twee titelvertalingen van Dostojevski's *Schuld en boete* en *Misdaad en straf* behandel. Een oudere dame valt in slaap.

In mijn kamer op het instituut tinder ik wat naar appetijtelijke jonge vrouwen. Ik wil wel weer eens een avond lachen en flirten en roddelen, ik verlang naar een rommelige vriendinnenavond zoals op de middelbare school, toen ik nog zocht naar wie ik was en wilde zijn. Een terugval uit zwakte als het eten van drie gevulde koeken of het kijken naar een romantische komedie. Een van de licht aanstellerige foto's met een opzettelijk overdreven duckface heet Katelijne. Ik blijf even kijken. Nee toch? Dit ben ik toch niet van plan: contact leggen met Katelijne? Snel swipe ik verder, maar ik kan het beeld van de volwassen Katelijne niet uitwissen. Toch maar terug en liken.

Drie keer sta ik op het punt de afspraak af te zeggen, op morele gronden. Zou ik deze Katelijne hebben geliket als ze Peggy had geheten of Josefien? Nee, zeker niet. Het is de naam. Het is een middel om de kleine Katelijne te bezweren. Valse voorwendsels tegenover de arme duckface Katelijne, die niettemin een dag later voor me staat in café De Jaren, en die blijkens de info op haar profiel studente aan de styling academie Artemis is. Met eenvoudige middelen uit de schappen van Uniqlo, Zara en een vuilnisbak vol vintage heeft ze zich een milde avant-gardelook aangemeten. Ze kijkt met toegeknepen ogen snel naar mijn kleding, kapsel en make-up, en besluit met een ietwat bestudeerd verveelde blik dat het er wel even mee door kan. O god, als ze maar om zichzelf kan lachen. Alsof jij dat zelf kunt, zegt mijn Strenge Meesteres.

Katelijnes truc is aanvankelijk mysterieus zwijgen, na haar slappe 'Hallo'. Dat kan ik ook. Ik kijk haar strak aan. Ze wordt onzeker en begint aan haar haar te plukken, maar zegt niets. Het is een wedstrijdje. Op het fraai gestylede gezichtje van Katelijne zijn diverse stadia af te lezen: van bestudeerde arrogantie tot belangstelling en dan lacht ze, een brede, natuurlijke lach.

'Zo, daar ben je dan,' zeg ik.

'Shit, wat een lijpe opening.' Katelijne heeft een licht Amsterdams accent.

'Wat wil je drinken?'

'Thee. Gemberthee. Of muntthee.'

Ik wenk de bediening en bestel een rondje thee. Geen idee welke kant ik het gesprek op wil sturen. De overkant zit ook naar woorden te zoeken.

'Artemis. Goeie naam. Waar leidt dat voor op? Waar wil je terechtkomen?'

'Nou, in de reclame dus. Fotoshoots voor grote merken of video's of commercials.'

'Kun je makkelijk een stageplaats krijgen?'

'Nou ja, wij wel dus. Onze opleiding staat dus heel goed bekend. Dus...'

'Heb je een favoriete ontwerper?'

'Ehm... nou ja, ik ken dus Jessica? Die is heel goed. Meer conceptueel. Ze maakt eigenlijk meer een statement en een sculptuur? Ze bouwt het op, fotografeert het en dat is het dan. Dan breekt ze het weer af. Zit tussen kleding en kunstwerk in? Dat is heel interessant. Vind ik.'

'Dat lijkt mij ook. Is jouw opleiding hbo of mbo?'

'Ehm... mbo?' Die Amerikaanse gewoonte iedere bevestigende zin als een vraag te laten klinken! Het schiet niet op.

'Als jij mij moest stylen, wat zou je dan doen?'

Dat brengt wat leven in de brouwerij.

'Hangt ervan af wat de opdracht is. Wat is de sfeer die het event heeft? Is het chic, is het ruig, is het gothic, is het vintage, is het rock-'n-roll. Is het Morticia Addams of Cruella De Vil? Je kunt alle kanten op.'

Ik weet niet wie de twee genoemde dames zijn.

'Ik snap dat je me niet in Beyoncé kunt veranderen, maar zou je me met eenvoudige middelen een andere persoonlijkheid kunnen geven?'

Katelijne neemt me nog eens door haar oogharen op.

'Ik kan je geen andere persoonlijkheid geven, maar ik kan wel iets uit je halen dat óók in je zit.'

Dat lijkt me een tamelijk intelligente observatie, misschien afkomstig uit het basisboek styling voor beginners, maar toch treffend. Ik wil het wel proberen.

'Heb jij er spullen voor?'

Katelijne bevestigt het en begint zichtbaar plezier te krijgen in een make-over. Er verschijnt zelfs een randje sadisme in haar glimlach, alsof de styliste op een zoete wraak zint. Prettig gevaarlijk.

Ze woont in Oud-West, niet eens zo ver bij mij vandaan, in een zonloze kamer, uitkijkend op een platje. Ze deelt het huis met een studiegenote, en ze gebruiken onbekommerd elkaars kleding en spullen, zegt Katelijne. Vooral dat onbekommerde is zichtbaar. Er slingeren overal kledingstukken en op een wankel tafeltje liggen open doosjes make-up en oogschaduw en potloden en pincetten naast een bordje met kruimels en een beker waar thee in heeft gezeten. Ze maakt twee stoelen vrij en haalt spa rood uit de ijskast.

‘Zo,’ zegt ze. ‘Doe om te beginnen je dure Dries Van Noten-kleren maar uit. Dan word ik daar niet door afgeleid. En bind je haar bij elkaar?’

Ik gehoorzaam. De zekerheid waarmee Katelijne op haar eigen terrein de regie overneemt intrigeert me. Ik word geobserveerd alsof ik een voorwerp ben, een pop, een stuk hout of klei, een tekening die kan worden afgekeurd en weggegooid. De blik bevat geen erotiek maar nuchtere professionele zakelijkheid. Ik krijg de neiging me achter mijn eigen armen te verbergen.

‘En we spreken dus af dat we in je nieuwe outfit straks in de kroeg op de hoek wat gaan drinken?’

Katelijne gaat aan het werk. Ze pakt een zwarte afropruik, een rode jumpsuit en rode laklaarsjes. Smoky eyes en rode lippenstift. Het is een langdurig proces om het allemaal goed te krijgen. Veegje voor veegje, draadje voor draadje, stap voor stap verdwijn ik achter een nieuwe gevel. Het is geen make-over, het is een metamorfose, een totale transitie naar een andere persoon. Het is de vermomming van Pentheus in Euripides’ *Bacchanten*, denk ik als ik voor de spiegel sta en Katelijne me een zwart langharig jasje gemaakt uit de vacht van een Turkse berggeit om de schouders hangt. Straks word ik verscheurd door razende vrouwen in dionysische trance. Mijn eigen spiegelbeeld maakt me bang. Het begint naar binnen te lekken, mijn ogen nemen een wezen waar dat niemand anders kan zijn dan ikzelf, en dus ben ik wie ik zie.

‘Deze vrouw zit ook in je,’ zegt Katelijne tevreden en ze aait vol bewondering voor haar eigen werk nog eens over mijn schouders. ‘Diep verborgen onder dat koele, blonde ijs, maar dit ben je: hard, zwart, rood, wit, heet, bruut, brutaal, egoïstisch. Ordinair.’ Ze gaat op een afstandje staan en lacht. ‘Heel goed geworden! Heel tof! En nu naar buiten.’

Hard, bruut, ordinair. Binnenstebuiten gekeerd. Alsof ik

dit ben. Oók ben, volgens Katelijne, alsof dit een reserve-ik is, die ik nooit het veld in stuur maar die beschikbaar is en meepraat. De oude buitenkant is afgekeurd. De binnenkant zoekt naar houvast. Wie ik vanbinnen ben wordt niet bepaald door mijn herinneringen, mijn intelligentie, mijn karakter, het is omgekeerd: het uiterlijk dicteert wie ik vanbinnen ben. Ik heb mijn leven lang mijzelf gedroomd als een eenheid van geest en lichaam, maar dit leert me dat de geest ondergeschikt is aan het lichaam. De geest gehoorzaamt. Deze brute ingreep in mijn vertrouwde uiterlijk maakt duidelijk hoe het werkt. Als ik dit ook ben, ben ik eigenlijk niemand. En iedereen.

Broos als van glas stap ik achter Katelijne aan naar buiten.

'Je hoeft niet zo dicht langs de huizen te lopen en je schouders zo op te trekken. We zien je toch wel. We zien je nog meer als je net doet of je er niet bent.'

Enthousiast stelt ze me in de kroeg voor aan de mensen die ze kent, een schimmig groepje van een stuk of zes jonge vrouwen en twee mannen, die ik niet goed waarneem. Mijn vermomming heeft mijn gezichtsvermogen aangetast. Ze lijken personages op een schilderij van Ensor, maskers, doodshoofden en clowns. Elk woord dat ik zeg, 'hallo', of 'leuk je te ontmoeten', de formules van mijn milieu, spat als een zeepbel uiteen. De gezichten dansen door elkaar. Ik blijf strak glimlachen in de hoop dat de schaamte overgaat of went. Tot mijn verwondering spreekt niemand me expliciet aan. Er wordt gepraat over niks, kruisende monologen – ik kan geen kop of staart of thema onderscheiden –, er wordt geroepen, er worden gebaren gemaakt, er wordt hard gelachen, het is een conversatie in de vorm van emoji's, geïnspireerd op uiterlijkheden, roem, getwitter, insta en likes, influencers en vlogs. Het heeft iets van een vrolijke vreemde taal, waarvan je soms een paar woorden verstaat. Het dwarrelt om me heen en iedereen denkt waarschijnlijk dat ik net zo intensief aan het gesprek deelneem als ieder ander. Later (wanneer zal dat zijn?) herinnert niemand zich mij, zoals ik mezelf niet zal herinneren en al die anderen zichzelf ook niet zullen herinneren. Het is een leven als een storyboard vol kant-en-klare plaatjes. Geen leven als een scherp mes, dat zich een weg door stug materiaal moet snijden.

Ik zweet onder de pruik. Het jeukt. Ook de catsuit is voor een groot deel van plastic gemaakt en ademt niet. Ik begin een beetje te braden in mijn nieuwe velletje, zachtjes te sissen en te spetteren. Het geluid tuit in mijn oren, wordt luider en dan weer zachter alsof een geheime beat het tempo dicteert, een hartslag. Van de zoete witte schuimwijn waarvan Katelijne zegt dat die bij mijn outfit past, is een plensje over mijn handen gegaan. Ik plak en kleef. Maar de styliste maakt geen aanstalten de kroeg te verlaten of de afspraak getweeën voort te zetten. Ze kijkt niet meer naar me, zit aan een van de twee jongens te aaien. Kennelijk laat ze zich meevoeren op de golven van het toeval en is een eerdere toezegging waardeloos als zich een ander plezier voordoet. Die houdt geen agenda bij, die heeft geen lijst om af te vinken, die is verslaafd aan het moment. Of ze doet het met opzet. Elk teken dat ik op haar afvuur, wordt genegeerd. Ik heb afgedaan als speeltje. Ze is er klaar mee. Als er wat pillen tevoorschijn komen en naar binnen worden gewerkt ben ik er ook klaar mee. Hard, bruut en ordinair.

Ik sta op, tik Katelijne op haar schouder, die omkijkt alsof ze slecht kan focussen, en zeg: ‘Ik betaal wel een deel van de drank, maar ik ga naar huis. Ik zal zorgen dat je de pruik en de kleren terugkrijgt.’

Ik grijp de AH-tas met mijn schoenen en mijn Dries Van Notenjurk en reken af. Onderweg naar de deur trek ik de pruik af en maak de panty los die eronder zit om mijn eigen haar bijeen te houden. Ik schud mijn haar los en klikklak op de rode plastic laarsjes naar de halte van lijn 17.

Beste Joris,
Je ontbrak op het eerste college na de kerstvakantie. Misschien ben je aan het skiën, misschien heb je er geen zin meer in. Doet er niet toe. Ik had je iets willen vragen en doe het nu dus langs deze mij onsympathieke weg. Althans: ik wil mijn vraag graag persoonlijk stellen, en dat betekent dat ik voorstel een afspraak te maken, hetzij na afloop van het komende hoorcollege, hetzij op enig ander tijdstip dat je uitkomt.

Hartelijke groet,
Leonie

JORIS

De mail paste zo goed in mijn straatje dat ik er zelf van schrok. Ik had háár willen mailen. Waren we nu beiden bezig de ander binnen te halen? Was dit een paardans van twee zwanen? Kerst en oud en nieuw waren niet helemaal volgens plan verlopen. Lucille voelde zich beroerd en was bang dat de griep de baby geen goed zou doen, waardoor ze zich nog beroerder voelde en al voor zich zag dat ze een doodziek en ondervoed en zwaar gehandicapt kind ter wereld zou brengen. Tegenover elke nuchter sussende website vond ze er drie die haar ergste vermoedens bevestigden. Een blinde autist was een serieuze mogelijkheid. De feestdagen waren één grote permanente therapeutische troostsessie met heel veel 'Jij begrijpt er niks van, jij bent een mán!' tussen de tranen en niesbuien door. Voordeel was dat ik niet naar de schoonfamilie hoefde, nadeel was dat oud en nieuw zonder de vriendengroep tot een goed einde moest worden gebracht. We lagen om een uur of elf al in bed. Toen de griep over was, ijlde de angst nog wat na. De bevalling begon dichterbij te komen. Vooral bij mij sloeg de paniek toe. Als Lucille al van een griepje in de war was, hoe zou ze op de toch niet geringe fysieke aanslag van de bevalling reageren? Ik vreesde een slagveld en aan mijn kant totale machteloosheid. Van vrienden hoorde ik dat vrouwen hun mannen stijf vloeken. En dan moesten we ook nog vrijwel meteen na de bevalling weg uit het ziekenhuis. Hup, moeder en kind in de rolstoel, in de taxi en naar ons piepkleine appartementje. Stel je voor, het was nacht, dan zaten we daar, met een breekbaar mensje, en we wisten niet wat we moesten doen, wat doe je met zo'n wezentje, wat doe je als het huilt, als het niet wil drinken, als je bij God niet weet wat je met dat naveltje en die luier moet, en of het te koud is of juist te warm. En wanneer kwam dan de kraamzorg? Ik zag het als een horrorfilm voor me. Een afspraak met Leonie zou me afleiden. Nu waren haar 'beste Joris' en 'hartelijke groet' bepaald geen tedere herinneringen aan ons intense samenzijn, maar dat was beter dan hitsige toespelingen. Ik wil haar wel, dat geef ik toe, maar zonder complicaties. Geen sores. Een vriendendienst kan ik natuurlijk verlenen, als haar vraag zoiets impliceert. Dat maakt het makkelijker om tersluiks het gesprek op familie en jeugd en vader te brengen. Ik ben benieuwd.

Lucille wist niet beter of ik had een afspraak met 'de zoon', en dat ik daarom een wit overhemd, een nette spijkerbroek en een jasje droeg. Zoon was immers een soort bobo, daar kom je niet bij aan met een T-shirt en vale jeans. Ze wenste me succes. Ik voelde me een klootzak, maar was bereid dat rotgevoel te verdragen.

Leonie heeft me gevraagd naar De Kring te komen en met haar te eten. Zij is lid van de kunstenaarssociëteit die allang niet meer aan kunstenaars is voorbehouden en wil kennelijk wel met me gezien worden. Dat draagt een klein risico in zich. Er komen mensen uit mijn wereld. Een gerucht is zo geboren.

Ik prepareer vast de excuses: die 'zoon' had zijn zus meegenomen, maar moest zelf weer snel weg. Zoiets.

Ze wacht op me aan de bar. In de ruimte staat een biljart waar drie mannen en een vrouw een partijtje libre spelen. Heel bedreven zijn ze niet. Behalve die vier zit een handvol bezoekers aan tafeltjes en op de lange bank langs de muur rustig een borrel te drinken. Meer een sociëteit voor senioren. Leonie kust me niet en ikzelf maak evenmin een beweging in die richting. De verhouding is duidelijk, althans voor dit moment. We wisselen wat obligate teksten uit over de kerstdagen ('Niets bijzonders gedaan, ach, het gewone familiebezoek', 'ik ook') en, hoewel ik me daar erg voor schaam, zelfs over het weer (buiig en koud), bestellen een biertje ('Doe mij maar witbier') en gaan op haar verzoek meteen naar het restaurant boven. Aan tafel zal ze me vertellen waar ze me voor nodig heeft.

Het restaurant is druk. Ik zie hier en daar een bekend gezicht, dat wil zeggen een gezicht dat ik ken maar dat mij gelukkig niet kent. De bediening is snel met brood, water en de kaart. Ik neem de steak frites en Leonie een vegetarisch gerecht. Als ik het niet dacht. Mevrouw Principe. Wijn erbij.

En dan is het tijd om ter zake te komen. Leonie heeft me tot dat moment afstandelijk behandeld, alsof ik een meteen al tegenvallende Tindervondst ben. Nu vouwt ze haar handen als in gebed onder haar kin en zegt: 'Komt mijn achternaam je bekend voor?'

'Geel? Geel is een veelvoorkomende naam, dus: ja.' Ik zeg het met een gezicht van 'waar gaat dit heen'.

'Heb je er bepaalde associaties bij?'

Ik aarzel. Moet ik nu bekennen dat ik haar juist om haar naam en alle associaties daarbij heb opgezocht?

'Hoe bedoel je?'

'Weet je dat mijn vader Thomas Geel was?'

'Ik ken de naam Thomas Geel wel, maar wist niet dat hij jouw vader was.'

Nu kan ik nooit meer mijn opzet onthullen. Als dit maar plausibel klinkt.

'Heb je iets meegekregen van de affaire-Thomas Geel?'

'Wie niet? Maar ik heb me er niet erg in verdiept.'

'Je weet nog waar het over ging?'

'Niet heel concreet. Hij was uitgever en publiceerde een boek dat nogal verkeerd viel, geloof ik. Er kwam een schandaal van.'

Ze kijkt me indringend aan. Een Germaanse godin met maagzuur. Ik ben bang dat ze met die borende blik alle leugens leest die als evenzovele briefjes aan de muren van mijn hersens hangen.

'En uiteindelijk leidde dat tot zijn dood,' zegt ze koel.

'Ja, nu je het zegt, dat was een poosje later, he? Triest hoor. Een ongeluk, toch? Dat zal wel een moeilijke tijd voor je zijn geweest.'

Als ze mensenkennis heeft, hoort ze de valse toon. Ik hoor het zelf luid en duidelijk en neem snel een slok wijn en een stuk brood. De hele situatie staat me plotseling tegen. Er moet te veel worden gelogen voor een in feite onwaardig doel. Dat ik de affaire-Thomas Geel voor eigen gewin tot in ieder sappig detail en met oog voor elke modieuze controverse in een kritisch verhaal wil gieten is tot daaraan toe, maar dat ik daarvoor mijn eigen vriendin belazer en een undercoveroperatie in de getroffen familie opzet, gaat over de schreef. Ik ben in mijn hart een nette en een beetje bleue jongen, die zich als zzp'er in de journalistiek moet forceren tot gangsterachtige praktijken. Iedereen benader ik verdomme met een kutsmoes. En het doel is niet recht te doen aan Thomas Geel en zijn familie, maar te scoren over de rug van Thomas Geel en familie. Dagelijks zie ik in de kranten de bewijzen van gelijksoortige scoringsdrift. De 'slachtoffers' van affaires gaan trouwens niet vrijuit in hun obscene drang hun zaak aan de grote klok te hangen. Erkenning! Succes! En het gaat er bij het publiek in als Gods woord in een ouderling.

Leonie blijft even stil na mijn opmerking, alsof ze nadenkt over de aanvaardbaarheid van mijn valse medelijden.

'We hebben altijd gezegd dat het een ongeluk was, maar daar is openlijk aan getwijfeld. Wijzelf twijfelden ook. Waarschijnlijk was het zelfdoding. Daarvoor hebben we nu aanwijzingen.'

Ik zie het beeld van de in een boom gekatapulteerde Thomas. Zou ze dat weten? Die omgekeerde kruisiging is een heel morbide detail. Dat zal de politie niet expliciet aan de nabestaanden hebben vermeld.

'Wat zei de politie over het ongeluk?'

'Dat weet ik niet meer precies. Iets over de macht over het stuur verloren en uit de auto geslingerd.'

'Waren er remsporen?'

'Geen idee. Hoezo?'

'Als hij geprobeerd heeft te remmen, wilde hij niet dood.'

'We hebben het niet gevraagd.'

'Hebben jullie gesproken met de agenten die het eerst ter plaatse waren?'

'Nee. Ik geloof het niet. Waarom?'

'Misschien leefde hij nog.'

Ze kijkt me verrast aan. 'Niet aan gedacht, op slag dood, zeiden ze. Op slag.' Ze grijpt naar haar glas en neemt een flinke slok. 'Genoeg daarover. Ik vind het moeilijk aan zijn laatste momenten te denken.'

Opeens krijg ik de indruk dat de dood van haar vader haar heel goed uitkwam. Alsof hij haar gelijk gaf in de kwestie. En ik denk aan Annes opmerking over Isa, dat die triomfeerde. Ik voel me een beetje vies.

'Heeft hij geen brief achtergelaten?'

'Nee, maar dat zegt niets.'

'Hoe komen jullie nu opeens aan de zekerheid dat het zelfmoord was?'

'Er is een manuscript opgedoken. Dat is op de dag van zijn dood op de post gedaan. Naar Rudolf Merkelbach. Die moest het lezen en daarna aan mijn moeder geven.'

'En dat heeft hij nu pas gedaan?' Dit is een geheel nieuwe ontwikkeling.

'Ja, maar mijn moeder wil het niet aan mij laten lezen. En ik wil weten wat erin staat. Daar kom jij in beeld.'

'Hoe dan?'

'Jij gaat Rudolf Merkelbach opzoeken en interviewen voor een stuk over het nieuwe conservatisme en de invloed van denkers als Joseph de Maistre. Een serieus stuk, vrij van sensatiezucht of een beschuldigend vingertje. Ik ga met je mee als fotografe, secretaresse, vriendin, weet ik veel, en kan zo in contact komen met Merkelbach. Ik heb hem nooit ontmoet. Ik wil weten waarom mijn vader hem vertrouwde en wat mijn vader heeft geschreven.'

Weer meer leugens, meer valse voorwendsels. Waarom kunnen we elkaar niet open en eerlijk benaderen met onze twijfels, onze overtuigingen, onze zorgen, onze motieven? We opereren permanent in een vijandig gebied waar achter elke boom een figuur staat met een kalasjnikov – virtueel of reëel. Open vizier is een middeleeuwse gewoonte. En iedere partij claimt in het vuur van de strijd voor zichzelf rechten die ze anderen ontzeggen.

'Hoe stond jij tegenover het boek van Merkelbach?'

'Ik haatte het. Niet om De Maistre, die er maar sporadisch in te vinden is, maar om de onderliggende teneur, de insinuaties, de racistische tendensen, de afkeer van de democratie, de afwijzing van de Verlichting, en dat allemaal in een suggestieve taal, die tegenwoordig bij rechts zo in de mode is. Het is vuil. Het is abject. Het moet verboden worden.'

‘Wat heb je tegen je vader gezegd?’

Leonie zwijgt. Ik zie dat ze grote moeite heeft haar emoties te bedwingen. Ze schenkt nog eens in. Ik houd mijn hand op mijn glas. Dit is het moment waarop ik de macht overneem. Ik heb haar waar ik haar een paar dagen geleden nog wilde hebben. Ik sta met mijn voet op haar nek. Ik kan haar oor afsnijden en triomfantelijk aan het volk tonen. Ik word er duizelig en trots van en tegelijk misselijk.

‘Laat maar,’ zeg ik. ‘Ik hoef het niet te weten. Het gaat me niet aan.’

Ik heb dan wel de macht overgenomen, maar als ik met haar plan akkoord ga, ben ik weer haar pion. Er moet een manier zijn om Merkelbach zonder Leonie te spreken. Als ik dat wil. Als ik dit avontuur wil voortzetten. Was ik er maar nooit aan begonnen. Tegenover me herstelt Leonie zich, wordt weer de licht-ironische koele schoonheid met dat sensuele koudvuur in haar blik, heeft haar harnas weer dichtgesoldeerd.

Er komt een luidruchtig groepje binnen, waarvan een vrouw zich losmaakt als ze Leonie ziet. ‘Hé, Leonie!’ roept ze. Ze neemt met haar pregnante nabijheid heel veel ruimte in, zo’n vrouw die overal de zon verduistert met het schelle schijnsel van haar persoonlijkheid. ‘Waarom heb je me niet gebeld? Ik heb je gemist, schat!’ Ze slaat haar arm om Leonies hals en bukt zich om haar enthousiast te kussen. Dat Leonie strak reageert deert haar niet. ‘En wie is deze cavalier? Een nieuwe scalp aan je gordel?’ Ze lacht luidkeels. Prachtig gewit gebit, zie ik. De tong een wulpse krul. ‘Ja ik kom,’ roept ze naar haar gezelschap, dat haar sommeert mee aan tafel te gaan. ‘Dit is een dierbare ex die ik al zo lang niet heb gezien!’ Ze wendt zich weer tot Leonie: ‘Dag schat. Geniet van je avond!’ Knipoog en veelbetekenende blik naar mij. Ik ruik een mengeling van drank en parfum, beide nogal zwaar aangezet. Het is een mooie vrouw met lange donkere krullen die ze steeds van de ene kant naar de andere kant gooit. Naar ik heb geobserveerd is dat het nieuwe gebaar van kokette onzekerheid.

'Ik geloof niet dat we moeten doen wat jij wilt,' zeg ik als de rust is weergekeerd. 'Het is wanhoop, geen constructief plan.'

'Je wilt me niet helpen?'

'Ik wil je niet helpen.'

De steak voor mij en de gegrilde groenten met een schep quinoa voor Leonie worden zwierig op tafel gezet door een artistieke veertiger die van de bediening een ironisch hoogstandje maakt. Het eten kondigt een nieuw bedrijf aan in ons minidrama. Als ik haar nu vertel van mijn voornemen de affaire-Thomas G. te beschrijven, mijn zogenaamde belangstelling voor haar colleges, de stappen die ik heb ondernomen om Anne Benraad en Jan Gansvoort aan de praat te krijgen en wat ik aan de weet ben gekomen, dan dist ze me en gooi ik een goed verhaal weg. Een goed verhaal is alles voor een journalist. En alles voor een goed verhaal.

'Ik moet je iets vertellen,' zeg ik als de stilte ongemakkelijk wordt. Ik leg mijn mes en vork even neer. 'Ik ben naar je colleges gekomen omdat ik je wilde leren kennen. Sinds een maand of wat verzamel ik materiaal om alle gebeurtenissen rond de publicatie van *Hedendaags fanatisme* in kaart te brengen. Trial by media, ja, maar hoe dan? Wie oefent welke invloed uit? Waar is het tij nog te keren? Hoe dooft een schandaal uit? Wie betaalt de prijs? Je broer en je moeder wilden me niet spreken. Ik dacht dat jij een nog hardere noot om te kraken zou zijn. Vandaar de omweg. Ik heb een aantal mensen gesproken, maar ik kreeg meer en meer het gevoel dat het ware drama, de tragedie, bij Thomas zelf ligt. Wat je nu vertelt over het manuscript dat aan Merkelbach is gestuurd bevestigt dat. Ik begrijp dat jij wilt weten wat erin staat. Ik zou dat ook willen weten, maar ik kan en wil niet meer onder valse voorwendsels gegevens verzamelen voor het eerlijke en objectieve verhaal dat ik wil schrijven. Dit is het. Schiet me maar af.'

Leonie zegt niets, onderbreekt me niet. Ik zie in haar ogen alleen een scherpe belangstelling, geen woede, verbazing of teleurstelling. Als ik uitgesproken ben, kijkt ze van me weg, neemt een hap van de groenten, kauwt en slikt door, daarna een hap van de quinoa, daarna een slok van haar wijn en dan veegt ze met haar servet haar mond af. Alles met de grootst mogelijke kalmte, alsof ze alleen zit te eten. Ik ben er niet. Ze legt haar servet neer, neemt haar tas, staat op, loopt naar de kassa, betaalt en verdwijnt zonder naar me om te kijken.

Dit was het dan. Als ik al een kleine hoop had gekoesterd dat ze mijn eerlijkheid op prijs zou stellen, is die grondig de bodem in geslagen. Om als een hondje achter haar aan te draven en kwijlend om vergiffenis te vragen is mijn eer te na. Ik heb er goed aan gedaan op dit moment mijn bekentenis te doen. Een beetje trots ben ik wel. Zij heeft me min of meer gesmeekt haar te helpen, ik heb haar getemd, de weg naar het intieme verhaal van de familie Geel ligt open, maar ik wijs de macht af. O, man! Of Leonie Geel tot een dergelijke onbaatzuchtige houding in staat is, betwijfel ik. Heeft zij aan de kant van haar vader gestaan? Loyaal voor hem gekozen? Zeker niet. Dat interview van haar was een mes in zijn rug. Dat ze nu wegloopt valt me toch tegen. Bitch. Het manuscript van Thomas wil ze lezen om het te vernietigen. Om haar eigen rol uit te wissen. Ik moet naar Rudolf Merkelbach. Alleen.

ISA

Nu ik het Sally heb verteld en dus iedereen hier binnenkort zal weten dat die Hollander met die pet en die kaplaarzen, die joviaal weleens een rondje gaf, dood is, is er geen enkele plaats meer waar hij als levend mens voortbestaat. Het voelt of ik een schep aarde op het open graf heb gegooid. De doffe klap op het hout doet definitief de deur dicht. Ik loop zoekend door het huis. Hangt ergens een oud jasje? Is er een bus scheerzeep? Staat er een boek waarin hij is begonnen? Hij heeft een derde deel gelezen van de biografie over Lord Castlereagh. De stofomslag zit op bladzijde 190. Hij kocht het boek op een zomermarkt in Castletownbere. Als ik de flaptekst lees word ik getroffen door het gegeven dat deze Engelse politicus aan het begin van de negentiende eeuw zijn keel heeft doorgesneden, geestelijk kapotgemaakt door valse beschuldigingen en aanvallen op zijn integriteit.

Er zijn altijd vooruitwijzingen en correspondenties te vinden voor wie ernaar zoekt. Frappant en pijnlijk, maar louter toeval. Of werd Thomas aangetrokken door verhalen over tegenslag en ondergang? Ik heb te weinig opgelet, ik heb ieder teken genegeerd, niet omdat ik ze niet wilde zien, maar gewoon omdat ik ze niet zag. En Thomas was een meester in veinzen. Ik leg Castlereagh opzij om misschien later te lezen.

Het manuscript van Thomas ligt in de la van de keukenkast. Ik wil het niet permanent onder ogen hebben. Zou Thomas publicatie of een andere vorm van openbaarheid hebben gewild? Hem helpt het niet meer en mij al helemaal niet. De dode zal uit zijn graf worden gesleept en nog eens en nog eens worden vermoord. Volgens mij heeft Rudolf een kopie van het manuscript gemaakt en wacht hij op een gelegenheid het te publiceren zonder mijn toestemming. Daar kan hij voordeel van hebben.

Dat verdomde manuscript haal ik ondanks mezelf telkens tevoorschijn om er stukken in te herlezen, tevens met het doel te bepalen of en wanneer het naar Leonie en Arthur kan. Het is schokkend en hartverscheurend. Ik was er, Thomas! Ik was er! Ik liep naast je. Ik was er. Bijna veertig jaar! Ik heb mijn hand naar je uitgestoken. Be brave, zegt Sally. Misschien geef ik de kinderen de bladzijden over zijn jeugd, al klinkt het hier en daar ietwat over the top. Ik kan het niet checken. Als je niet gewend bent de waarheid te spreken, als je dus net als ieder ander altijd de werkelijkheid fotoshopt, waarom zou je dan aan die ingeslepen gewoonte opeens een einde maken als je je eigen einde nabij weet? De waarheid van een zelfmoordenaar is niets anders dan zijn laatste leugen.

Sinds ze weet van Thomas (en van Katelijne) is Sally vaker aan mijn deur te vinden met kleinigheden (een heel mooie schelp, een potje zelfgemaakte jam, honing) en een praatje. Ik heb het hart niet haar buiten te laten staan. We zijn nu zusters in onze vergelijkbare ellende en aangezien zij gevorderd is in de verwerking van de slagen van het lot komt ze mij voordoen hoe ik het beste kan omgaan met mijn alleen-zijn. Foto's helpen, zegt ze. Zet een paar foto's neer. Als ik zeg dat ik ze allemaal heb verbrand, schrikt ze, alsof ik een oude vloek over mezelf heb afgeroepen.

'Daar heb je toch zeker heel erge spijt van?'

'Jawel, maar ik vind ook dat ik de consequenties van mijn impulsieve handelingen moet dragen. Dat is het teken van volwassenheid.'

'O, en dat verbranden is ook erg volwassen?'

'Alsjeblieft, Sally...' Dan zwijgt ze erover. Voor het eerst is mijn toon scherp. Daar heb ik meteen spijt van. 'Mijn dochter bracht de enige foto's mee die ik niet heb verbrand maar op een geheim plekje bewaarde. Ze vond ze en wilde me confronteren met het feit dat ik het dode zusje had verzwegen,' zeg ik om het vertrouwen te herstellen. Ik haal de foto's tevoorschijn en laat ze aan Sally zien. Die kijkt er met intense blik naar en aait met haar duim over het kleine meisje.

'Ze leven, hè? Ze blijven bij ons. Ze zullen ons nooit teleurstellen.'

'Hoe staat het met de uitslagen van je onderzoek?'

'Ach,' zegt ze. 'De dood geeft me hier en daar een waarschuwend tikje. "Hier ga ik je misschien pakken, of daar..." Hij test mijn botten, mijn hersens, mijn hart en mijn lever. Hij aait me. Verleidt me. Als een minnaar...'

En dan begint ze met een droeve, gedragen stem een gedicht voor te dragen, over hoe je als je oud bent terugdenkt aan alle minnaars die van je hielden om je schoonheid maar dat er maar één je *pilgrim soul* beminde en de zichtbare tekenen van je verdriet, en dat je dan mijmert hoe de liefde verdween in de bergen hierboven en 'hid his face amid a crowd of stars'. We zitten een tijdje naar het vuur te kijken. Ik schenk haar een whisky in, een goede Tullamore Dew.

'Kills the pain,' zegt ze.

JORIS

Transcriptie derde gesprek Anne Benraad

Ik heb je gevraagd nog eens te komen omdat ik het gevoel heb dat je onvoldoende doordrongen bent van de ernst van mijn bezwaren tegen *Hedendaags fanatisme*. Waar moet ik beginnen? Laten we zeggen dat de westerse beschaving – ik zal het woord 'beschaving' er toch maar aan toekennen – vanaf pakweg 1500 aan de kolonisatie van de rest van de wereld is begonnen. Eerst onder het mom van ontdekking en handel, maar al snel onversneden bedoeld als verovering en onderwerping. In een permanente expansiedrang werden de continenten overmeesterd en uitgebuit. Als vanzelfsprekend werden mensen tot slaaf gemaakt en gedeporteerd naar de gebieden waar hun werkkracht gewenst was om de rijkdom van hun meesters te vermenigvuldigen. En wat voor fraaie denkbeelden verder ook werden ontwikkeld binnen die westerse beschaving, denkbeelden van gelijkheid en vrijheid, die werden niet van toepassing verklaard wanneer het niet uitkwam. Zozeer was een gevoel van superioriteit onderdeel van het westerse DNA dat het er nu nog altijd niet uit is verdwenen. Wat zeg ik: we staan pas aan het begin van het proces.

...

En waarop dat gevoel van superioriteit is gebaseerd? Het christendom. Het geloof. Elk monotheïstisch geloof heeft dat. Vooral de drie woestijngeloven zijn ermee behept. Dat er geen bomen staan tussen Jeruzalem en Mekka maakt de god van de woestijnbewoners een onbarmhartige god, een wraakzuchtige, hij is meester over dood en leven en zij die in hem geloven zijn dat op hun beurt.

...

Je kunt allerlei menslievende details aanvoeren ter bestrijding van die visie, maar het zal je niet lukken te ontkennen dat die afgelopen vijf eeuwen in het teken hebben gestaan van de expansie van de westerse christelijke beschaving. Een mannelijke beschaving van pausen, priesters en predikanten. Het heeft een tijd geduurd. Het heeft krankzinnig lang geduurd. Maar eindelijk is er verzet tegen vijfhonderd jaar machtsmisbruik. We pikken het niet meer. Het loopt ten einde.

...

'We' zijn vrouwen, zwarten, Aziaten, minderheden, andersdenkenden, beschermers van de planeet, voormalige slaafgemaakten, we zijn ons bewust geworden van het onrecht dat tot op de dag van vandaag voortduurt en we eisen ons recht.

...

Een nieuwe verdeling van macht. Een nieuwe gelijkheid.

...

Hoe dat er precies uit zal zien weet ik ook niet. De instrumenten van de democratie werken ten gunste van de zittende macht. We moeten iets anders verzinnen. Eerst maar eens schadevergoeding voor de nazaten van slaven. Ik heb nog wat van jullie tegoed.

Op dat moment vind ik dat ik Anne voorzichtig moet gaan tegenspreken. Dit gaat niet meer over Thomas en *Hedendaags fanatisme*, dit gaat over haar en mij als vertegenwoordigers van een systeem. Daarom heeft ze me terug laten komen.

'Wacht even, Anne,' zeg ik. 'Wil je dat ik dit nog opneem of is dit een privégesprek?'

'Je mag het opnemen. Ik heb niets te verbergen.'

'Oké. Waar komt dit vandaan? Is het algemeen etnisch ongenoegen of is het persoonlijk?'

Ze kijkt me fel aan. 'Ik ben je toon zat. Arrogant en ironisch, typisch witte man.'

Ik laat de kwalificatie over mijn kant gaan en probeer de sfeer te herstellen. 'Ik ben oprecht benieuwd naar jouw eigen ervaringen. Die kan ik niet raden. Die moet je me echt zelf vertellen. Het spijt me als ik het een beetje lullig formuleer. Maar als jij zegt: ik heb nog wat van jullie tegoed, wil ik weten wat dat is en wie die jullie zijn.'

Ze staat op vanachter haar bureau. Ik zit als een sollicitant tegenover haar en volg haar nu met mijn blik, terwijl ze door haar kamer gaat lopen.

'Ik begrijp dat je dat vraagt. Geen enkele overtuiging komt bij een mens tot stand buiten zijn eigen leven en ervaring om. Een rijke zal het kapitalisme verdedigen, een fabrieksarbeider het socialisme, en zo is mijn overtuiging gevormd door mijn verleden. Maar dat is niet eenduidig. Ik ben van gemengde afkomst. Je kunt zeggen dat in mij de toekomst wordt aangekondigd. Ik heb creools, hindoestaans, Javaans en blank bloed in mijn aderen, omdat ik ongeveer uit de enige plaats op aarde kom waar die mix mogelijk was.'

Ze blijft even voor het raam staan en kijkt naar buiten over de gracht, waar een groep toeristen op huurfietsen luid bellend en pratend langsrijdt. Dan komt ze weer achter haar bureau zitten maar draait wat onrustig heen en weer met haar stoel. Ik denk dat ze haar ergernis over het feit dat ze het vanzelfsprekende moet uitleggen verbijt.

'We zijn in 1975 bij de onafhankelijkheid van Suriname naar Nederland gekomen. Omdat we dachten dat dat ons vaderland was. Ik was vijf. Mijn vaders vader kwam uit Zeeland. We kwamen in een getto terecht en moesten liefst weer snel met tjoeketjoeke stoomboot naar takkietakkie oerwoud vertrekken. Je weet niet half hoeveel pijn dat deed. Ik was klein, maar ik heb alles gevoeld. De achterdocht, de vijandschap, de vernedering. En dan blij zijn dat ik kansen kreeg? Dat mijn onderwijzeres met haar blanke neerbuigendheid mijn talenten herkende en mij tot een soort prijsdier bevorderde? Kijk eens, dat zwarte meisje kan best wat! Het gaat niet om de individuele gevallen van goedheid, het gaat om het foute systeem! En het is zo verleidelijk, hè? Als je eenmaal bent doorgedrongen tot het onneembare bastion van de machtige meerderheid, dan conformeer je je, zo zwart als je bent, tot een weerzinwekkend verraad aan je kleur en doe je blank blank blank om maar te laten zien dat je een braaf slaafje bent.'

'Heb jij dat gedaan? Ik kan het me niet voorstellen.'

Ze kijkt me aan of ik haar belazer. Dat doe ik ook wel enigszins, het is een ietwat uit de rails lopend compliment, zoals je tegen iemand van tachtig kunt zeggen: Echt? U ziet er veel jonger uit. 'Sorry, ga door.'

'Mijn vader is teruggegaan naar Suriname, maar kon het ook daar niet meer vinden. Kwam weer naar Nederland maar raakte aan de drugs. Is in 2000 uit de gracht gevist. Mijn moeder heeft zich nooit thuis gevoeld in Nederland. Toen ze dement werd, dacht ze in Suriname te zitten aan de rivier, dat waren soms mooie momenten, maar ze was telkens als ze de kale bomen en de kille buien zag diep ongelukkig en in de war. Ik heb nog overwogen haar mee te nemen naar Suriname en daar aan de zorg van familie over te laten, maar dat kon ik niet. Dus wat moet ik met al die ervaringen en die ballast? Die moet ik laten zien. Daarmee moet ik strijden voor een betere wereld.'

'Is een betere wereld een inclusieve wereld?'

'Nee, niet dat vreselijke woord "inclusief". Dat gaat weer uit van een machtsstructuur die iemand bij Gods gratie toelaat. Het woord "inclusief" dwingt me mijn geschiedenis los te laten en de geschiedenis van de "anderen", van jullie dus, aan te nemen. Het woord "inclusief" is genadebrood.'

'Dus niet inclusief. Wat dan?'

'Ik wil ook niet meer de machteloze opstandeling zijn, de smekeling. Ik wil dat niet meer. Maar zolang er mensen zijn als Rudolf Merkelbach en al die anderen die de suprematie van de witte man en zijn beschaving verkondigen, moet ik vechten. Zij dwingen me ertoe.'

'Maar vechten met welk doel? Hoe harder je vecht, hoe meer je de Merkelbachs bevestigt in hun foute opvattingen. Is negeren niet een betere optie?'

Ze kijkt me aan met een blik van snap-je-dat-dan-niet. Het zet mijn stekels overeind.

'Negeren kun je pas als je een machtspositie hebt. En die hebben we niet. Het zal een langdurig en onaangenaam conflict zijn. Dat moet dan maar. Bruggen bouwen is voor ingenieurs. Daar ben ik niet op uit. Ik wil dat jij je excuus aanbiedt voor vijfhonderd jaar onderdrukking. En ik garandeer je niet dat ik je excuus zal aanvaarden.'

Haar vinger priemt in mijn richting. Waarom mag zij mij

wel intimideren maar moet ik haar met fluwelen handschoenen aanpakken?

'Het is toch een goede en beleefde gewoonte ook in Suriname om excuses te aanvaarden?'

Afgemeten met vlammende blik: 'Eeuwenlang hebben jouw voorouders genoten van de macht, nu mag jij op de blaren zitten. Tegenover eeuwen onredelijkheid mogen wij wel een decennium of wat aan onverzoenlijkheid stellen.'

De lucht staat blauw van de kruitdamp.

'Geeft niet of er slachtoffers bij vallen?'

'Wat bedoel je met slachtoffers?'

Ik laat een stilte vallen. Ik kan me voorstellen dat Thomas aan Anne een formidabele tegenstander had. Ze zit tegenover me en slaat uitdagend de armen over elkaar. Ik ben het prototype van de vijand, het voorlopige eindpunt van vijf eeuwen giftige, witte mannelijkheid. Ik begrijp de theorie, maar ik weiger als individu de verpersoonlijking te zijn van een systeem. Ondanks mezelf ben ik er onderdeel van. Net zomin als Anne heb ik erom gevraagd in dit vel geboren te worden. Zij daar en ik hier. Net als Anne heb ik ongevraagd de hele boedel op mijn nek gekregen. Het lot heeft ons aan weerszijden van de kloof geplant. Moeten we nu beiden dat lot kritiekloos aanvaarden? Wat moet ik doen? Wat kan ik doen? Wanneer is het genoeg? Van systeem naar individu: het is een te grote stap. Omgekeerd is dat niet het geval, zal Anne me voorhouden. Omgekeerd hebben witte mannen er geen enkele moeite mee de individuele zwarte vrouw nog altijd te behandelen als een lagere mensensoort. Systeem gaat daar feilloos over op individu. Maar haar aanval op mij is evengoed een mobilisatie van het systeem, van haar systeem. Ik wil best de misdaden van mensen en systemen erkennen, ik wil daar zelfs een verontschuldiging voor aanbieden, maar wat is een excuus waard van iemand die zelf als individu geen misdrijf heeft begaan?

Mijn enige 'misdaad' is dat ik wit ben. Veel beter is het om gezamenlijk de machteloosheid tegenover de geschiedenis te erkennen en te treuren om het leed. En dan samen zo goed en zo kwaad als het gaat verder te gaan, ik me bewust van mijn ingeslepen vooroordelen, die haar de mindere houdt, en zij zich bewust van haar ingeslepen slachtofferhouding, die mij dader houdt.

'Over slachtoffers gesproken, ik heb gehoord,' zeg ik, 'dat Thomas Geel op de dag van zijn dood een manuscript heeft gestuurd aan Rudolf Merkelbach, hoogstwaarschijnlijk een soort levensverhaal. Merkelbach moest dat doorsturen naar Isa Geel. Dat heeft hij een paar maanden later gedaan. Er staat vast een hoofdstuk in over de affaire. En God weet is het een schitterend verhaal, dat jij als uitgever graag zou willen publiceren. Een verhaal van spijt en verzoening misschien, een verhaal van schuld en boete. Een verhaal dat jouw gelijk bevestigt.'

Ik zie de verwarring bij Anne. Schrik, angst, hoop, woede, afweer. Zelf schrik ik ook: wat doe ik nou? Nodig ik Anne uit achter een verhaal aan te gaan dat ik zelf wil hebben en wel als eerste en enige?

'Suggereer je dat ik me bij Rudolf of Isa moet melden om het manuscript in te mogen zien?'

'Ik kan me voorstellen dat het bij je opkomt, ja. Toen Thomas verongelukte, kreeg jij van verschillende bemoeials de schuld in de schoenen geschoven. Jij had hem tot een wanhoopsdaad gedreven. Jij had de affaire aan het rollen gebracht. Jij had Jan Gansvoort ingeschakeld. Jij had het anders moeten doen. Ik geef toe, die commotie was minder heftig dan het gedoe rond het boek zelf, maar toch. Het zou mooi zijn als Thomas in het diepst van zijn gedachten sympathie bleek te hebben voor jouw visie en dat hij door andere krachten ertoe werd gedreven *Hedendaags fanatisme* te publiceren.

Kortom, stel dat alles wat minder zwart-wit, meer grijs en minder gepolariseerd was dan we dachten. Hoewel dat jou niet goed uitkomt: jij wilt de kloof houden, jij wilt ons decennialang door het stof laten kruipen.'

'Waarom moet je nou weer zo'n denigrerende ironische toon aanslaan!'

'Sorry, je hebt gelijk, althans ik kan me voorstellen dat je gelijk hebt. Ik bedoel het niet ironisch of denigrerend maar misschien klinkt het in jouw oren zo.'

'Je gaat maar door, hè? Zelfs in je verontschuldiging weet je de zaak nog naar je hand te zetten. Is dat aangeboren en hoor je het zelf niet meer, of staat je verdedigingsmechanisme van blanke man die zijn suprematie verliest permanent aan?'

Ik voel wel waar haar subtiele gehoor tekenen oppikt van weerstand, en ik snap wat ikzelf doe, maar het lijkt een pavlovreactie: automatisch ga ik in een modus van afstand, meer nog in toon dan in de woorden zelf, meer in mijn mimiek dan in mijn taal. Maar mijn god, kunnen we niet een beetje van elkaar verdragen? Kunnen we iets minder lichtgeraakt zijn?

'Even serieus en heel concreet: wil jij dat manuscript inzien?'

Anne denkt na, zegt: 'Ja, ik denk van wel, ja.'

'Het is het eigendom van de erven. Uitgave zal altijd met hun toestemming moeten. Een eventuele kopie van Rudolf verandert daar niets aan.'

Anne staat op en drentelt denkend door haar kamer. 'Dus daar was hij de laatste maanden mee bezig… Zijn motieven worden steeds raadselachtiger.'

'Er kunnen geen rechte lijnen van oorzaak naar gevolg worden getrokken.'

Anne wendt zich tot haar computer en zoekt iets op. Mijn aanwezigheid lijkt vergeten.

‘Als ik je kan helpen, doe ik dat graag,’ zeg ik om het gesprek zo’n beetje officieel te beëindigen.

‘Ja, goed, goed,’ zegt Anne, maar ze neemt niet eens meer de moeite me te bedanken en gedag te zeggen. Binnen een minuut sta ik op straat in wat zich laat aanzien als een serieuze sneeuwstorm.

Ik zet mijn kraag op, doe mijn handen diep in mijn zakken. In feite ben ik nog geen steek opgeschoten. Ik blijf aankijken tegen een affaire met een paar saillante, bloedige details, samenvatting van een brede maatschappelijke discussie, maar wat wil ik ermee? Alsof de wereld niet gewoon zijn smerige gang zal blijven gaan, technisch perfect maar moreel gehandicapt. En om moraal ging het toch, uiteindelijk? Onderscheid tussen goed en kwaad, tussen het juiste en het gecorrumpeerde handelen, tussen aanvaardbaar eigenbelang en schadelijk eigenbelang, tussen schaamte en schuld. Daar zijn we mee bezig in een open democratie: bedenken hoe we moeten leven.

Ik kijk naar de fietsers die met gebogen hoofden de brug nemen, sneeuw in hun oogharen, kut kut kut roepend, tandenknarsend, bijna tot stilstand komend in de snijdende wind, witte oordopjes in met hiphop of metal of Franse chansons, ergens heen op weg, naar huis, naar een vriend, naar werk, naar school, naar morgen, naar mislukking en succes, handelen, gaan, zijn. Altijd wel een voorlopig doel. En straks wordt daar nog een mens aan toegevoegd, een kleine jongen, ik zie hem al over achttien jaar over deze brug gaan, als die er nog is, in dit soort weer als dat er nog is, voorzien van een rugzakje levenskennis en hoop, en waar zit ik dan zelf? Waar leidt mijn leven toe? Mijn geest maakt een screenshot van het moment, ikzelf en de fietsers op de brug en de gedachten die erbij horen, en ik berg het screenshot op bij een handvol andere, die samen de momenten vertegenwoordigen dat ik door het decor van alledag heen prikte en een blik kreeg op de betekenis van dit alles, een betekenis die niet een zin of een doel was, maar een isgelijkteken: leven=dit. In het beeld zit de betekenis opgesloten, zoals een vlieg in de amber. Ik weet dat er niets diepzinnigs aan is leven=dit te denken, maar toch heb ik het gevoel iets dieps gedacht te hebben, tot een voorlopige conclusie te zijn gekomen.

Thuis in ons appartementje, waar de babykamer niet veel groter is dan een bezemkast en mijn werkplek een plank in een nis is, zit Lucille met betraand gezicht op de bank.

'Waar was je? Ik kon je niet bereiken.'

'O, shit ik ben vergeten mijn telefoon weer aan te zetten. Ik had een interview. Wat is er?'

Struikelend over de woorden zegt ze: 'Ik moet naar het ziekenhuis. Ze willen me opnemen. Er is iets niet goed. Mijn bloeddruk is te hoog en ik houd vocht vast, en ze zeggen dat het zwangerschapsvergiftiging is. Pre-eclampsie heet het. Ik moet rust, en ze moeten als het gevaarlijk wordt de bevalling inleiden of een keizersnee doen.'

'Gevaarlijk wordt? Voor jou? Voor de baby? Wat is dit?'

Heel even spartelen Thomas, Isa en Leonie Geel, Anne Benraad en Rudolf Merkelbach nog tegen, maar al spoedig is het of ik in mijn kop de wc doortrek en ze wegspoel. Leven=dit. Leven=hier. Mijn vrouw, mijn kind.

LEONIE

Ik verhuis mijn werkplek weer naar de kamer van Thomas. Als ik nu dan toch aan de afrekening met mijn jeugd, ouders, opvoeding begin, dan moet ik het beest ook maar in de bek kijken. Het standpunt van mijn vader in zijn eigen affaire kan ik nog wel thuisbrengen in zijn rebelse jarenzestighouding, maar zijn dood schokte me zozeer dat ik er al maandenlang vanbinnen stomp en doof van ben. Het is zoals ik Isa vertelde een zwarte steen, waar ik omheen loop zonder ernaar te kijken, in de hoop dat hij vanzelf verdwijnt, maar dat doet hij niet. Ik weet niet waarmee ik de steen kan aanpakken: een moker, een beitel, bijtend zuur, een lang aangehouden hoge toon, hij staat er maar te wachten tot ik een keuze maak en de aanval open. Waarom heeft hij mij, zijn geliefde dochter, zijn uitverkoren strijdmakker, zijn sparringpartner, zijn vertrouweling (hij zei zelf zo vaak 'Zeg het niet tegen je moeder of je broer, maar....' en dan volgde een confidentie over naar zich nu laat aanzien totaal ondergeschikte akkefietjes), waarom heeft hij me niet verteld van zijn worsteling, niet ingelicht over het verhaal dat hij schreef, zijn wens zich te rehabiliteren. Nee, ik begrijp het best. Hij kon het niet zeggen omdat ik hem heb laten vallen. Hij wil een theatraal effect sorteren: mij opzadelen met een eeuwig schuldgevoel, niet alleen door zijn dood maar ook nog eens door me extra te laten voelen hoe ik hem in de steek heb gelaten. Wrijf het maar in, papa, wrijf het me maar in!

Ik weet zeker dat het manuscript niet alleen een apologie is, maar ook een terechtwijzing van mij. Jezus! Ja, ik heb hem aangevallen om zijn keuze, maar hem nooit het recht op zijn beslissing en op zijn vrijheid betwist! Wat zat er achter de maanden die verstreken tussen het dieptepunt van zijn publieke kruisiging en zijn dood? Alles is gaan schuiven. Ik moet vaste grond onder de voeten krijgen, en dat kan alleen als ik mijn nagels in de zwarte steen zet.

Ik ga aan zijn bureau zitten. Vanuit die positie kijk ik over de breedte van de kamer naar het raam aan de straatkant, voorzien van strakke halfgesloten lamellen en omlijst door boekenkasten. Ik open de brillendoos die nog van mijn grootvader is geweest en die trouw op de hoek van het bureau ligt naast de briefopener in de vorm van een ganzenveer. Er zit een rond ijzeren montuur in met ver om het oor sluitende poten; de glazen zijn voor behoorlijk bijziende ogen. Als kind heb ik het brilletje weleens opgezet en het duizelde me. Thomas pakte het meestal snel weer af en stopte het terug in de klapdoos. 'Doe maar niet,' zei hij dan. Er ligt een vergrootglas, er staat een digitaal klokje waarvan de batterij inmiddels op is, een dispenser met een rol plakband, een pot inkt (waar is de vulpen?), een beker met potloden en scharen, en een bakje met USB-sticks (waar is de laptop?), het doosje met de lok haar. De muur links is bedekt met kunstwerken, schilderijen, etsen, tekeningen, in een schijnbaar toevallige orde opgehangen. Er is een met potlood getekend portret van een kleine jongen, Thomas tien jaar oud, getekend door een kunstenaar op de Place du Tertre tijdens zijn eerste reis naar Parijs met zijn ouders. Zijn ouders hebben altijd veel gereisd, helaas eindigde het met een vreselijk ongeluk: ze zijn omgekomen bij een brand in een hotel, toen hij op de middelbare school zat en bij een vriendje logeerde. Nee, zei Isa, daar wil hij niet over praten. Te pijnlijk. Ze ging huichelachtig vroom tussen mijn vader en mij in staan. Praat met mij, papa, niet met mama. Zeg me hoe het was alleen achter te blijven. Vertel me wie je ouders waren, en of je van ze hield. Gaven ze je liefde en vertrouwen? Hoe denk je aan hen terug?

Eén keer zou hij me iets hebben kunnen vertellen. Eén keer waren we samen lang genoeg op reis om tot vertrouwelijkheid te komen. Ik was vijftien en mocht mee naar New York, omdat ik er wilde gaan studeren na mijn eindexamen. 'Je mag met me mee, maar je moet alles zelf uitzoeken en organiseren,' zei hij. 'Ik heb mijn eigen dingen te doen.' Ik voelde me volwassen, ik had alles in de hand. Het ging goed. We kibbelden af en toe. Hij daagde me uit, plaagde me, maar hij was trots op me, dat zag ik. Ik voelde me gezien. Op de derde dag van ons verblijf nam hij me mee naar een cocktailparty, ergens in de Upper East Side. We namen de metro. Het was druk. Bij de haltes was het naar binnen en naar buiten dringen geblazen. We raakten van elkaar gescheiden, maar konden elkaar over de hoofden heen nog wel zien. Op een gegeven moment gebaarde hij naar me dat we bij de volgende stop eruit moesten, althans zo interpreteerde ik zijn gebaar. Ik liet me braaf bij de volgende halte meevoeren met de uitstappende klont mensen en liep het perron op in de veronderstelling dat Thomas me volgde. De trein vertrok. Ik keek om me heen in de haastige massa die langzaam uitdunde, maar zag geen Thomas. Hij zat nog in de metro en ging naar een mij onbekend adres. Ik had geen mobiele telefoon. De schrik sloeg me om het hart. Daar stond ik ergens onder New York. En mijn vader wist niet dat ik was uitgestapt. En ik wist niet waar hij uit zou stappen. Ik kon dus niet een volgende trein nemen. Hij zou me toch zeker gaan zoeken, zodra hij wist dat ik was uitgestapt? Er zat niets anders op dan te wachten tot hij terug zou komen om me te halen. Ik ging op een bankje zitten en berekende hoelang het zou duren voor hij er weer zou zijn. Een kwartier, gokte ik. Niet langer. Na twintig minuten werd ik onzeker. Wat nou als dit een test was, zoals hij me wel vaker testte. Hij had me met opzet uit laten stappen. Kun je jezelf redden? Raak je in paniek? Weet je wat je moet doen in een probleemsituatie? Zou hij wachten de juiste oplossing vinden, of was terugkeren naar het hotel de beste optie, en dan ging het erom of ik nog wist waar dat was. Ging hij nu dus terug naar het hotel om me daar weer op te halen? Of zou ik gewoon iets heel anders doen? Ik kon New York in, op eigen houtje de stad verkennen. Het avontuur aangaan, over de avenues zwerven, winkels kijken, een hamburger eten, zo'n cocktailparty was natuurlijk ongelooflijk saai, en zou papa willen dat ik dat initiatief nam of zou hij me er ongenadig voor op mijn donder geven? Ik wist het niet. Hij eiste veel van me, juist zelfstandigheid, besluitvaardigheid, onafhankelijkheid. Mama was de kloek die haar kuikens liefst klein hield. Ik vond het een moeilijke beslissing. Ik voelde me eigenlijk rot, ik zat op hem af te geven, verdomme, wees dan duidelijk, en verdomme, zie dan dat ik uitstap, en verdomme, had me dan het adres van die verdomde party gegeven. Na drie kwartier besloot ik dan in godsnaam maar naar het hotel terug te keren, toen ik hem verwilderd het perron op zag komen hollen, kijkend, zoekend. Ik ging staan en zwaaide. Joehoe! Ik ben hier! Hij kwam op me af en ik schrok van zijn gezicht. Kreeg ik nu op mijn lazer? Was hij zó boos? Het was toch zijn schuld? Maar het was geen woede. Hij omhelsde me. 'Godverdomme, godverdomme,' zei hij almaar. Hij knelde me in zijn armen en aaide over mijn hoofd. Een totaal onbekend fenomeen. Ik was wel blij dat hij blij was, maar ik vond het een beetje buiten proportie. Hij wist toch dat ik me kon redden. Het is me altijd bijgebleven. Ik zag iets wat ik niet goed kon duiden, alsof hij onder zijn air van bon vivant en joviale vader een bange jongen verborgen hield. Ik heb de illusie dat als ik toen aan hem had gevraagd hoe hij als vijftienjarige de dood van zijn ouders had verwerkt, hij het me had verteld. Maar we gingen naar een doodsaaie cocktailparty, waar hij me voorstelde aan iedereen die hij kende en ik mensen een hand moest geven die me vervolgens overdreven gingen prijzen voor God mag weten wat.

Met een schok, alsof een ijzeren klamp losspringt, voel ik een brandend gemis. Niet alleen omdat hij er niet meer is, maar om wat we elkaar ontzegd hebben in onze bravoure en branie. Wie was die vader, waar kwam hij vandaan? Er moet toegang zijn tot de meest elementaire gegevens, al is het maar de geboorte- en sterfdatum van zijn ouders en hun namen. Het geraamte van hun verhaal. Bij gebrek aan de meest summiere feiten – meer dan de naam Geel heb ik niet! – is er niet gericht te zoeken. Er zijn zoveel mensen die Geel heten en als ik bij Google op 'slachtoffers hotelbrand India' zoek, krijg ik geen bruikbare informatie. Bij MijnOverheid.nl kan ik in mijn eigen gegevens die van Thomas vinden, geboren in 1950 in Vlaardingen, wat ik me nooit heb gerealiseerd. Persoonskaarten en gezinskaarten zijn vanaf een bepaald jaar niet openbaar; ik moet vergunning vragen om ze in te zien. Thomas' geboorteakte is niet toegankelijk, zodat de namen van zijn ouders blanco blijven. Een aantal mannen met Geel als achternaam en geboren voor 1918 zou ik kunnen aanmerken als grootvader, als die ook in Vlaardingen is geboren, wat ik natuurlijk niet weet. Ik ben een mol in de grond die al gravend op barrières stuit en blind een andere gang graaft om ook daar weer tegen een muur aan te lopen. Dat troebele wroeten in een verleden dat halfvergaan en verrot in de krochten van de archieven ligt begraven is morbide. Ik sluit mijn laptop, overweeg naar Vlaardingen te gaan om ter plaatse inlichtingen te verzamelen, maar zie ervan af.

Een berichtje op Tinder leert me dat Katelijne de goedkope rode plastic laklaarsjes terug wil hebben, evenals de afropruik en de rode jumpsuit. In Café De Jaren vindt de overdracht plaats. Ik geef haar de tas als waren we spionnen, vooral omdat Katelijne in vermomming en bijna onherkenbaar is: het haar strak en glad achterovergekamd en in de nek bijeengebonden, strenge bleke make-up, bleke lippen, ogen onzichtbaar achter een grote zonnebril op een sombere dag in januari nota bene, alsof ze een blauw oog verbergt, een trenchcoat met de kraag omhoog. Representatie van wat? Van welk idee over zichzelf?

'Ik kan niet blijven,' zegt Katelijne. 'Ik heb een afspraak. Doei.' Ze grist de tas met haar eigendommen bijna uit mijn hand. Voor ik het weet zit ik weer alleen.

Buiten begint het te waaien en te sneeuwen. Ik wacht de bui maar even af. Ik had er niet op gerekend dat Katelijne excuses zou maken en een voortzetting van de wat vervelend afgelopen date zou bepleiten, dat is nu eenmaal niet de stijl van dit soort modemeisjes, maar iets minder vijandigheid leek me wel logisch. Of nam ze me kwalijk dat ik niet in haar stylingbubbel pas? En dat terwijl die me juist intrigeert: als iets een representatie is van leegte, dan is het de wereld van mode en styling wel, voor mij als filosoof een interessante bewering over de huidige werkelijkheid: ethiek volledig vervangen door vluchtige esthetiek. Niet hoe te leven telt, maar wat trek ik vandaag aan om erbij te horen. De dwang van oppervlakkigheid fascineert me. Het uiterlijk vervangt het innerlijk. Iets voor een persoonlijk cultuurfilosofisch essay. Ik raak er opgewonden van. Ik ben iets op het spoor.

Als de sneeuwstorm luwt fiets ik terug naar huis, glibberend over de bruggen. De geur van het ouderlijk huis omsluit me als een koude, natte hand. Ik kijk op de klok en schenk een glas wijn in. Ik wil nadenken over de Lof van de Oppervlakkigheid. Mijn werk komt op de eerste plaats, Thomas kan nog wel even wachten. Die is toch dood.

ISA

Een ongewoon zachte periode. De lucht is teerblauw als het ei van een roodborstje. De mezen en vinken schieten heen en weer tussen de bomen en de hagen, zingen en jubelen dat het een aard heeft. Het lengen van de dagen is al goed te merken. Het ziet er dus naar uit dat ik de *winter of my discontent* aardig aan het doorstaan ben. Ondanks de vriendschap van Sally en de rustige adem van het landschap bekruipt me soms een verlangen naar de stad en een manier van leven die de dagen vult met variatie. De trage slag van de branding kan wel een upbeat gebruiken, ik verlang naar ritme. Tijdens de nu aflopende winter verbleef ik ongegeneerd in het rauwe zwart en ik hield het vol, koppig en hard. Deze vroege voorjaarsdagen wakkeren de behoefte aan lachen aan. Ik ben niet een weduwe die zichzelf vreugde verbiedt. Het kalme, aardse, ietwat sombere genoegen van deze omgeving mag nu af en toe gekruid worden met frivoliteit. Of is dat vluchtgedrag en probeer ik te ontkomen aan het belangrijkste deel van mijn rouw? Ik heb geprobeerd mijn versie van ons leven naast de zijne te zetten in de hoop dat er een sluitend geheel uit kwam. Hebben we ondanks alle verschillen toch een gezamenlijk verhaal verteld? Dat hij belangrijke informatie over zichzelf achterhield moet ik hem niet kwalijk nemen. Ik ben zelf geen open boek en bovendien hebben we steeds tegenover elkaar verklaard dat de huidige mode van openheid en eerlijkheid een ramp is. Waarom moet een mens zichzelf binnenstebuiten keren voor een al dan niet beminde ander? Er is veel te zeggen voor geslotenheid en reserve. Het publieke domein zou een aangenamer oord zijn als mensen hun kop hielden over zichzelf. Dat pronken met al die goedkope emoties, de ijdelheid van het ego, die valse interesse in de ander. Een ander leer je niet kennen uit zijn verhalen over zichzelf maar uit zijn handelwijze en zijn principes. Dat leerde me Thomas goed genoeg kennen voor dagelijks gebruik. Ha, voor dagelijks gebruik ja! We werden een oud echtpaar, gewend aan elkaars eigenaardigheden. Geen zin meer om de ander bij te punten. Laat maar. Dat had ik niet moeten doen. Maar wat dan wel?

Ik loop het dal van de Inchaquin in: Gleninchaquin. Aan het eind wacht de machtige brede waterval over de glanzende zwarte rots, maar dat is me vandaag te ver; ik houd het bij de imposante Uragh Stone Circle halverwege op een heuvel tussen twee meren, uitziend op de waterval aan de zuidkant en de zee in het noorden. De gigantische blokken staan rechtop in een kring als versteende ridders, geesten uit een wereld die zich voortzet onder de korst van turf en rots, van gras en haag, in grotten en holen. Er is niemand. Ik ga met mijn rug tegen de grote steen in het midden zitten en drink water, eet een appel, roep de geesten en de goden en de dolende zielen op om me gezelschap te houden, dichtbij te komen zitten en het verhaal van Thomas dat strak om me heen gewikkeld zit en me gevangenhoudt los te maken, af te rollen, op te rollen, woord voor woord, hoeveel pijn het ook zal doen hem definitief te laten gaan. Het is beter een wond te laten genezen aan de lucht, zuurstof en zon en de blikken van anderen toe te laten.

Ik kijk om me heen naar het eeuwige landschap dat zo traag verandert dat nooit iemand het erop kan betrappen. Toch verschuift er elke seconde iets. Ik probeer te beseffen hoe alles almaar verandert terwijl het toch almaar nu is. Niets blijft wat het is, het is van moment tot moment anders. Het nu is ongrijpbaar. Het verleden is ongrijpbaar. Alles wat zich in mijn nu levende hoofd aan me opdringt speelt zich af in het verleden, maar is er niet, als het er al ooit was. Dat verleden zit niettemin in me als aangroeisel aan een schip, harde zeepokken in mijn hersens, taaie draden, en het gaat maar niet weg. Zelfs tijdens een helende wandeling die me leeg en schoon moet maken, slingeren de tentakels zich om mijn vlees. Soms ren ik een stukje om de gedachten achter me te laten. Hoe los ik dit op? Waarom vertrouwde hij me niet? Niet eens een klein beetje? Was ik zo weinig waard? Ik was een uithangbord, een teken van respectabiliteit, een trofeevrouw. Geen geliefde en geen makker. Hij maakte mij tot wat hij wilde dat ik zou zijn. En ik liet dat toe. Ik heb het altijd gevoeld zonder het onder woorden te willen of kunnen brengen. Ik heb me te makkelijk gevoegd naar zijn wil. Ik had moeten vechten, niet voor mijzelf, maar voor hem. Ik had hem moeten redden. Ha! Alsof me dat iets had geholpen! Alsof het hem iets had geholpen! Woorden! Kijk wat woorden doen. Ik ben gek dat ik zijn tekst heb gelezen en herlees. Ik had hem ongelezen moeten verbranden met de foto's. Nu is ieder woord in me geslagen als een spijker. Ik ben gek. Ik had mijn illusies moeten houden. Mijn vraagtekens. Niet weten is beter dan weten. Kennis is ernstig overschat. Ik dacht erdoorheen te zijn. Maar nee. Godverdomme, het begint pas. Lekker, met dit mooie weer.

Sally zit achter haar huis onder een parasol. Het lijkt of ze slaapt, maar zodra ze mijn aanwezigheid voelt doet ze haar ogen open.

'Fijn gewandeld?'

'Sal,' zeg ik, 'ik kom er niet uit.'

'Problemen? Raadsels?' zegt ze, terwijl ze steunend rechtop gaat zitten. 'Sally helpt.'

En ze vertelt een anekdote die in de buurt de ronde doet. 'Een jonge schapenboer op de hellingen van de Knockatee heeft moeilijkheden in de liefde. Er zijn drie vrouwen die hem willen en die hij alle drie begeerlijk vindt. Keuzestress heet dat tegenwoordig, is het niet? Om eruit te komen stelt hij hen op de proef. Ze moeten iets voor hem maken waar hij zijn leven lang plezier van heeft. De een maakt een verrukkelijke stoofpot waarvan alleen zij het recept kent. De tweede breit van de wol van een van zijn schapen een trui en een broek en een deken, zodat hij nooit meer kou hoeft te lijden. De derde belooft hem elke avond een gedicht voor te dragen opdat hij mooie dromen heeft. Wie kiest hij?'

'Hij zal wel het gedicht kiezen, de Ieren kennend...' zeg ik, nog altijd ongeduldig en somber en nauwelijks afgeleid door het verhaal.

'Als je de Ieren zo goed kent dat je weet wat hij kiest, waarom ken je jezelf dan niet goed genoeg om te weten wat jij moet doen?'

'Sally,' zeg ik, 'ik weet niet meer wie ik ben.'

Ze zwijgt even.

'Hoezo?'

Ik vertel haar van het geschrift dat Thomas me heeft nagelaten met zijn levensverhaal en dat ik eigenlijk niets van hem wist. Bijna veertig jaar getrouwd met een onbekende. Mijn geliefde Thomas, de vader van mijn kinderen, de man tegen wie ik altijd heb opgezien, die slim was en snel, geestig en hartelijk, de man die ik nooit helemaal aankon, was ook een intrigant. Nee, dat is niet het goede woord. Een manipulator. Nee. Eenzaam.

'Geeft hij zelf een verklaring voor zijn zwijgen?'

'Niet expliciet.'

'En wat is nu je probleem? Is je probleem dat hij dood is en dat je hem mist, of is je probleem dat hij zijn verleden verzweeg?'

'Dat laatste vind ik erg moeilijk.'

'Het is makkelijker om hem het liegen te vergeven dan het sterven. Eerst dus het liegen vergeven, dan het sterven. Dan kun je pas rouwen. Je hebt nog een lange weg te gaan. Kijk eens hoe de zon de zee verzilvert. Mooi hè?'

Ik ga met haar naar de zee kijken. Altijd anders van kleur van vorm van beweging. Ik ben een beetje bang van de zee, al houd ik ook erg van haar. Is de zee vrouwelijk? Zweept de wind haar op, dan is er geen houden aan. En dan weer is ze zoals vandaag: glinsterend als een showgirl. Sally wijst me op mijn prioriteiten. Is rouwen iemand het sterven niet meer verwijten? Leidt goed rouwen uiteindelijk tot aanvaarding, zoals de Kübler-Rossdoctrine zegt? Was het maar zo simpel en gefaseerd. Om mijn ouders heb ik geen traan gelaten, hooguit een gevoel van bevrijding onderdrukt. Sommige overleden vrienden heb ik korte tijd oprecht gemist, maar rouwen was dat niet. Katelijne, ja. Maar dat rouwen was nooit af, dat ging gewoon ondergronds en werd een zwarte draad in het weefsel van mijn hart, nauwelijks zichtbaar.

'Op Kilmakilloge Cemetery zag ik het graf van Liam. Kom je er nog weleens?'

'Eens per jaar. Op onze trouwdag.'

De boot van Michael komt achter het eiland vandaan en zet koers naar het haventje. Meeuwen zwenken krijsend met hem mee, tuk op zijn vangst. 'Het is goed dat je de toekomst niet kent. Soms is het ook goed dat je het verleden niet kent. Als ik daar sta, op onze trouwdag, ben ik weer de bruid en is dat gebeente dat daar onder die steen ligt weer mijn jonge, sterke man. Illusies zijn genoeg. Je kunt erop voort.'

'Tot er geen illusies meer zijn.'

'Er zijn altijd illusies.'

'Je kunt altijd voort.'

'Tot je met je dronken kop tegen een boom rijdt.'

'Thomas was niet dronken.'

'Nee, Liam.'

We beginnen allebei te grinniken. Er moet een manier zijn om over de dood te praten. Er moet een manier zijn om over Thomas te praten met Arthur en Leonie, en met Thomas zelf. Ik moet met hem in gesprek. Met hem. Met hen. Dat manuscript is de olifant in de kamer. Iedereen weet ervan, alleen ik heb het gelezen. En Rudolf natuurlijk. Maar Rudolf is een spookbeeld, niets maakt hem echt. Voor hetzelfde geld is de man die mij het manuscript stuurde een stroman, een postbus, een notaris, een hoteleigenaar, een priester, die een opdracht uitvoerde. Weet ik veel! Voor hetzelfde geld heeft Thomas zelf onder de naam van de obscure historicus Rudolf Merkelbach *Hedendaags fanatisme* geschreven. Nu gaat het wel heel erg tollen. Als alles op losse schroeven staat, moet ik snel de zaak aandraaien en afwikkelen. Dat kan ik niet alleen. Dat kan ik niet van hieruit.

LEONIE

Of ik er bezwaar tegen heb dat ze een weekje terugkomt naar Amsterdam en bij mij in haar eigen huis logeert? Wel godverhierendaar! Ik klap mijn telefoon waarop de app van Isa is verschenen dicht. Het is zoals gewoonlijk bij Isa geen vraag waarop verschillende antwoorden mogelijk zijn. Het is je eigen huis! Zeg gewoon dat je komt! Vraag niet of ik bezwaar heb! Natuurlijk heb ik bezwaar! Nu ben je weer de agressief bescheiden Isa, die mensen niet tot last wil zijn maar ze doodleuk voor een fait accompli stelt. Als ik zeg dat ik bezwaar heb, blijf je dan in Ierland, mokkend en gekwetst in je grijze fort? Je weet godverdomme best dat ik je hier niet wil hebben maar dat ik natuurlijk geen nee kan zeggen! Ik app terug dat ik haar wel zie verschijnen, en neem een Greenwheels naar Vlaardingen.

Ik kom zelden of nooit in de Rijnmond en heb geen enkele voorstelling van de steden en stadjes die aan de Nieuwe Waterweg liggen. De namen ken ik, maar dat is alles. Het lijken me stuk voor stuk *hellholes* onder de rook van Pernis. Op gezag van de navigatie rijd ik naar het stadsarchief van Vlaardingen. Typisch Nederlands onbestemd zijn de wegen en buurten, afwisselend flatgebouwen uit de jaren zeventig, eengezinswoningen uit diezelfde tijd, een oud centrum met water en kades, op straat brave bezige mensen die van hun stad houden omdat het prettig is van je stad te houden, er is altijd wel iets wat je vertedert omdat je jezelf vertederend vindt. Hier liggen dus mijn roots! Hier is Thomas opgegroeid in een kunstenaarsgezin. Hier? Kunstenaars? Wat moet een kunstenaar in dit oord? Hoe kon mijn grootvader deze omgeving verdragen? Ik kan me levendig voorstellen dat Thomas het decor van het eerste bedrijf van zijn leven heeft verdonkeremaand. Hier opgegroeid te zijn! Ik giechel, maar het klinkt een beetje nerveus in mijn eigen oren, alsof ik een griezelfilm binnenrijd. Ik voel de neiging rechtsomkeert te maken en Vlaardingen te ontvluchten, het deksel erop te doen en nooit meer de bedompte lucht van rotte haring (hoe kom ik daar nu weer bij?), oud papier en vuilverbranding te ruiken die uit de aanblik van de stad op me afkomt.

Toch doorgaan naar het stadsarchief, dat toevallig deze middag open is. Een vriendelijk oud of nep-oud huisje voert naar de moderne, professioneel ingerichte informatiezaal, alles gericht op dienstbaarheid aan de Vlaardingse gemeenschap. Het lijkt of er een kartonnen koker over me heen wordt geschoven. Van daaruit spreek ik met de baliemedewerkster, die me in het geheel niet bevreemd aankijkt, gewend als ze waarschijnlijk is aan kartonnen kokers. Ze begrijpt het verzoek om informatie over de namen, geboortedata, huwelijks- en overlijdensdata van mijn grootouders, vraagt om legitimatie en geeft een draai aan de molen die de gegevens boven water moet halen. Het zal wel een paar dagen duren. Wat? Een paar dagen? No way! Ik verzin een verhaal met als boodschap dat uitstel bij het verkrijgen van de informatie tot dood en verderf zal leiden, ook al besef ik dat de gemeente niet zomaar voor iedere passant een uitzondering kan maken. Is er misschien een chef of een hoofd of een wethouder te spreken aan wie ik mijn geval kan voorleggen? Is er een noodprocedure?

De baliemedewerkster raakt in de war. Zoveel haast is bij genealogisch onderzoek meestal niet geboden. Dat kan over het algemeen wel een eeuw of wat lijden. Als nu de burgemeester zelf op dit moment binnenkomt en een verzoek doet om onmiddellijke inzage van die en die persoonskaart, wat gebeurt er dan? Dan duikt toch een archivaris met gezwinde spoed de hangmappen en ladekasten in, waaruit stante pede het gevraagde document wordt opgedolven? Dat ik geen burgemeester ben, begrijp ik wel, maar het is allesbehalve een afdoende antwoord, integendeel, het bewijst juist dat het kan. Ik wil de wethouder of burgemeester spreken.

Hulpeloos kijkt de medewerkster, die blijkens haar badge Ineke heet, me aan. 'Ik zoek het zelf wel op,' zeg ik. Ik klap mijn telefoon open, en zoek op het wereldwijde web naar de site van de gemeente Vlaardingen. De secretarie is bereikbaar. Onder de verbijsterde en geïntimideerde blik van Ineke bel ik de secretaresse van de gemeentesecretaris. Ik heb inmiddels de aandacht getrokken van drie oudere heren die aan de tafels de leggers bestuderen die hun zijn uitgereikt na het inleveren van de juiste formulieren. Om mijn zin te krijgen lijkt het me raadzaam mijn stem enigszins te verheffen. Reuring in de studiezaal moet ten koste van alles worden voorkomen. En ja, terwijl ik telefonisch in discussie lig met de secretaresse van de secretaris, komt uit een belendend vertrek een chefachtig heerschap de commotie in ogenschouw nemen. Ineke heeft op een geheime alarmknop gedrukt, die bij banken de gewapende beveiliging oproept. De genealogische heren beduiden met hun witte, benige vingers dat ze stilte op prijs stellen. Ineke smelt weg tegen de achtergrond en laat de vloer aan haar superieur.

De man is als ambtenaar geboren en valt volledig samen met zijn functie. Hij is de vleesgeworden kaartenbak, die op personeelsfeestjes anekdotes zonder clou vertelt. 'Kan ik u helpen, mevrouw?' vraagt hij op dienstvaardige maar onderdrukt barse toon. Even wachten, gebaar ik, omdat ik juist de urgentie van mijn verzoek aan de secretaresse van de gemeentesecretaris met kracht van argumenten uiteenzet. Ik houd de chef met een bezwerende hand op afstand, tot ik antwoord krijg. 'Dank u,' zeg ik en ik verbreek de verbinding. 'Er is toestemming,' zeg ik luid, zodat iedereen het kan horen. Dat is niet het geval. De secretaresse van de gemeentesecretaris zit tegen een inmiddels dode lijn te zeggen dat het onmogelijk is, maar bluffen kan nooit kwaad. Chef vraagt nog eens waar het om gaat en lijkt bij voorbaat in zijn kuif gepikt vanwege de ondermijning van zijn gezag. Ik schakel over op charme. Spreek hem aan op zijn intelligentie en leg entre nous nog eens uit waar het me om gaat en hoe ge-wel-dig ik het zou vinden als de geboortestad van mijn onlangs overleden vader me zou helpen de fundamenten onder mijn leven bloot te leggen, o, dat heerlijke Vlaardingen waarover ik als kind in de Verenigde Staten zoveel heb gehoord...

Chef laat de gewrichten van zijn vingers knakken, doet of hij lang nadenkt met getuite mond, vraagt om welke naam het gaat, en wat ik weet, noteert een en ander op een briefje dat hem haastig over de balie door Ineke wordt aangereikt, en verzoekt me plaats te nemen, terwijl hij 'achter' kijkt wat hij voor me kan doen. Misschien moet er diep het papieren archief in worden gedoken en in dat geval... Hij houdt een slag om de arm om me de baas te blijven. Ik knik alle heren en Ineke toe en sla onder weerspannig bewonderende blikken een elegant been over het andere.

Johannes Marinus Geel en Maria Wilhelmina Kruit zijn mijn grootouders. Geboren in 1918 en 1919, beiden in Vlaardingen. Getrouwd in 1943. Thomas geboren in 1950. Maria Geel-Kruit overleden in 1956. In Vlaardingen. J. Geel en T. Geel uitgeschreven in 1960. Er staan adressen vermeld. Half verdoofd noteer ik de straatnamen. Wat kan ik hier nog meer vinden? Ineke bezweert me dat andere gegevens echt, heus waar, veel meer tijd kosten, maar dat het Nationaal Archief in Den Haag zeker ook kan helpen. En ken ik het onuitputtelijke online krantenarchief Delpher? Een site als MyHeritage of de Mormonendatabase? Ik laat tegen bescheiden kosten de persoonskaarten kopiëren en neem afscheid van Ineke.

In de auto zit ik een poosje te kijken naar de weelderige schrijfletters en hier en daar de typeletters van een oude Remington waarmee de destijds dienstdoende ambtenaren de gegevens hebben verwerkt. Eerst maar eens terug naar Amsterdam, waar ik de zoektocht achter mijn bureau voort zal zetten. Ik mis diverse afslagen en rijd via Utrecht en vervolgens via Amsterdam Noord en de altijd moeilijke keuzes bij de Coentunnel en de A10 west naar huis, een nu nog vreemder woord dan het al was.

Thomas heeft gelogen over zijn leven. Was dat het verhaal zoals hij het nodig had? Maakte de hotelbrand leefbaar wat hij niet aankon? En wat kon hij niet aan? Wat was erger dan een hotelbrand? Er ligt een andere waarheid verborgen in het leven van mijn vader. Die was in ieder geval belangrijk genoeg om zijn leven lang verstopt te worden onder fictie, summiere fictie, dat dan weer wel, want de afwezigheid van familiefolklore duidt erop dat hij het niet had aangedurfd een hele wereld te fantaseren. Wie liegt moet de leugen goed vol kunnen houden. Had hij Vlaardingen prominent gehouden in zijn jeugdherinneringen, dan hadden restanten vindbaar moeten zijn. Die zouden hem achterhaald hebben. Maar nooit is bij mijn weten iemand met uitgestoken hand op Thomas afgestapt om hem te herinneren aan hun fantastische tijd bij de zeeverkenners of de hobbyclub. 'Ken je me niet meer?'

Hij heeft zich beter gevoeld met de leugen dan met de waarheid. Maar waarom?

Ik pak de brillenkoker van mijn grootvader en open hem. Doe maar niet, hoor ik de stem van mijn vader. Ik zet het brilletje van Johannes Geel op en kijk in de spiegel. De waarheid is een bananenschil, hoor ik iemand zeggen. Is dat niet de stem van de verraderlijke journalist? Ook al zo'n leugenaar.

JORIS

Het was een zware bevalling. Lucille was ingeleid, maar de weeën kwamen moeilijk op gang en hadden niet de kracht voor een snelle ontsluiting. De baby had officieel nog drie weken te gaan in de baarmoeder en had geen zin er op bevel van medicatie uit te komen. Ik neem alles terug wat ik aan negatiefs heb gedacht over het gekir en getut van jonge vrouwen rond zwangerschap, bevalling en moeder-zijn: het is echt een megaklus en veel natuurlijks vind ik er niet aan. Infusen, metertjes, toestellen, al die apparatuur, al die witgejaste meisjes en jongens die nu eens de bloeddruk kwamen opmeten, dan weer de stand van de ontsluiting inschatten of de weeën klokten, die eten brachten ('moet er niet aan denken!' gromde Lucille), of met z'n allen stonden te overleggen terwijl de aanstaande moeder lag te kreunen, te vloeken, te tellen en te puffen, zweet parelend op het voorhoofd. De legende dat inlandse vrouwen snel achter een boom een kind werpen, de navelstreng doorbijten en vervolgens met de boreling aan de borst weer het kostgrondje gaan bewerken lijkt me een groteske leugen. Mijn Lucille had alle recht op haar zwangerschapshype. En ze kon – als ze het er levend vanaf bracht – van mij nog maandenlang krediet krijgen voor babypraat. Ook die kleine jongen daarbinnen bewonderde ik buitensporig. Die lag daar maar met zijn nog natte, nauwelijks ontwikkelde hersentjes, op de grens van een zelfstandig leven, waarvan hij geen enkel besef had, alleen de drang van het levensprincipe om er te zijn, om geboren te worden ervoer hij, en hij lag daar maar te wachten tot de poort open zou gaan, geheel in de war gebracht door de druk die op hem werd uitgeoefend, half en half in protest tegen dat farmaceutische en medische geweld, want waar begon hij per slot van rekening aan, aan een moment van licht in een eeuwigheid van duisternis. 'They give birth astride of a grave, the light gleams an instant, then it's night once more,' zei Pozzo geheel terecht in *Waiting for Godot*. Lucille en ik hadden hem gewild, van ons moest hij dit doorstaan, moest hij er komen en er blijven tot wijzelf dood zouden gaan. Dat geeft ons een grote verantwoordelijkheid. Wij moeten het hem de moeite waard maken. Kom maar, jongen, kom maar. Ik vang je op. Dat maalde als een mantra door mijn hoofd, terwijl Lucille haar eigen kermende lied zong. En het eind ervan was de keizersnee.

En ik heb mijn zoon opgevangen. Ik heb met het blote, natte welpje op mijn blote borst gelegen, mijn handen beschermend om het kind heen. Ik vond het wel even gênant, want pasgeborenen horen toch bij de moeder, maar aangezien die werd gehecht en verzorgd en wat al niet, moest ik die taak overnemen, huid-op-huidcontact, binding met de vader, en al dat soort modieuze hocus pocus meer, het was me allemaal best zodra ik het razendsnelle hartje in de fontanel zag kloppen en het jongetje aan mijn borst zijn huilen tegen het licht en het lawaai staakte. Het was mooi. Het was prachtig. Het was ontroerend en griezelig. Jesse.

Maar nu is Jesse een blozende baby van zes weken en Lucille geheel en al ingesteld op borstvoeding en weinig slaap, en kan ik weer behoorlijk werken. Dat moet ook wel, de schoorsteen rookt nu eenmaal niet vanzelf. En al heb ik me de laatste twee maanden geconcentreerd op snel renderende projecten, het plan om het verhaal van Thomas Geel te achterhalen is niet helemaal uit mijn gedachten verdwenen. Toen ik een uitnodiging kreeg om op zaterdag 30 maart naar het huis van de familie Geel te komen, was ik wel verbaasd maar ook nieuwsgierig. Wat stond me te wachten? Wie was de drijvende kracht achter de uitnodiging? Arthur? Leonie? Isa zelf?

Met een lichte tinteling van spanning vraag ik me af of mijn status als jonge vader me immuun heeft gemaakt voor verleiding. Het schijnt dat mijn testosterongehalte vanwege het kind is gedaald om mijn zachte zorgende krachten vrij te maken. Eens zien of de wetenschap op kan tegen de koele schoonheid van Leonie Geel. Lucille moedigt me aan toch vooral die hele zaterdag in huize Geel door te brengen. Zij en Jesse kunnen zich prima redden, bovendien komt haar moeder, en kunnen ze samen tutten met het kind. Ik krijg bij katholieke wijze van spreken het heilige kruis na.

Ik neem twee telefoons mee om de bijeenkomst op te nemen. Is de ene leeg, dan kan de andere aan. Om tien voor tien sta ik voor de glanzend gelakte eikenhouten deur met geslepen ruitjes in het bovenlicht van de solide, statige maar ook ietwat sombere dubbele benedenwoning in de Pieter de Hoochstraat. Het koperen naambordje met bel is glanzend gepoetst en weerspiegelt mijn gezicht. Ik steek mijn tong uit tegen mezelf en hoop dat Leonie me verwelkomt. Maar het is Arthur, neem ik aan, hij lijkt een beetje op de foto's die ik van zijn vader ken.

'We hebben mailcontact gehad,' zeg ik, 'een tijdje geleden.'

'Inderdaad,' zegt Arthur.

Ik meen een zekere achterdocht te registreren, een lichte onwil en gêne misschien. Ik stel me voor hoe ik me zou voelen als zoon die met de dood van zijn vader worstelt, die contact met de pers mijdt en nu opeens wordt gedwongen tot een gemeenschappelijke min of meer notariële sessie waarin de ideële nalatenschap van Thomas Geel de ganse dag het onderwerp van gesprek zal zijn, met de pers er nota bene bij!

Nieuwsgierig kijk ik om me heen in de vestibule en de hal en probeer al tijdens het ophangen van mijn jas zicht te krijgen op de mensen die in de zitkamer zijn verzameld. Maar veel zie of hoor ik niet. Isa Geel komt me begroeten. Ze is anders dan haar foto's in de krant en op het web, ouder en opener. Op de foto's is ze een verzorgde Van Baerlestraatmevrouw die elke week de kapper bezoekt en uit de voorjaarscollectie van Pauw de elegantste en onopvallendste pakjes kiest maar daarbij dan weer wel interessante sieraden draagt. Nu is ze meer mijn eigen moeder, het haar langer en in een staart, wat haar ouder maakt, weinig make-up, wat haar frisser maakt, een vriendelijke blik waaruit een lichte opwinding spreekt, of angst of onzekerheid. Ze draagt een spijkerbroek en een zwarte wollen trui. Om haar hals een rij grote transparante glazen kralen. Haar handdruk is stevig maar vochtig.

'Welkom, Joris,' zegt ze. 'Anne Benraad adviseerde jou erbij te vragen en na enige aarzeling leek het me een goed idee. Ik zeg je wel bij voorbaat: alles is vertrouwelijk.'

'Dank voor de uitnodiging. Natuurlijk ben ik professioneel nieuwsgierig, maar uiteraard eerbiedig ik de vertrouwelijkheid.'

'Heb je mijn dochter al eens ontmoet? Leonie!' Ze gaat me voor de salon in. Leonie zit op haar telefoon te kijken. 'Leonie, dit is Joris de Groot. Hij is al een tijdje bezig met de *fanatisme*-kwestie.'

'Ja, we hebben elkaar al eens ontmoet.'

Ze staat op, geeft me een hand als een vage kennis en gaat weer zitten met haar telefoon. Boodschap duidelijk. Anne Benraad, die me kennelijk heeft aanbevolen, is er nog niet. Ze komt vijf minuten later binnen en brengt een zekere spanning met zich mee. En daarmee is het gezelschap compleet, concludeer ik. Isa deelt koffie rond, zet een schaal koekjes op tafel en schuift een iets hogere zetel bij, waarop ze plaatsneemt en de bezoekers, die op de tegenover elkaar geplaatste banken zitten – Arthur naast zijn zus, en Anne naast mij – vanaf een verhevener positie bekijkt. Ze zit de vergadering voor, ontegenzeggelijk nerveus. Ik zie hoe de hand waarmee ze haar kopje neerzet, trilt. Het is een wedstrijdopstelling. De familie Geel tegenover de Boze Buitenwereld in de personen van een persmuskiet en een klokkenluider. 'Van 10.00 uur tot 18.00 uur' stond in de uitnodiging. En dat allemaal in deze verstikkend smaakvolle salon, waar een genoeglijk haardvuur brandt. Om lunchtijd broodjes en na afloop een borrel? Of komt er straks een busje voor een excursie langs de staties van Thomas Geels lijdensweg?

Isa schraapt haar keel en neemt het woord. Het is een vertrouwelijke bijeenkomst, maar wel een met een min of meer officieel tintje. Er mogen geen aantekeningen of opnamen worden gemaakt. Daarop leg ik demonstratief mijn telefoon op tafel. Anne doet hetzelfde. Tegelijkertijd zet ik in mijn zak de andere telefoon aan. Isa haalt een stapel papieren uit een map, aarzelt even, legt ze op het tafeltje, neemt er de eerste bladzijde af en zegt: 'Dit is het verhaal dat Thomas schreef in de laatste maanden van zijn leven. Hij heeft het op de dag van zijn dood gepost naar Rudolf Merkelbach en hem de opdracht gegeven dit manuscript aan mij door te geven, al dan niet voorzien van zijn commentaar. Rudolf Merkelbach heeft het afgelopen september aan mij gestuurd. Deze winter heb ik in Ierland de tekst gelezen en herlezen. Ik heb me afgevraagd wat het doel van Thomas was. Hij heeft daar zelf geen uitspraak over gedaan en de beslissing bij mij gelaten. Ik vind dat ik het aan hem en aan mijzelf verplicht ben de inhoud te delen met onze kinderen. Ik heb Anne en Joris erbij gevraagd als vertegenwoordigers van de buitenwereld. Anne als een – hoe zal ik het zeggen – collega én tegenstander van Thomas, en Joris als het symbool van de media. Ik zal jullie de tekst integraal voorlezen. We pauzeren een halfuur om te lunchen en een halfuur voor thee. Geen vragen.'

Isa kijkt ons allen stuk voor stuk aan. Arthur bestudeert zijn vingers alsof hij ze voor het eerst ziet en niet weet waarvoor ze dienen. Anne verschuift op de bank naast me; die heeft de grootste moeite al die tijd stil te blijven zitten. Ik hoor haar zuchten. 'Plaspauze tussendoor toegestaan?' vraagt ze. Isa knikt. Ik durf bijna niet naar Leonie te kijken. Is ze tevoren ingelicht door haar moeder of is dit ook voor haar een verrassing? Ik werp een korte blik op haar. Ze kijkt me woedend aan, alsof ik haar moeder op de gedachte van deze onzalige theatervoorstelling heb gebracht. Ik wrijf virtueel in mijn handen. Dit is mooi. Dit is raar. Dit is uniek. Als dat opnameapparaat het maar doet en als ik het maar tijdens een pauze kan verwisselen.

Isa neemt een slok water, zet haar leesbril steviger op haar neus en begint. In het begin trilt haar stem een beetje, maar geleidelijk aan vindt ze haar toon en haar volume. Ze leest goed. Rustig, neutraal, zonder dramatische accenten of overdreven intonatie.

ISA

leest:
Thomas schrijft

Kort voor we naar Ierland vertrokken kwam ik Jan Gansvoort tegen. Ik ging naar de boekhandel, hij stapte uit zijn Range Rover in de Nicolaas Maesstraat. Hij zag me en kwam me met uitgestoken hand tegemoet.

'Hé, Thomas, hoe gaat het met je? Is het stof een beetje neergedaald?'

Ik negeerde zijn hand en zei dat het prima ging. Ik had de neiging om uit te halen en de zonnebril van zijn kop te slaan.

'Het pakte allemaal wat heftiger uit dan we konden voorzien, vind je niet?'

Ik gromde iets wat van alles kon betekenen.

'Je moet maar zo denken: De karavaan is weer verder getrokken. De honden blaffen al naar een andere prooi.'

'Er zou geen haan naar hebben gekraaid als jij je erbuiten had gehouden.' Ik zei het op een joviale toon omdat ik hem niet het genoegen van mijn woede gunde.

'Mensen reageren tegenwoordig zo geprikkeld. In de meest matter-of-facte verslaggeving ontdekken ze enorme kruistochten. Voor je het weet staan schuimbekkende troepen in Twitterslagorde klaar om ingewanden uit lijven te trekken. Daar vergis ik me toch steeds weer in.'

Hij stond me gewoon te zieken.

'Ik geloof niet dat jij je in je macht vergist, Jan. Je geniet ervan. Moge je branden in de hel!'

Ik liep om hem heen en vervolgde mijn weg. De klootzak! Het bloed bonsde in mijn borst en zong in mijn oren, ik balde mijn vuisten in mijn broekzakken. De laaghartigheid. Gansvoort was het prototype van de hypocriete sadist die waar hij maar kan reputaties om zeep helpt onder het mom van onderzoeksjournalistiek. Hij had geen bord voor zijn kop, hij wist verdomd goed wat hij deed toen hij naar me toe kwam. Het mes nog een keer ronddraaien en kijken of er bloed uit kwam. Ik had hem daadwerkelijk in zijn schijnheilige smoel moeten stompen.

Hoewel ik boekhandels een poosje had gemeden, vond ik het tijd worden weer normaal te doen. De boekhandelaar begroette me. 'Fijn u weer te zien.' Hoe fijn hij het echt vond kon ik niet peilen, maar dit was een aardig soort hypocrisie. Het was rustig, dus we knoopten een onschuldig praatje aan. Aan het eind ervan zei hij: 'Het zal wel een moeilijke tijd zijn geweest. U zou op papier moeten zetten wat u is overkomen en hoe machteloos een mens kan zijn tegenover de publieke opinie. Juist van een uitgever die de publieke opinie voedt moet dat een interessant artikel opleveren.' Daar had ik zeker al eerder over gedacht, maar de ontregelende ontmoeting met Jan Gansvoort maakte een beslissing daarover urgent.

En nu zit ik hier in Ierland onder een stralend blauwe hemel, Isa is geloof ik de vogeltjes aan het voeren, die in de zomer natuurlijk helemaal niet hoeven te worden gevoerd, en ik begin bij het begin. Voor wie ik dit schrijf staat me nog niet scherp voor de geest. Voor mezelf, ja. Voor Isa, ook wel. Voor de kinderen? Ik weet het niet. Misschien schrijf ik dit voor mijn moeder, die nooit heeft geweten wat er van mij is terechtgekomen.

Mijn eerste herinnering. Ik word het water in geduwd of gegooid, ik spartel, ga kopje-onder, mijn mond en neus lopen vol, even kan ik ademhalen, proestend, me verslikkend, en dan word ik slap als een plant, zink ik naar een diepe bodem. Iemand pakt me vast. Ik kijk in de starre, panische ogen van mijn moeder, het moet mijn moeder wel zijn, die met haar vrije arm woest maait terwijl haar voeten het water wegtrappen. Ze weet me de kant op te duwen en er zelf ook uit te klimmen, en ligt naast me. We liggen oog in oog, hijgend en hoestend, water brakend. Over ons valt de schaduw van mijn vader.

De verhalen eromheen spreken elkaar tegen. Ikzelf houd voor waar dat mijn vader me in het water heeft gegooid omdat 'kinderen net hondjes zijn en zich zelf kunnen redden, kijk maar'. Andere versies gaan uit van een ongeluk of van mijn eigen opzet. Later heb ik leren zwemmen maar mijn angst voor water nooit overwonnen, terwijl de aantrekkingskracht bijna net zo sterk was als mijn angst. Ik kon geen brug overgaan of ik overwoog ervan af te springen.

Mijn moeder overleed toen ik vijf of zes was. Waaraan ze precies stierf heb ik nooit geweten. Ze leed aan tbc en teerde weg. Het was een fataal verlopen longontsteking. Die twee mogelijkheden zijn nog wel te combineren. Er was het verhaal dat ze stikte in een kippenbotje. Een vierde mogelijkheid wilde dat ze van de trap viel en haar nek brak. Mijn vader vergat telkens welke leugen hij de laatste keer had opgediend, en het kon hem ook niet schelen. In ieder geval verdween ze van het ene op het andere moment uit mijn leven. Ik zal zeker hebben gevraagd waar mama toch was, en haar hebben gemist. Het enige beeld dat ik van haar heb is dat panische hoofd in het water en hoestend naast me in het gras aan de waterkant.

Mijn vader zorgde voor me na de dood van mijn moeder. Hij was kunstenaar en schilderde vreemde landschappen die geen landschappen waren en die niemand wilde kopen. Voor het geld legde hij zich toe op portretten. Kinderportretten vooral. Om klanten te werven stopte hij een brief en een foto van een portret van mij in de bus bij rijke mensen in Wassenaar. Van villa tot villa ging hij met een stapel enveloppen. Toen Wassenaar was afgegraasd ging hij naar Laren. Ik mocht mee. Mijn ogen heb ik uitgekeken op de tuinen en de huizen. Ons huis in Vlaardingen lag in een smalle straat, de tuinen aan de achterzijde waren vooral stortplaatsen. Een doodenkele keer vloeide uit die taaie strooptochten door de rijkenwijken een opdracht voort. Dan lag de wereld aan zijn voeten, maar over het algemeen was het armoe troef. Een echt kunstenaarsbestaan, zei mijn vader. Ware genieën waren altijd arm als kerkratten, die waren hun tijd te ver vooruit. Het nageslacht zou zich schamen voor de behandeling die het genie ten deel was gevallen. Enerzijds was het een gunstig teken dat niemand zijn vrije werk wilde kopen, anderzijds was het een gruwelijk onrecht. Was hij om wat voor reden ook boos, dan sloeg hij mij. Een hardhandige vader was in die tijd geen uitzondering. En als dat wel het geval was, wist ik het niet.

Alle kinderen hadden moeders en alle moeders waren thuis. In onze buurt woonden alleen maar hele gezinnen.

Niemand bemoeide zich met ons, waarschijnlijk omdat mijn vader kunstenaar was en zich excentriek kleedde. Daar schaamde ik me voor. De moeders van de kinderen op school keken me aan met een blik of ze mijn trui recht wilden trekken en mijn haar kammen, en dan schudden ze hun hoofd en begonnen met elkaar te smoezen. Mijn vader bracht me nooit de klas in. Hij leverde me af bij de voordeur, en zodra hij vond dat ik de weg van huis naar school alleen kon afleggen, moest ik alleen. Andere kinderen zag ik ook alleen naar school lopen; in groepjes van twee of drie huppelden en sprongen ze en zaten elkaar achterna, de meisjes klitten dicht bij elkaar, net als hun moeders smoezend, maar ik bleef alleen. Wilde ik aanhaken bij een paar jongens, dan liepen ze snel door of sloten me buiten bij hun spel, zodat ik wist dat ik niet welkom was.

Toen ik tien jaar was verhuisden we naar het oosten van het land, waar mijn vader tekenleraar werd op een middelbare school. Ik vond het best. Misschien zou ik daar vanwege een andere samenstelling van bodem en lucht wel vriendjes kunnen maken. Ik had een permanent tekort aan zuurstof. Mijn vader zei dat ik me aanstelde en er wel overheen zou groeien, maar de schoolarts zag enig gevaar. Astmatische aanleg, zei hij. Dat we daarom van de stinkende stad naar de bossen waren verhuisd zou een te groot verantwoordelijkheidsgevoel bij mijn vader veronderstellen. Post hoc is niet altijd propter hoc. In ieder geval betrokken we in Haaksbergen een soort kippenschuur totdat er betere woonruimte werd gevonden. De vreugde van het buiten wonen was van korte duur. Ik heb nauwelijks een herinnering aan de school die ik er bezocht, als ik al gegaan ben. Er zit een gat in mijn geheugen. Het volgende dat ik weet is dat ik op een groot treinstation zit. Antwerpen of Brussel.

Daar begint het. De stalen binten van de overkapping leken

de ribben van een gigantische oeros of een mammoet – een wezen dat thuishoorde in een andere werkelijkheid – die lag te grazen in de rook en de walm van zijn lavaweiland, en wij, de mensen binnen zijn gebeente, waren voor hem als de bacteriën in onze eigen darmen. Die parallelle werkelijkheden hebben geen weet van elkaar. Het glas tussen de binten was dof van het vuil en het roet, maar ooit hadden ze licht doorgelaten, was het blauw van de hemel weerkaatst op de spoorstaven waar de eerste trein triomfantelijk over naar binnen reed, met een geraas en gedreun en gepiep dat de ingenieurs in de oren klonk als muziek van een andere orde dan die van strijkers en blazers. Dat machtige concert van rangerende treinen drong vaag tot me door, terwijl ik daar zat op een koele houten bank, die in de bakstenen muur van de wachtruimte was geschroefd. In die wachtruimte was het stil. Er zaten mensen met de uitdrukking van wachten op hun gezicht, een tas aan hun voeten, en ik wachtte er ook. Ik had een tas van groen canvas, zoals soldaten hebben om hun persoonlijke uitrusting in mee te dragen. Dit is jouw PU, had mijn vader gezegd. Dit was dus mijn PU, als een hond aan mijn voeten.

De ruimte was hoog, met hoge ramen waardoorheen de machtige bogen van de overkapping duidelijk te zien waren. Het rook er naar sigarenas en ijzer, dat wil zeggen het rook zoals bloed smaakte. De vloer was van gebroken granito, en leek daarin sterk op de keukenvloer in ons Vlaardingse huis, met sporen van breuk als van evenzovele rivieren, die ik thuis een naam had gegeven. De vergelijkbare vloeren gaven me de overtuiging dat deze wereld op de vorige leek. De mensen die met mij de ruimte deelden veranderden telkens van gestalte. De man met de hoge Jodenhoed en de lange baard werd ongemerkt een vrouw met een pothoed en een boa, en die veranderde weer in een heer met een gleufhoed en een regenjas over de rechterarm, die snel opstond terwijl ik naar hem keek en die naar buiten ging, de wachtruimte uit. Wat daarbuiten was? Ik wist het niet precies. Treinen, perrons, gangen en trappen, fluiten en sissen. Deuren die opengingen, deuren die dichtgingen. Roepen en hollen van schimmen. Mensen of wat het ook waren liepen af en aan, schaduwen, strepen beweging. Het was een plaats van aankomen en weggaan. Ik ging niet weg. Ik wachtte.

Ik keek. Ik was het die keek, ik was het die alles zag en waarnam. Dat drong diep tot mij door: ik ben het die waarneemt. Wat ik waarneem draagt geen betekenis. Ik moet er zelf betekenis aan geven, aan die Joodse man, aan die deftige dame, die gehaaste heer, aan de gewijde kerkelijke stilte in deze hoge wachtruimte, waar het rumoer tegen de ramen beukt en af en toe binnenvlaagt als de deur wordt geopend door een schim die op de bank tegenover me vorm aanneemt. Ik werd deelgenoot van een geheim dat zich niet als kennis maar als geheim openbaarde en dus geheim bleef, een geheim dat groot en groots was maar geen macht gaf, een geheim dat zich als een sterke hand om mij heen sloot, de contouren van mijn lichaam volgend en er een permanente druk op begon uit te oefenen zodat ik vanaf dat moment heel precies de grenzen van mijn lichaam voelde. Het was een gevangenschap van een ander kaliber dan de gevangenschap die me tot dan toe als met een touw aan mijn vader had gebonden, het touw waaraan hij me met zich mee trok, van de kamer naar de keuken, van huis naar school, van school naar huis, naar de villa's van Wassenaar en Laren, van Vlaardingen naar Haaksbergen. Dit was een gevangenschap in het geheim van de wereld en die hield in dat ik (dat woord moest ik nog verklaren) de wereld waarnam en dat de wereld daardoor op zijn beurt mijn plaats erin bepaalde. Op die bank gezeten met mijn PU aan mijn voeten voelde ik me klein worden, kleiner nog dan ik al was, zo klein en hard als een erwt, net zo makkelijk over het hoofd te zien. Ik rolde een hoek in en besloot daar te blijven.

Ik moet er lang hebben gezeten of gelegen en een zekere onthechting hebben bereikt, want dat ik de nacht op de bank of waar dan ook heb doorgebracht moet een feit zijn, en dat de stationschef me heeft ondervraagd evenzeer, en dat ze me hebben laten wachten in die stalen oeros tot mijn 'eigenaar' me zou claimen was absoluut het geval, en langer dan een dag of twee zal het niet hebben geduurd voordat mijn vader – die zei me kwijt te zijn geraakt in het gedrang, maar die me met opzet vergeten was – toch nog uit Parijs terugkeerde om me op te halen, maar toen was het al gebeurd: ik was een ander geworden, ik was een denkend kind geworden, een soort volwassene zonder opleiding, een ongediplomeerd wezen, ik stond los. Ik stond alleen. Ik was zelfstandig in een betekenis die het woordenboek niet kent.

Op de Place du Tertre lieten zijn kunstbroeders de vreemdeling uit de Lage Landen niet toe, en dus zocht mijn vader andere pleinen om snelle portretten van toeristen te tekenen, waarbij ik steeds als zijn model fungeerde, zittend op een krukje en omringd door de konterfeitsels die de kunde van mijn vader moesten onderstrepen. Soms betaalde hij een mooi meisje om zich te laten afbeelden, zodat de tekening als een uithangbord kon dienen, of tekende hij uit een tijdschrift Brigitte Bardot na, alsof ze voor hem had geposeerd. Maar we werden steeds verder naar de banlieues verbannen, waar geen toeristen meer kwamen. Vervolgens trokken we de *Méditerranée* tegemoet, waar mijn vader vrienden had in de omgeving van Picasso, 'een heel beroemde kunstenaar', maar dat wist ik best.

Sinds hij mij uit Brussel of Antwerpen had opgehaald was zijn houding jegens mij veranderd. Hij was niet meer licht geergerd door mijn aanwezigheid, hij was vijandig, hij sneerde.

Dat schreef ik toen niet toe aan een verandering in mijn eigen houding, omdat ik die nog niet precies kon benoemen, maar nu kan ik dat wel. Ik was mijn vertrouwen kwijt in een soort intrinsieke goedheid van het leven in het algemeen en van mijn vader in het bijzonder. Ik was de loyaliteit van een kind aan zijn ouders kwijt, niet zozeer omdat mijn vader zijn recht erop had verspeeld, maar omdat het geheime geheim dat me was geopenbaard dergelijke morele kwaliteiten mijns inziens niet van mij vroeg. Er was een utilitaire band, meer niet. Dat was geen uitgewerkte filosofie in de tienjarige Thomas, maar een kaal en hard besef. Daar ketste mijn vader op af.

We bereikten de Middellandse Zee aan het begin van de zomer. De vrienden van mijn vader waren met onbekende bestemming vertrokken, maar hij liet zich niet uit het veld slaan. Even had hij de energie om een plan te maken en actie te ondernemen, wat hij voor een kunstenaar in principe te burgerlijk vond maar waartoe honger ons dreef. Het toeristenseizoen bood kansen en zo werd hij vanwege zijn talenkennis en zijn zwierige manieren portier bij hotel Negresco in Nice. Hij droeg een blauw met rode jas met 'pelerine' – een cape – en een hoed met een rode pluim erop. Hij hielp gasten uit hun auto en hield de deur voor hen open, hij begroette hen in de taal van hun nummerbord als ze met eigen vervoer kwamen en in het Frans als ze met de taxi arriveerden. Het hotel was een verjaardagstaart van steen. Daar stond hij voor het bordes. Aan de overkant stond ik naar hem te kijken alsof hij een beroemde acteur was, tot hij me met een beweging van zijn hoofd wegstuurde.

Ik werd grote delen van de dag aan mijn lot overgelaten. Ik zwierf door de stad en langs het strand, pikte een mondje Frans op, en zat bij slecht weer urenlang te tekenen in de kamer die we huurden bij een zure hospita met een schelle stem. We hadden de beschikking over een fonteintje met koud water, de wc deelden we met meer huisgenoten. Het waren maanden van betrekkelijke rust, waarin ik mijn stationservaring van 'zelfstandigheid' kon uitdiepen. Waarnemer van de werkelijkheid was ik, geen deelnemer. Nog niet. Ik keek en wachtte op een kans. Het was één ding erachter te zijn gekomen dat ik mij zelf moest zien te redden in een onverschillig universum, het was iets anders dat universum te slim af te zijn, een gat te vinden waardoorheen ik naar een ander leven kon ontsnappen. Voorlopig was dit leven in de schaduw van de stenen taart, omringd door de armoede van de achterbuurt en het patois van de pieds noirs, een vreemde kijkdoos vol rariteiten, een aangeklede wachtruimte, die op de boulevard naar Chanel No. 5 en in het huis van madame Meursault naar stront en uien stonk. Tegen de luizen had mijn vader me kaalgeschoren, de vlooien moest ik zelf maar vangen en dooddrukken.

Wat het eten betreft zaten we niet slecht. Mijn vader papte aan met een afwaskracht, een jonge Algerijnse, die kliekjes achteroverdrukte en brood en boter stal. Hij smokkelde haar soms het huis in terwijl ik madame Meursault moest afleiden, want die was tegen damesbezoek; ze had een pension en geen bordeel. Was de Algerijnse eenmaal binnen, dan werd ik weer voor een paar uur naar buiten gestuurd, met wat geld, waarvan ik mijn eerste bier en sigaretten kocht. Ik was elf inmiddels en begon te groeien. Ik dacht dat ik nu wel zo'n beetje begreep hoe het leven in elkaar stak. De mooie en dure mensen die in het hotel logeerden waren niet anders of beter dan de armoedzaaiers in onze wijk, dat werd door de verhalen van mijn vader duidelijk. Als hij goede zin had, vertelde hij me van de scènes die zich in het hotel afspeelden, de smerige rotzooi die ze op de kamers achterlieten, de ordinaire scheldpartijen waaraan grijze dames vol juwelen zich overgaven na inname van een paar flessen peperdure champagne en als gevolg van begerige grijze herenblikken op de glanzende billen van courtisanes die de recepties afliepen in de hoop op wat makkelijk verdiende francs. Mijn vader raakte zijn schilderspullen niet aan, maar de fles pernod des te meer, zodat de Algerijnse hem verliet en werd vervangen door een verstandelijk beperkte maar lichamelijk goed ontwikkelde Italiaanse met een snor, die stoepen veegde en niet sprak maar af en toe hinnikte. Ik was meer het handlangertje en hulpje van mijn vader dan zijn zoon. Ik deed karweitjes en boodschapjes, maakte praatjes met de achterdochtige hospita, en probeerde wat te verdienen door kisten groenten en fruit te sjouwen. Zo zou het leven voortaan ongeveer zijn, dacht ik, tenzij ik rijk werd. Ik stal hier en daar wat en verpatste de buit aan deze of gene die te lui of te dom was om zelf te jatten.

Het was een verrassing dat het seizoen eindigde en mijn vader (of het nu daarom was of om een andere reden) werd ontslagen. Dat niet alleen, hij werd ook ziek. Een hernia of iets dergelijks maakte hem het zitten onmogelijk en lopen, staan en liggen uiterst pijnlijk. Zijn ziekte schokte hem tot het besef dat niet altijd een oplossing voor de hand lag, dat er niet vast en zeker een mecenas zijn krankzinnige talent zou herkennen, of een rijke, eenzame dame hem tot haar butler zou benoemen, en dat het niet de schuld van zijn zoon was dat al die vanzelfsprekendheden uitbleven. Zijn fantasieën van grootheid waren voor hem dagelijkse kost, nu liepen ze vast in de taaie werkelijkheid van pijn die met geen pernod te bestrijden was.

De ogen gesloten, mijmerde hij jammerend hoe dat nou toch moest met ons. We zouden van honger en ellende omkomen. Die verdomde rug, hij ging eraan dood – een dokter en medicijnen: waar haalde hij het geld vandaan. Geen cent te makken, hij kon nog geen kwast vasthouden, laat staan een tube verf kopen en jij, je bent een rat uit de achterbuurt geworden. En zo ging hij maar door, in een eindeloze monoloog die meer een vorm van kreunen dan van communicatie was. Ik zei dat het wel goed zou komen. Dat de pijn in zijn rug over zou gaan. Dat er vast wat te verdienen viel in de restaurants en de kroegen van de stad. Wat ik ook zei, hij bleef zijn mantra herhalen. Uiteindelijk stond hij zwetend op van zijn bed, greep me bij mijn schouder en schuifelde leunend op mij naar buiten naar het postkantoor, waar hij in een afgesloten hokje met veel moeite een telefoonnummer in Nederland opvroeg. Ik mocht niet binnen. Ik zag zijn hoofd door het ronde raampje in de deur die met een klik was dichtgegaan. De cel was geluiddicht, ik hoorde niets maar zag aan mijn vaders hoofd dat hij woedend werd, en vol ongeduld zweeg, iets tussen wierp, weer zweeg, en daarna met een groot gebaar naar zijn hart smeekte... Smeekte hij werkelijk en zag ik tranen in zijn ogen, of was dit theater? Wie belde hij? Uiteindelijk hing hij op en leunde uitgeput en met gesloten ogen tegen de muur van de telefooncel. Ik klopte op de deur en rukte aan de knop, maar hij had hem vanbinnen op de knip gedaan, alsof het een wc was. Toen ik op de deur ging bonzen snelde een medewerker van het postkantoor toe. Die tikte met een felle ring hard tegen het glas van het raampje. 'Monsieur! Monsieur!' Ik was bang dat mijn vader tegen de muur dood stond te gaan en dat ik nooit zou weten wie hij had gebeld. Nu was ik werkelijk alleen. En hier ook weer die gebarsten granitovloer met vlekken, de landkaart van een ver en vreemd continent die me vertelde dat ik niet was waar ik zijn moest; die vloer probeerde me te zeggen waar de schat lag, in een ver verleden begraven door een voorvader die vanuit de geestenwereld voortdurend trachtte de boodschap over te brengen: daarheen, jongen, daarheen. De zee ruiste in mijn oren. Ik werd duizelig en ging met mijn rug tegen de muur op de grond zitten tot mijn vader bleek en binnensmonds vloekend het hokje uit kwam.

De weken die volgden op het telefoongesprek met een dove God in Holland waren somber. Ik was doodmoe en lusteloos, hing de hele dag op een stoel of lag op mijn bed. Mijn vader deed hetzelfde, al ging het met zijn rug een stuk beter. Soms stuurde hij me met slaag of een trap onder mijn kont de straat op om op de pof een brood te kopen en een pot jam. Voor iets anders was sowieso geen geld of krediet. Hij snauwde en grauwde en schold me uit voor nietsnut en hoerenjong. Toen de heksachtige hospita voor de zoveelste keer om de huur kwam en mijn smoezen niet meer accepteerde maar linea recta op mijn vader afstevende, hem met een pantoffel verschillende malen op zijn kop sloeg en schreeuwde dat ze de gendarmerie of haar maffiose neven erbij zou roepen en dat hij er dan van zou lusten, en dat ze hem en zijn hoerenjong (daar was de term alweer!) op straat zou laten zetten om te verrekken, was actie onvermijdelijk. Hij schoor zich, waste zich, trok zijn inmiddels ruim zittend zomerkostuum aan en ging naar de consul, zei hij. Wat kon die man voor ons doen? Meer dan wij voor onszelf, zei mijn vader. Het zou mij benieuwen.

Ik wachtte uren op zijn terugkeer en was al bang dat hij met de noorderzon was vertrokken zoals voordien in Antwerpen of Brussel, maar ik was te moe om hem te gaan zoeken. Half slapend, half wakend bracht ik de dag door, totdat hij terugkwam met twee treintickets en een brief voor madame Meursault die op vertoon bij de consul goed was voor inlossing van onze schuld. Kennelijk vertrouwde de vertegenwoordiger van ons vaderland mijn vader niet met cash. Tollend op mijn benen hielp ik de volgende dag ons magere bezit in een plunjebaal te pakken en liepen we samen naar het station. Waar we dan heen gingen? Niet zeuren. De reis is geheel uit mijn geheugen verdwenen.

Waren de jaren die volgden ook maar uit mijn geheugen verdwenen, maar juist die krijg ik niet uit mijn kop. Mijn vader droeg me over aan de Kinderbescherming. Ik moest lijfelijk worden geïnspecteerd op ongedierte en lichamelijke afwijkingen. Daarvoor diende ik me helemaal bloot uit te kleden. Dat wilde ik niet. Twee strenge vrouwen begonnen aan mijn trui en broek te plukken. Ik verzette me hevig. Er kwam een man bij die me in de houdgreep nam zodat de dames hun werk konden doen. Ik beet en schreeuwde. Mijn vader was nergens te bekennen. Nader medisch onderzoek leerde dat ik aan ernstige bloedarmoede leed. IJzerinjecties en betere voeding zouden me ervan afhelpen. Ik zat als een schurftige hond in het asiel te wachten op een pleeggezin. Maar dat wist ik niet. Mij werd niets verteld.

Ik heb in zes pleeggezinnen gezeten, begeleid door een cohort maatschappelijk werksters, die ieder een type vertegenwoordigden in een reeks van overdreven klef en lief, via onverschillig en vijandig tot ronduit sadistisch. Ik was onmaatschappelijk en dus vogelvrij. Disciplinering was het parool. Machtsmisbruik, geniepige pesterijen en onrechtvaardige straffen waren aan de orde van de dag in de pleeggezinnen. Ik werd geslagen. De vaders hadden harde knokkels, de moeders hadden kille ogen. Er was een moeder die me dwong een hete pan met blote handen van het vuur te halen. Er was een vader die een nachtelijke zaadlozing bestrafte door me aan het bed te binden en me af te rossen. Isolering en uitsluiting werden afgewisseld met indringende gesprekken of vriendschappelijke knuffels. Ik moest er mijn weg in vinden. Ik deed het zoals ik dat in Frankrijk gewend was: ik vocht, ik schold, ik jatte. De keer dat ik me aan iemand hechtte – een pleegzusje dat een jaar ouder was dan ik en leuke spelletjes kende – werd ik subiet verwijderd, voor de jeugdrechter gebracht en in het gezin van een slager geplaatst, die me voor straf in de koelcel opsloot. Ik miste mijn eigen vader, ondanks zijn wispelturigheid. Ik had niemand anders.

Intussen gaven de verschillende scholen die ik bezocht me voldoening. Ik ging op in de massa. Mijn geest werd beziggehouden, want ik had wat kennis in te halen. Atlassen waren mijn vlucht uit de benepen werkelijkheid. Ik noemde hardop de namen van landen en steden die ik ooit wilde bezoeken. Aangezien ik met enige regelmaat verhuisde was er nauwelijks tijd om vrienden te maken. Ik was en bleef alleen. In de gezinnen die me opnamen en me te na kwamen was ik een onhandelbare puber. Ik paste niet in het systeem. Ik sloeg om me heen.

Het pleegoudertraject liep ten einde, strafinternering in jeugdinstellingen doemde als laatste redmiddel op. Ik smeekte mijn vader op zijn driemaandelijkse bezoek mij terug te nemen. Hij leek gevoelig voor die smeekbede. Hij zou zien wat hij kon doen, zei hij. Hij omhelsde me, maar keek van me weg. Het voelde als een definitief afscheid. Hij gaf me op. Weg met die lastige zoon. Hij zou nooit meer terugkomen. Nooit zou ik meer iets van hem horen. Ik was inmiddels dertien. Het inzicht dat me zo'n drie jaar tevoren op het station had overvallen, een woordloos inzicht in de condition humaine zoals ik dat later leerde noemen, kwam in verhevigde vorm terug. Het sloeg me met stomheid. Ik was als verlamd.

Nu zouden ze me misschien met drie verschillende afwijkingen uit DSM5 diagnosticeren: depressie, borderline, angst- en paniekstoornis, en onder behandeling stellen, maar ik verzet me tegen die etikettering, die geen recht doet aan mijn luciditeit. De ervaringen in mijn jeugd deden me als het ware in verschillende losse brokstukken opgroeien. Ik was geen logisch geheel, maar een rammelende zak met mogelijkheden, inzichten, pijn, onzekerheden en angsten, ik was een slordig in elkaar getimmerd huis met een lekkend dak, onbewoonbaar verklaard maar niettemin onverklaarbaar bewoond, zoals de grap zegt, en ik wist dat ik dat was en waarom en hoe het zo gekomen was. Ik verviel in somber zwijgen en probeerde mijn ik opnieuw in elkaar te zetten met het materiaal dat me gegeven was. Dit is dus de nullijn, zei ik bij mezelf. Vanaf hier kan het alleen maar beter worden. En als het niet beter wordt, dan moet het in ieder geval maar anders worden, meer van mijzelf afhankelijk dan van anderen en van het toeval. Ik zou het zelf doen. Wat wist ik niet, maar ik gordde me aan voor de strijd. Helm op, handschoenen aan, geef het paard de sporen. Nee, dat klinkt te ridderlijk. Ik was nog maar halfwas. Toch legde ik een bodem van strijdlust. En die had ik nodig.

Ik kan me niet voorstellen hoe het is om zonder blutsen en blaren op te groeien. Maar ik heb mijn littekens gekoesterd als onderscheidingen. En uit afgunst mijn eigen kinderen van krassen voorzien.

Mijn vader kwam terug. Ik woonde toen in Leersum, bij socialistische vegetariërs, weer eens iets anders dan bevindelijk gereformeerden maar in de grond heel vergelijkbaar. Hij had een vriend bij zich die ik oom Bart mocht noemen. Ze namen me mee op een wandeling door de bossen. Ik liep tussen hen in, bijna net zo lang als oom Bart en nog steeds een flinke kop kleiner dan mijn vader. De opluchting dat mijn vader toch aan me had gedacht was als dronkenschap: ik was licht in het hoofd, ik lachte om niets, ik praatte te veel, sprong van de hak op de tak.

Wat de bedoeling van het bezoek was kreeg ik pas door toen oom Bart in het gesprek dingen begon te zeggen als 'We verwachten dat je een handje toesteekt bij allerlei karweitjes', 'We houden van punctualiteit' en 'Niet de hele avond plaatjes met beatmuziek draaien'. Het leek erop dat hij mijn nieuwe 'gezinshoofd' zou zijn. Schichtig keek ik heen en weer van mijn vader naar oom Bart. Hoe kenden die elkaar? Was oom Bart ook kunstenaar? Hij zag er niet naar uit. Kende mijn vader hem echt? Had hij een advertentie geplaatst of gezien? Hoe was hij in godsnaam aan deze oom gekomen?

'Ik zou je zelf wel mee willen nemen, maar ik woon op een armoedig kamertje bij een hospita,' zei mijn vader, 'in Amsterdam. Daar kun jij niet bij. Het is beter voor jou in Hoorn. Niet ver van Amsterdam maar toch buiten. Veiliger. Een goed gezin.'

'Hoe weet je dat? Ken je hem van vroeger?' vroeg ik met een knikje naar de andere man, voor even het 'oom Bart' mijdend in mijn achterdocht over de herkomst van dit nieuwe familielid.

'Ja, wij kennen elkaar van vroeger,' zei mijn vader op een toon die elke volgende vraag de pas afsneed.

Oom Bart zette daar nog eens een streep onder: 'Ja, van vroeger. We zaten in dezelfde vereniging.'

Oom Bart vergastte me op genoeglijke vooruitzichten: de spelletjesmiddagen op zondag, de voetbalclub, het geweldige nieuwe sportfondsenbad, de schone school met de kloeke Noord-Hollandse jongens en meisjes, de vriendschap van zijn zoon, die twee jaar ouder was dan ik.

En zo begon een nieuwe fase in mijn leven.

Mijn vader bracht me. Met de trein eerst, daarna een stukje met de bus die naar Enkhuizen ging. Aan de rand van het oude stadje was een nieuwe wijk gebouwd met rijen gelijke huizen: woonkamer en keuken beneden, drie slaapkamertjes en een douche boven, een vliering, een voor- en een achtertuin. Elk huis leek sprekend op het volgende. Elk gezin leek sprekend op het volgende. Ik had een dubbel gevoel terwijl we door de straat liepen en de nummers aftelden. Weer vreesde ik een definitief afscheid. Mijn vader zou me afleveren en nooit meer van zich laten horen. Ik liep als een veroordeelde naar de galg. De laatste twee jaren had ik hem zo weinig gezien dat ik me alleen maar onze goede tijden herinnerde als tegenwicht tegen de woestenij van de pleegmoeders met witte schorten en de pleegvaders met harde stemmen en vrome gebeden. Zijn zwier, zijn concentratie bij het tekenen en schilderen, zijn onstuimige lach, zijn optimisme en vrolijkheid herinnerde ik me liever dan zijn geklaag, zijn woede-uitbarstingen, zijn drankzucht. En nu zou dat voorgoed voorbij zijn. Anderzijds hoopte ik op een vriend van mijn eigen leeftijd, een oudere broer, die me mee zou nemen naar de kermis, tegen wie ik op kon zien, met wie ik ruzie kon maken en lachen. Ik wilde erheen en ik wilde terug. Het zweet brak me uit.

'Hier is het. Nummer 67,' zei mijn vader. 'Keurig tuintje. Afrikaantjes.' Het klonk of hij het niet echt meende, en of hij erom moest lachen. Hij sloot een bondje met me: Kijk, dit is wat men een keurig tuintje noemt, maar onze smaak zegt anders. Daarmee zette hij ons op een iets hoger plan.

Oom Bart deed open. Hij had glad achterovergekamd haar, op de plaats gehouden door brillantine. Hij droeg een geel overhemd waarvan de kraag wijd openviel en een bruine manchester broek met bretels, aan zijn voeten geruite pantoffels. Tante Cor, die achter hem verscheen, liet een bemoedigend vleugje lipstick zien in een rond gezicht dat werd omlijst door een strakke permanent. Haar jurk had een gedempt bloemenpatroon. Ze droeg sloffen met een bontrandje. Het leek me een huiselijk stel, dat ons bijna onderdanig hun 'nederige stulpje' binnenleidde, waar hun zoon op een neoklassieke bank zat. Dat was Rudolf. Zolang hij zat, zag ik niet dat er iets met hem was, maar toen hij opstond en op ons toe kwam bleek hij mank te lopen. Eén been was korter dan het andere. Vanwege polio, hoorde ik later. Rudolf, die wel ouder was dan ik maar even lang, droeg de plusfours die bij jongensboeken hoorden en die toen al uit het straatbeeld aan het verdwijnen waren. Over zijn geruite overhemd had hij een bordeauxrode slip-over, hoogstwaarschijnlijk door tante Cor gebreid, want naast de haard stond een breimand waaruit een stel naalden door een knot wol stak. De vensterbank werd bewoond door verschillende kamerplanten. Kloostertafel en krantenbak. Eettafel met vier stoelen en een geweven tafelkleed met een fruitschaal erop. Aan de muur een ets van Dordrecht, gezien vanaf de rivier, een verkleurde afbeelding van een Schwarzwälder landschap, en een fotoportret van het gezin Merkelbach zoals het er tien jaar geleden uitzag. Een kruisbeeld boven de deur. Op de vloer lag Jabo. Het was er schoon en licht. Het rook er naar groentesoep. Vóór alles was het 'gewoon' in de beste betekenis van het woord. Mijn vader werd met enig ontzag behandeld. Dat verbaasde me. Ik had nog nooit meegemaakt dat hij door iemand anders dan zichzelf met ontzag werd behandeld.

Toen we thee hadden gedronken en op licht geforceerde toon het vliesje ongemak hadden gebroken, liet Rudolf me mijn kamertje zien. Het was klein, niet veel groter dan het eenpersoonsbed, maar er stond een kledingkast en er hing een Tomado-wandrek voor boeken, een oud tafeltje eronder diende als bureautje. Ik had een eigen plek.

'De muren. Zijn nog kaal. We hebben. Niets opgehangen. Dat mag je. Zelf bepalen. Wat je wilt.' Rudolf was niet alleen mank maar ook astmatisch, veel erger dan ik.

Hij liet me zijn kamer zien, groter maar zo'n beetje ingericht als de mijne. De wanden waren bedekt met posters van treinen en spoorlijnen. Stoomlocomotieven briesten hun wolken uit, elektrische treinen in taps toelopend perspectief gaven de indruk van kracht en snelheid, spoorbruggen over diepe ravijnen toonden het machtige vakmanschap van de bouwers. Een en al avontuur en kosmopolitisme, rijkdom en aanzien. En dat in een rijtjeshuis te Hoorn. Je moet durven dromen.

Rudolf legde me uit wat ik zag en liet me boeken met zelf ingeplakte afbeeldingen zien. 'Dan wil je zeker machinist worden?' vroeg ik. Maar nee, dat was niet haalbaar voor hem. Hij keek me onderzoekend en nieuwsgierig aan en vroeg waar ik allemaal was geweest. Ik antwoordde met lichte opschepperij dat ik alle hoeken van Nederland had gezien en verder vooral bekend was met Frankrijk. Van Parijs tot Nice. Of ik Frans sprak. Ik vergastte hem op een aantal Franse scheldwoorden, die hij bedachtzaam nazei. Connard. Putain de con. Putain de merde. Fils de pute. Cramouille. Fous le camp, grognasse. Hij vond het geinig. Wat anders dan 'papa fume une pipe'. Waarop ik zei dat als maman de pipe van papa rookte het wel weer smerig was. Hij werd een beetje rood maar moest zo hard lachen dat hij er bijna in stikte. We waren vrienden.

Het was een hoopvol begin, dat werd bestendigd door het vervolg, in grote lijnen dan. Oom Bart en tante Cor waren – vergeleken bij mijn bizarre vader – prettig voorspelbaar. Als iets zo hoorde, dan hoorde het zo. Er werd gebeden voor en na het eten, omdat het zo hoorde, niet uit innige overtuiging. Om dezelfde reden gingen ze elke zondag naar de kerk. Ik hoefde niet mee en ik ging ook niet mee, al stelde hen dat enigszins teleur. Rudolf ging wel. Ze schreven me in bij de school waarop Rudolf zat, het Werenfridus Lyceum. Tegen de leraren daar keken ze op, evenals tegen de dokter, de burgemeester en alle andere notabelen. Het gezag stelde wat voor bij hen. Oom Bart werkte bij een plaatwerkerij-spuiterij en stonk door de week naar de oplosmiddelen in de autolak, een scherpe oranje lucht. Daar voegde hij zich naar de willekeur van zijn chef, terwijl hij thuis zelf de bevelen gaf. Het waren gezagsgetrouwe mensen, kruiperig zou ook een goede omschrijving zijn. Ik zag een licht verschil in hun houding thuis en hun houding buiten de deur. Thuis deden ze als het ware hun broek op de vreethaak, legden ze een zekere timiditeit af, die ze zich in de buitenwereld juist aanmaten. Die timiditeit had iets van angst. Toen ik op school eenmaal goed en wel ingeburgerd raakte en in de pauzes vaak mijn grote 'broer' opzocht, kreeg ik door waar dat aan lag. Rudolf werd 'mankepoot' genoemd, een scheldwoord waarover hij zijn schouders ophaalde. Ik ben toch ook een mankepoot, zei hij. Hij was regelmatig zijn tas kwijt, die hij dan in een andere gang of in het fietsenhok terugvond. Vervelend, vond hij, maar eigen schuld. Bewaak je eigendommen met je leven, zei hij lachend tegen me.

Het duurde niet lang of ze namen ook mij te grazen. 'Meeloper,' werd er minachtend geroepen. Ik probeerde er mijn schouders over op te halen. Ik liep immers met Rudolf mee. Maar omdat ik voelde dat het een belediging was schold ik terug: 'Putain de con! Nique ta mère!' Toen Rudolf en ik eens samen de school verlieten, kwam een stel oudere jongens ons tegemoet. Ze staken hun rechterhand op en zeiden: 'Houzee!', waarna ze proestend doorliepen, terwijl een van hen Rudolf een zet gaf. Rudolf werd bleek. Ik vroeg wat dit nou weer betekende. Wat was dat 'Houzee'? Ik wist oprecht niet wat het was. De Tweede Wereldoorlog, de bezetting en de collaboratie door de NSB plaatste ik in een verleden waar ikzelf helemaal niets mee te maken had. Mijn vader had er nooit over gesproken, dus ging ik ervan uit dat er niets over te vertellen was.

'Mijn ouders hebben bij de NSB gezeten,' zei Rudolf. 'Daar worden we nog steeds mee gepest.'

Ik zei: 'Lullig' en liet het erbij.

De pesterijen waren een vast onderdeel van onze schooldag.

Rudolf reageerde vrij laconiek, maar het deed hem wel wat.

Ik begon me af te vragen waarom ik als buitenstaander werd inbegrepen in de vete. Was dat alleen maar omdat ik een pleegkind was van de familie Merkelbach? Of was mijn vader ook lid geweest van de NSB? Enerzijds wilde ik me van hen distantiëren, anderzijds wilde ik hen uit dankbaarheid verdedigen.

LEONIE

Isa kondigt de lunchpauze aan. Geen moment te vroeg. Ik trek mijn jas aan en ga naar buiten. Ik hoef haar sandwiches niet. Tijdens het voorlezen was ik gebiologeerd door de dubbele stem: mijn moeder die met haar eigen keurige geluid mijn vaders taal spreekt, ik herken uitdrukkingen die hij gebruikte. Het was zijn verhaal, maar Isa eigent het zich toe. Ze steelt het van hem. Ik kan dit nauwelijks verdragen. Met iedere zin wordt hij me vreemder, terwijl zijn bedoeling waarschijnlijk was eindelijk de ware Thomas te onthullen. Wie was de 'ware' Thomas? Wat moet ik met dit verhaal op dit moment? Ik ben woedend en weet niet wie ik de schuld moet geven: mijn moeder of mijn vader. Is het niet een weerzinwekkende vorm van effectbejag op de dag van je dood het manuscript over je leven op de post te doen? Ik twijfel aan de motieven van Isa het hele verhaal aan precies ons vieren voor te lezen. Voorlezen, nota bene! Over effectbejag gesproken! Ik weet niet hoe Arthur dit stukje drama beoordeelt, hij heeft waarschijnlijk de helft gemist door therapeutisch weg te dromen, maar ik voel me geschoffeerd. Mond houden en luisteren! Nou, geluisterd heb ik! Zeker is het verhaal van het verwaarloosde jongetje een tranentrekker vanjewelste maar of het nou door Isa's nieuwslezersvoordracht komt of door de tekst zelf: ik geloof het niet. Ik wil het niet geloven. Het is bedrog. Het is fictie. In de nasleep van de affaire begon hij aan pseudologia phantastica te lijden, zijn leugens een excuus voor zijn falen. Dit al die jaren verzwegen te hebben zou een ontkenning zijn geweest van de band die we ontegenzeggelijk hadden. Tegelijk zie ik de tienjarige Thomas met zijn PU op het station van Antwerpen of Brussel dagenlang wachten, hongerig, starend in het niets. Als het waar is, is het gruwelijk en getuigt het van zijn trauma, zijn eenzaamheid, zijn onzekerheid, oké! Maar potverdomme zo onzeker was hij in tal van opzichten bepaald niet. Zijn gedrag is in wezen hoogmoedig. Wij waren zijn vertrouwen niet waard. En waarom heeft Isa me niet gewoon de tekst afgestaan om zelf te lezen, rustig op de woorden te kauwen, zinnen te herlezen en te laten bezinken, een oordeel te vormen. Dit is zo oneerlijk. En dan Anne en Joris erbij! Wat hebben die ermee te maken? Het gaat hun niet aan. Dat ik dit hele pijnlijke relaas met die vijandige buitenstaanders moet delen is misschien wel de grootste belediging. Tuk op sensatie zitten die natuurlijk te wachten op mijn reactie. 'Wat ging er door u heen toen u hoorde dat uw grootvader een NSB'er was?' Niets! Wat kan het mij schelen, godverdomme!

Het begint te regenen, maar ik loop door naar het Museumplein, waar ik midden in de grasvlakte blijf staan. Welk doel dient dit allemaal? Mijn hoofd zit vol wriemelende zoemende stekende gedachten. Ik wil er hard voor weglopen en trek daadwerkelijk een sprintje maar dat ziet er belachelijk uit en voelt heel kinderachtig. Diep inademen door de neus en langzaam uitademen door de mond. Ik heb het lijk van Thomas niet gezien. Het werd ons afgeraden. Ze konden hem kennelijk niet meer fatsoeneren. Dat heeft sindsdien in een heel klein hoekje van mijn hoofd twijfel aan zijn dood laten voortbestaan. Hij kan op elk moment 'kiekeboe' tevoorschijn springen vanachter een pilaar, zoals hij deed toen ik nog een klein meisje was. 'Kiekeboe, Jonie.' 'Kiekeboe, papa.' Ik ga kijken of hij achter de oester van het Van Gogh verscholen staat. Maar daar is hij niet, daar is gewoon steen en gras en muur en regen en wind. Daar ben alleen ikzelf. Ik loop terug. Het jongetje op het station van Antwerpen of Brussel loopt met me mee.

ISA

herneemt:

Mijn vader had nooit over zijn oorlogsverleden en zijn politieke overtuiging gesproken. In zijn heimelijkheid toonde hij zijn schuld. De uitzendingen van *De bezetting*, die door iedereen en ook door ons werden bekeken, maakten het pijnlijk actueel. Oom Bart en tante Cor wisten zich geen houding te geven en durfden er tegenover Rudolf en mij niet echt over te praten. 'Dat was vroeger,' zeiden ze, 'vroeger is voorbij.' Maar ja, dat was het natuurlijk niet.

In de lessen ging het ook over Loe de Jong. Daardoor waren Rudolf en ik een nog geliefder doelwit. De klasgenoten lieten graag zien dat ze goed waren na de oorlog. Een clubje West-Friese boerenzoons uit de vierde omsingelde me achter het fietsenhok en schold me uit. Ze duwden en stompten me. Ik verweerde me met Franse vloeken en wat schijnbewegingen, maar dat baatte niet. Ze kregen me op de grond en begonnen me een beetje heen en weer te trappen.

'Doe dat. Bij mij. Niet bij hem. Mij moeten. Jullie hebben. Lafaards.'

Rudolf duwde zijn fiets als stormram tegen de ruggen van mijn belagers. Hij was schor en liep rood aan van woede en benauwdheid. De meute richtte zich op hem. Dat gaf me de gelegenheid op te krabbelen. Mijn ribben deden pijn. Mijn neus bloedde. Ik greep een lullig fietspompje dat op het frame van een van de fietsen geklemd zat, en begon op de hoofden van de vijand te slaan, zonder al te veel succes. Rudolf en ik stonden tegenover een fysieke overmacht. Het rumoer was intussen doorgedrongen tot de bevoegde leiding; de conciërge kwam ons ontzetten. De beide kampen kregen een even zware straf. Dat kwam Rudolf en mij buitengewoon onrechtvaardig voor, maar werd verdedigd met de stelling dat waar twee vechten er ook twee schuld hebben. Pas die stelling toe op de wereldoorlogen en je wordt gelyncht. Dat de schoolleiding op de hand van onze belagers was leek Rudolf een uitgemaakte zaak. Zijn ouders waren fout geweest in de oorlog. Dus bleven ze fout. Rudolf was zo moedig geweest ondanks zijn fysieke beperkingen mij te hulp te schieten. Zijn betrekkelijk laconieke houding over het getreiter dat hem zelf ten deel viel verried een zekere distantie tot de kwestie. Hoe stond hij nu echt in dit mijnenveld?

'Mijn ouders,' zei hij, 'proberen een oppassend leven te leiden en niemand kwaad te doen. Zo hebben ze het altijd gedaan. Ze hebben alleen lagere school, moet je weten. Het zijn heel gewone mensen. Ze hebben houvast aan duidelijke lijnen. Wie is de baas? De baas wordt gehoorzaamd. Anders wordt het een zootje. Toen ze op Mussert stemden wisten ze nog niet wat Hitler zou gaan doen. Ze hebben niet op Hitler gestemd.'

'Maar toen Hitler Nederland binnenviel?'

'Ze zaten nu eenmaal bij de beweging. Dat gaf hun aanzien. Er was een onderlinge band. En waar ze toen woonden, in Winterswijk, merkte je niet zoveel van de oorlog. Half Winterswijk was voor Mussert, en toen Mussert voor Hitler was, waren ze daar dus ook voor Hitler. Veel hebben ze er niet over nagedacht. En in de oorlog ging het leven gewoon door. Pas na de oorlog kwamen ze erachter wat er was gebeurd. De andere helft van Winterswijk keek hen opeens met de nek aan en ze moesten voor de rechter komen.'

'Hoe kennen ze mijn vader dan?'

'Uit het kamp.' Rudolf vertelde van de interneringskampen. Er ging een wereld voor me open. Mijn vader in een kamp. Zou hij daar mijn moeder hebben ontmoet? Was die ook fout geweest? Mijn pleegbroer was trouw aan zijn ouders, maar zag hun beperkingen. Dat vond ik een volwassen en bewonderenswaardige houding, die ik kon navoelen wat oom Bart en tante Cor betreft, maar niet kon aannemen voor mijn vader. Net nu hij zich een beetje had gerevancheerd door me bij de Merkelbachs onder te brengen en ik naar zijn bezoekjes uitkeek, werd ik weer bedrogen. Ik ging naar mezelf kijken met de ogen van mijn klasgenoten: zoon van fascisten, zoon van landverraders, zoon van moordenaars. Hoe kon ik me uit die blik bevrijden? Ik moest handelen, zelf handelen, mijn eigen kader scheppen, mijn eigen persoon zijn. Ik zocht een moreel kompas. Ik zocht een houdbaar ideaal dat geen slachtoffers maakte. Ondanks mijn ervaring met de mensheid tot dan toe wilde ik met alle geweld geloven in zuiverheid.

Simon Peerdeman was mijn wiskundeleraar, een man die grote zekerheid en rekenplezier uitstraalde. Als vanzelf kwamen de formules op het bord te staan. Voor mij was het een geheimtaal. Ging je de formules echt in woorden uitschrijven, dan kreeg je ellenlange verhalen waarin je het spoor bijster raakte. Mijn probleem met wiskunde was dat ik almaar bezig was de talige ondergrond van de formules op te roepen. En taal is een moeras van betekenissen, dubbelzinnigheden en onzekerheden. Toen ik Peerdeman deelgenoot maakte van de last waaronder ik tijdens de les gebukt ging, lachte hij. Juist daarom was wiskunde zo makkelijk: alles was symbool. De loden last van betekenis werd opgeheven. Ik moest me bevrijden uit de betekenisknoop van taal en leren zweven in de symboliek, als een meeuw op de thermiek. Dat lijkt me wel wat, zei ik.

Bovendien was ik hem eens tegengekomen toen hij stevig gearmd met zijn vrouw over de Grote Oost wandelde. Ze groetten me beiden met een lach en een zwaai van de vrije arm. Als ze dat met iedere leerling deden konden ze aan de gang blijven. De vrouw was mooi en deed me onverhoeds aan mijn moeder denken, alsof ze helemaal niet dood was, maar stiekem naar Hoorn was verhuisd om met Simon Peerdeman te trouwen. De vele leugens van mijn vader stonden deze waarheid bepaald niet in de weg. Dat was dan wel weer het voordeel van liegen: het beschermde de waarheid, die elk moment in een hemelse stralenkrans achter de leugen vandaan tevoorschijn kon treden.

Peerdeman nodigde me uit een uurtje bij hem thuis te komen om wat sommen te oefenen. Hij wist dat mijn pleegouders geen bijles konden betalen. En zo moest ik het dan ook niet zien. Aan het eind van wat geen bijles was vroeg hij naar mijn omstandigheden bij de familie Merkelbach en hoe ik daar terecht was gekomen. Toen ik hem dat summier had verteld en de pesterijen van de jonge West-Friezen had aangestipt, vroeg hij of ik me schuldig voelde, of ik dacht dat ik de straf en de klappen had verdiend vanwege mijn vader. Ik antwoordde dat dat niet het geval was, maar dat ik niet goed wist hoe ik met de begrippen goed en fout moest omgaan en hoelang fout duurde. Dat deed ik ongetwijfeld onbeholpen maar hij begreep het, zei hij.

'Ik wil dat je elke week op zaterdagochtend naar me toe komt, voor bijles. Fie!' riep hij naar zijn vrouw. 'Fietje! Deze jongen komt voortaan elke zaterdag hier.' Op het klinken van haar naam kwam mevrouw Peerdeman aanlopen. We stonden in de gang en zij kwam uit de keuken, een donkere gestalte in het tegenlicht. Mijn hart bonsde in mijn keel. Zou ze me herkennen als haar zoon? 'Dat is leuk, Thomas,' zei ze en ze gaf me een hand.

De zaterdagochtenden werden heilig voor me. Peerdeman gaf me boeken te lezen. Ze waren vaak net boven mijn macht, maar ik voelde me opeens aangesproken in een kwaliteit die niemand tot dan toe bij me had vermoed of gezocht. Ik las *De nacht der Girondijnen* en *Het meisje met het rode haar*. Ik las het dagboek van Anne Frank. *De donkere kamer van Damocles*. *Het stenen bruidsbed*. Ik ontdekte de parallelle werkelijkheid van de literatuur. Als je het over het wonder van gelijktijdigheid hebt, dan zit je daar goed mee. Dat snapte ik meteen. De complexe personages, die zo precies lijken op mensen in de werkelijkheid, ontvouwen hun zijn en hun wezen (in hoog tempo, alsof een versnelde film van het openen van een bloem wordt afgedraaid), terwijl mijn werkelijkheid intussen voortgaat en zich ontvouwt. De literatuur trekt zich niets aan van tijd of ruimte, 'is' niet zoals ik 'ben' – hoewel dat misschien nog staat te bezien, want ik weet ook niet hoe ik 'ben' – maar leert me alles over de oneindige hoeveelheid mogelijkheden van zijn.

Nog steeds, zo oud als ik ben, herinner ik me het gevoel van bevrijding door lezen. Het besef van een ik in het grote raadsel van de werkelijkheid dat me had overvallen op het station van Antwerpen of Brussel, de stationsepifanie, en dat me had omklemd, liet zijn strakke band los. Ik zweefde, kon mijzelf ieder leven dat ik las aanmeten. Ik droomde ervan zelf schrijver te worden, maar ik durfde geen pen op papier te zetten. Telkens zag ik de grootheidswaan waarmee mijn vader zijn potloden en kwasten hanteerde, en hoorde ik zijn holle verwijten aan de maatschappij die hem niet moest. De verhouding tussen een kunstenaar en zijn pretenties enerzijds en het afwachtende kritische publiek anderzijds, dat helemaal geen boodschap heeft aan artistieke frustraties maar alleen een wispelturige affectie koestert voor wie in de waan van de dag omhoogschiet, leek mij altijd uit te pakken in het nadeel van de kunstenaar, of hij nu succes had of niet. Altijd schilderen of schrijven als smekeling, op je knieën. Of als mijn vader, met pathos vechtend tegen de molens van onverschilligheid. Uit zelfbehoud durfde ik het risico niet aan. Ik koos uiteindelijk voor de andere kant: schrijvers naar voren duwen, de arena in, vanuit de luwte van een uitgeverij.

Simon Peerdeman was een vaderlijke vriend, door wiens lessen ik werd doordrongen van de weerzinwekkende misdaden van de nazi's en in hun kielzog de Nederlandse collaborateurs. Hoeveel waardering ik ook had voor oom Bart en tante Cor – ze omgaven me zonder nadruk met zorg en warmte en accepteerden mijn incidentele bokkigheid –, hun omhelzing van het nationaalsocialisme stak als een splinter in mijn vel. Ze konden het niet helpen, hield Rudolf me steeds voor, maar dat was niet meer dan een paniekerig goedpraten van wat niet goed te praten viel. Mijn vader was nog veel erger. Die had beter moeten weten, vond ik. Die was kunstenaar. Alsof niet juist ook kunstenaars gegrepen werden door de holle retoriek van het fascisme. Maar misschien hoopte hij onder de nazi's eindelijk erkenning te vinden. Ik gruwde ervan. En ik schaamde me de zoon te zijn van een foute vader. In de jaren zestig wilde iedereen in het verzet hebben gezeten. Het verleden was nog zwart-wit. Geen grijs te bekennen.

Simon herkende mijn probleem met goed en fout. Hijzelf had als communist in het verzet gezeten, en nog steeds was hij communist. Maar hij kon daar nu niet meer rond voor uitkomen. Vlak na de oorlog werden ze vereerd als standvastige helden, toen na 1948 het IJzeren Gordijn tussen West- en Oost-Europa werd dichtgeschoven, werden ze in de ban gedaan. Sinds de Hongaarse Opstand en de bouw van de Berlijnse Muur waren ze steeds meer in het defensief gedrongen. Vergelijkbaar met de NSB'ers, met dit belangrijke verschil: de fascisten waren echt fout. Simon leerde me dat ik de fouten van mijn vader kon goedmaken door zelf tot de juiste keuze te komen. Aan de wiskundesommen werd gaandeweg minder aandacht besteed dan aan mijn vorming als jonge communist. Hij besprak Marx en Lenin met me, Gramsci en Paul de Groot. Langzaam schoof Simon een ijzeren gordijn dicht tussen mij en de rest van de wereld, tussen mij en de familie Merkelbach, die niets doorhadden en me met hartelijkheid bleven omringen.

Ik was gefascineerd door het optreden van Provo. Jong, vrolijk, anarchistisch. Daar wilde ik bij horen. Simon was achterdochtig. Toen in de zomer van '66 het bouwvakkersoproer Amsterdam op zijn kop zette en Provo het initiatief kaapte, werd hij kwaad. De eerlijke klassenstrijd werd vertroebeld door intellectuele jongeren als Roel van Duijn, die over het 'klootjesvolk' spraken. Hij had er geen goed woord voor over. De zaterdag werd meer en meer – zoals ik het nu zie – aan indoctrinatie gewijd. Hij bezwoer mij lid te worden van de CPN. Daarmee zou ik een tegenwicht geven aan de last die ik door mijn vaders verleden met me meezeulde. Ik schrok ervoor terug. Van de ene 'foute' situatie in de andere stappen: het leek me niet fijn. De appel valt niet ver van de stam, zei Simon vilein, toen ik aarzelde. Hij leunde op me met alle kracht van zijn overwicht en zijn vriendschap. Had hij me niet als een zoon behandeld en geholpen, kon ik ergens anders de steun en de bescherming vinden die hij me bood? Waren die domme fascisten van Merkelbach soms de zekerheid die ik nodig had? En mijn eigen vader, trok die zich iets van me aan? Ik schrok van de felheid en de oprechtheid. Simon Peerdeman gaf werkelijk om me. Ik zou hem bitter teleurstellen als ik zijn lessen zou verwerpen. Ik meldde me aan bij de afdeling Hoorn. Hij omhelsde me met tranen in zijn ogen. Ik streed de goede strijd, zei hij.

'Fie! Limonade!' Als zoveel communisten was Simon geheelonthouder. Die rechtlijnigheid werd een reden om van mijn nieuwe geloof te vallen. Fie was de andere.

Fie was een oud-leerlinge van Simon. De twee waren in het klaslokaal verliefd op elkaar geworden, en hoewel er monkelend schande van werd gesproken, vond iedereen het volkomen normaal dat ze zich na haar eindexamen verloofden en een jaar later trouwden. Hij was op dat moment twee keer zo oud als zij. De mannelijke collega's waren jaloers, want behalve de homoseksuele docent die zijn geaardheid angstvallig verborgen hield, zag elke vent de vele charmes van Fietje: Marilyn Monroe maar dan kuis en onschuldig. Simon zelf was een sportieve verschijning, een meisjesboekenheld, daar kon hij ook niets aan doen, en dus vormden de twee een zeer aantrekkelijk koppel. Aan schoonheid wordt veel toegestaan, maar ze wordt ook kritisch gevolgd. Met argusogen keek de gemeenschap naar het stel. Ze gaven echter geen enkele aanleiding te twijfelen aan hun liefde en toewijding, ook niet na vijftien jaar. De enige vraag die als een wolk om hun hoofden hing was: waarom hebben ze geen kinderen? Willen ze niet of kunnen ze niet? Die vraag werd indertijd door niemand openlijk gesteld behalve door de pastoor en die kwam nou net niet bij de Peerdemannetjes over de vloer.

De vraag naar kinderen kwam niet eens bij me op. Wereldwijs als ik was, zag ik wel de seksuele spanning tussen hen vonken. Op dat terrein lag haar macht, al gebruikte ze die naar mijn idee niet bewust maar intuïtief. Fie was in menig opzicht een meisje gebleven, werd meisje gehouden door Simons adoratie en voorkeur. Hij ging voor jong. Jong en mooi wilde ze dus blijven. Daarbij werd ze geholpen door de mode van meisjesachtigheid in de jaren zestig. Voor het eerst wilden jonge vrouwen niet meer zo snel mogelijk op hun moeder lijken, maar op hun jongste zusje. Simon was de vaderman. Of Fie van huis uit een vadercomplex had wist ik niet, maar ik zag dat ze geneigd was als een dochter met hem te flirten en deemoedig zijn bevelen te gehoorzamen. Die kant zat er ook aan: Simon maakte de dienst uit. Zijn opvattingen golden, zijn wensen werden vervuld, aan zijn autoriteit werd niet getornd. Het was een huwelijk met veel verborgen facetten, die me naarmate ik er vaker kwam en langer bleef meer en meer intrigeerden. Ik was nu eenmaal als zoon van mijn vader en als pleegkind gewend mijn omgeving te observeren en analyseren om te zien hoe de hazen liepen en hoe ik er mijn voordeel mee kon doen.

Toen ik op een doordeweekse dag tijdens een dubbel tussenuur bij de familie Peerdeman aanbelde omdat ik daar een boek had laten liggen, deed beautiful Fie me open en vroeg me binnen. Ze was nog in haar duster. Zo heette een ochtendjas in die jaren. Roze, tot net boven de knie, licht gewatteerd, rond plat kraagje. Blote voeten. Kop thee? Ja, dat wilde ik wel. Het was ietwat onwennig samen te zijn zonder Simon, alsof het eigenlijk verboden was. We wisten geen van beiden welke rol we geacht werden te spelen. Die van moeder-zoon, of die van broer-zus. Ze vroeg me moederlijk naar mijn schoolresultaten en toen ik bekende dat ik voor wiskunde ondanks de hulp van Simon nog altijd zwak stond, begon ze te giechelen en zei ze dat ze er ook nooit iets van had begrepen.

'Differentiaalrekening! Waar heb je dat nou voor nodig?' lachte ze.

'Als je leraar wiskunde wilt worden is het wel handig om het te snappen,' zei ik.

'Maar wil jij dan leraar wiskunde worden?'

'Ik moet er niet aan denken.'

Ze vroeg me wat ik wilde worden en ik zei dat ik het niet wist. Wat had zij willen worden, voordat ze trouwde?

'Ik wist het ook niet. Ik dacht weleens: verpleegster of kleuterjuf. Stewardess.'

'Echt waar?' Mij leek het teleurstellend clichématig, voor zo'n mooie meid.

'Door Simon hoefde ik er gelukkig niet meer over na te denken.'

'Je had wel fotomodel kunnen worden,' zei ik onverhoeds. Tot mijn verbazing bloosde ze en raakte even koket haar haar aan.

'Vind je?' Ze sloeg haar benen over elkaar.

Ik zei: 'Misschien kan het nog.'

'Nee, joh, daar ben ik nu te oud voor.'

Vurig beweerde ik dat ze er heel jong uitzag. En dat ze foto's moest laten maken en die naar een tijdschrift opsturen. Ze lachte en zei dat het niet zo werkte. En wie moest dan die foto's maken.

'Ik,' riep ik. 'Ik maak die foto's wel.'

Voor de grap nam ze een pose aan. En ik deed voor de grap of ik een camera had en afdrukte. En zoals tussen de fotograaf en het model altijd een relatie ontstaat die beiden extreem bewust maakt van hun eigen lichaam, zo gebeurde dat ook bij ons. Ik keek naar haar en zij keek naar mij en ze deed precies met mij wat ze met Simon deed. Ze lokte me en hoewel ze alleen maar even van houding veranderde, het ene been voor het andere zette, was het alsof ze haar benen voor me spreidde en me in haar warmte toeliet. Mijn erectie zat zo'n beetje tot aan het plafond. Ik bleef enthousiast de camera hanteren en naderde haar. 'Een close-up!' zei ik. Ze deed haar lippen van elkaar en hief haar gezicht naar het mijne. Zonder aarzeling en zonder scrupules kuste ik haar. Zij sloeg haar armen om mijn nek en kuste me terug, drukte zich tegen me aan, met dat zachte, romige lichaam van haar. De sensatie van die borsten is tot op de dag van vandaag voelbaar. Ik was verkocht. Ik wilde haar.

Ze was mijn eerste keer. Ervaren als ze was wijdde ze me in. Ik was een snelle en gretige leerling. Dit was nog eens iets anders dan differentiaalrekening. Dit snapte ik intuïtief. En God, ik was zestien, ik kon wel drie, vier keer achter elkaar. Ze leerde me hoe ik mijn orgasme kon uitstellen en het hare opwekken. Ze leerde me op tijd terug te trekken, want ze gebruikte de pil niet omdat Simon dat niet wilde, en ik had nog geen voorraadje condooms op zak. Een paar dubbele tussenuren en ik was volleerd. Als we neukten maakte ik geen gedachte vuil aan Simon of aan de toelaatbaarheid van onze verhouding. Ik had nu eenmaal geen ingebouwd, welomschreven ethisch besef. Wat het voor haar betekende en waarom ze mij uitkoos vroeg ik me in het begin niet af. Later wel. De meest simpele, puur fysieke verhouding wordt op den duur toch altijd gecompliceerd. Dat gold ook voor Fie en mij.

Had Simon het door? Had hij het er misschien op aangestuurd? Manipuleerde hij ons op een perverse manier? Wat won hij erbij? Nee, Simon weet van niets, zei Fie. Ik heb hem in mijn zak. Dat leek me een grove onderschatting van Simons intelligentie. Ik lette dus scherp op een indicatie, maar kon moeilijk het onderwerp van vriendinnen en seks aansnijden tijdens de lessen over kapitaal en arbeid. Als Fie bij ons kwam zitten, hield ik mijn blik zo neutraal mogelijk en Fie zelf keek soms bepaald langs me heen, wat ik ook weer overdreven vond.

Een gelegenheid deed zich voor toen we het hadden over de Russische vrouwen die zo dapper in de oorlog hadden meegevochten op voet van gelijkheid met de mannen. Ik vroeg of in het communisme de vrouwen moesten werken, aangezien ze gelijk waren aan de mannen en dus niet alleen dezelfde rechten maar ook dezelfde plichten hadden. Communistische vrouwen willen werken, zei hij, en kunnen werken omdat de staat de traditionele vrouwentaken zoals zorg voor kinderen en ouderen overneemt. En Fie werkt dus niet, zei ik, omdat de Nederlandse staat dat niet doet? Maar jullie hebben geen kinderen, dus Fie kan best werken. Ik zag hem verbleken en verstrakken. Fie kan best werken, zei hij, als zij dat wil en als het nodig zou zijn. Maar het is niet nodig. Is dat niet een beetje een burgerlijk standpunt? vroeg ik. Ik moest me niet met hun privéleven bemoeien. Jochie! Ik kreeg een speelse, vaderlijke tik tegen mijn hoofd. Simon lachte erbij, maar de klap gloeide. Sloeg hij Fie ook ludiek? Wie had wie in zijn zak?

Fie was boos op me. Natuurlijk wilde ze wel werken. In een boetiekje of zo. Een parfumerie. Maar ze mocht niet. Alles wat zij leuk vond hield het kapitalistische systeem in stand. En als ze nou eens een kaderopleiding deed voor de vakbond, had ze voorgesteld. Niet dat ze dat per se wilde, maar dan was ze er toch eens uit. Dat werd op hoongelach onthaald. Zij bij de vakbond? En kinderen? vroeg ik. Waarom willen jullie geen kinderen? Dan zetten jullie toch fijn kleine communistjes op de wereld? Nee, kinderen wilde Simon niet. Dan zou haar aandacht maar naar de kinderen gaan en niet naar hem en de goede zaak. Pardon? Was dat werkelijk de reden? Ja, zei ze. Maar zij wilde wel kinderen. Graag zelfs. En nu ik het allemaal weer ter sprake had gebracht voelde ze zich heel ongelukkig. Ik troostte haar. Sloeg mijn armen om haar heen en tilde haar naar het aanrecht in de keuken om haar daar aandachtig en langdurig te neuken. Toen werd ze zwanger.

Natuurlijk. Uitstekende timing. Ik was net zeventien, zij vijfendertig.

Ik was betoverd door Fie, door haar lichaam en wat het allemaal opriep, maar ik hield niet van haar. Het kwam niet bij me op met haar weg te lopen, het kind te krijgen en samen oud te worden. Ik stelde abortus voor, al wist ik niet wie dat kon doen. Fie weigerde. Ik kreeg het gevoel dat ik door haar was gemanipuleerd en gebruikt, en voelde een acute afkeer van haar. Mijn ethische besef was nog altijd onderontwikkeld, maar ik zag nu toch wel dat ik verraad pleegde aan Simons hartelijkheid en vriendschap. Hij mocht dan een communist zijn die de hand lichtte met zijn principes als het om zijn bezit in casu Fie ging, maar hoe dan ook: ik had hem verraden en bedrogen. Ik zag op tegen de confrontatie. Want stil kon Fie het niet houden. Ze kon evenmin zeggen dat het kind van Simon zelf was, want die gebruikte altijd condooms, en een gaatje in een condoom, hoe vaak kwam dat nou voor? Er zat niets anders op dan de toorn Gods lijdzaam te ondergaan. Wat de uitkomst zou zijn, wist Fie noch ik.

Ik was er niet bij toen ze het hem vertelde. Ze zou proberen hem eerst ervan te overtuigen dat het zijn eigen kind was en vervolgens hem overreden het te houden. Alles ging mis. Simon was des duivels, dwong haar tot een bekentenis, en beval haar het kind weg te laten halen. Desnoods hielp hij haar aan naam en adres van een bonafide aborteur, maar verder moest ze het zelf maar uitzoeken. En nee: van scheiding kon geen sprake zijn. Mij nam hij op school apart. Hij wilde me nooit meer zien. Ik kreeg een straatverbod. Het liefst zou hij de kop van mijn romp slaan. Blijf uit mijn buurt, vuile fascist, of ik schop je verrot. Ik probeerde spijt te betuigen en excuses te maken, maar hij wilde geen woord uit mijn gore bek horen. Het schuim stond in zijn mondhoeken. Hij gaf me een paar duwen tegen mijn schouder, maar hield zich in. Een leraar die een leerling slaat: dat was niet oké.

Een week later liep Fie tegen de trein van Hoorn naar Enkhuizen.

Rudolf deed twee jaar eerder eindexamen dan ik. Hij ging geschiedenis studeren in Amsterdam aan de VU en bleef thuis wonen. Oom Bart nam veel overwerk aan om zijn zoon iets extra's te kunnen geven naast zijn studiebeurs. Tante Cor ging op haar uitdrukkelijke eigen verzoek bij een kweker werken om een tweedehands autootje en een caravan mogelijk te maken, waarmee ze op vakantie konden. Ik werkte op zaterdag bij een supermarkt: laden en lossen, vullen en vegen. Mijn eindexamen naderde. Ik moest een beslissing nemen over mijn toekomst.

Ik liep als een zombie langs het IJsselmeer, keek naar de zeilboten in de Hoornse Hop, en masturbeerde bij een afbeelding van Jeanne Moreau of Simone Signoret. Mijn leven was op kladpapier geschreven in een versie vol fouten en vlekken, een onbeholpen opstel. Mama lag vergeten in haar graf, papa viel uiteindelijk ten prooi aan de armen van Jezus in de persoon van Johan Maasbach, mijn jeugd was bepaald door de stuurloosheid van mijn vader en de wisselende ontvangst in pleeggezinnen, alles overgoten met de onuitgesproken schande van landverraad, en als apotheose waren Eros en Thanatos overweldigend in mijn leven gekomen. Ik kon als antwoord op al dat gesodemieter het water in lopen of Fie kopiëren maar er was een andere mogelijkheid.

Het kostte me nog een paar weken verblijf in de kille kerker van mijn somberheid, maar toen ik weer uit de duisternis naar het licht kwam wist ik het zeker: het verleden wordt weggedaan, vergeten, verbrand, ingemetseld, voorgoed verzwegen, wat modieuze psychologen ook mochten zeggen.

Ontoegankelijk. Verboden in te rijden. Ik nam afscheid van de herinnering aan Simon en Fie, van oom Bart en tante Cor, van Rudolf, en van mijn vader, die niet snapte dat ik afscheid nam maar die zijn handen in zegening op mijn hoofd wilde leggen. Ik sloeg ze weg. Het andere leven begon.

Tabula rasa. Het uitgummen van het verleden opent mogelijkheden. Ik had een ruime keuze uit verhalen, en heb me in de loop van de tijd verschillende toegeëigend. Het vereiste enige administratie en strenge scheiding van netwerken. Op den duur koos ik voor het verhaal van nomadische, artistieke ouders en een fatale brand in een Indiaas hotel. Soms had ik er spijt van als ik een fraaier alternatief bedacht, maar mijn basisverhaal was al excentriek en onnaspeurbaar genoeg. De gevolgen van mijn gefantaseerde jeugd waren daardoor alle gedekt: hechtingsproblemen, bindingsangst, verlatingsangst, afkeer van vuurwerk en open haarden, rusteloosheid, zwijgzaamheid en depressiviteit soms verkerend in het tegendeel, euforie. Mijn geliefden maten zich graag het air van begripvolle psychiaters aan, zij het op grond van een amateuristische diagnose. Het was de tijd van Jan Foudraine en zijn *Wie is van hout*... Die diagnose was in zoverre van toepassing dat ik mij niet makkelijk in een vaste relatie begaf, totdat jij kwam, Isa. Jij had precies wat ik in Jeanne Moreau en Simone Signoret had gezocht: distinctie en distantie. Beleefd hield je op met vragen als ik een antwoord ontweek. Je liet me mijn ruimte. Dat kwam voort uit de nogal formele sfeer die bij jullie thuis hing. Je was als de dood te ver te gaan, brutaal, onbescheiden of lastig te zijn. Je plooide je naar de eisen van de situatie en van degene die het voor het zeggen had: ik bijvoorbeeld of een van de kinderen, of je vriendinnen. Makkelijk en sociaal, op het meegaande en afhankelijke af. Je harde kern zit heel diep. Aan jou kon ik me hechten omdat ik altijd weer van je af kon. We raakten niet met elkaar vergroeid, we zaten hooguit met sellotape aan elkaar: makkelijk los te trekken.

Ik leerde je kennen en van je houden, niet met de onstuimige liefde die oceanen splijt en bergen overwint, dat vuur vlamt hoog op maar dooft snel. Ons vuurtje was behaaglijk, kameraadschappelijk, bevredigend. En wees gerust, ondanks de permanente stroom roddels die mijn opgang in de wereld heeft begeleid, heb ik nooit een andere vrouw zo liefgehad als jou, al weet ik nog steeds niet wat liefde is. Ik gebruik het woord maar uit gemakzucht. De grote, allesverzengende hartstocht meed ik als de pest. Soms deed zich een kandidate voor, als een woeste rivier onder een brug waar ik in wilde springen, maar dan haastte ik me naar de overkant. In deze afgelopen maanden heb ik beseft dat ik je niet waard ben. Wat je er ook tegen inbrengt: ik ben je niet waard. Ik ben niemand waard. Dat heb ik altijd geweten, daarom deed ik vaak of jij mij niet waard was. Stop! Dit soort bekentenissen zijn larmoyant en ongeloofwaardig. Ik heb precies genoeg van je gehouden, zoals jij precies genoeg van mij hebt gehouden.

Isa houdt even op. Snuit haar neus, drinkt een slokje water.

We hebben veel samen gedaan en beleefd, we hebben een welhaast vlekkeloos gezinsleven gehad, waaruit we voor onszelf en de buitenwereld de plooien gladstreken. Jij hechtte aan rimpelloosheid. Daartoe was je bereid veel van je eigenheid op te geven. In alle opzichten moest ons gezin soepel functioneren, kinderen grappig maar gezeglijk, seks met een ijzeren en opgewekte regelmaat, sociaal leven als een keuvelend dinertje, verplichte deelname aan festiviteiten die ertoe deden, ik heb me door menige Holland Festivalvoorstelling gesleurd in radeloze verveling, vakanties en uitstapjes allemaal even pseudo-origineel en verrassend, onder jouw regie mocht de verveling niet toeslaan. Ons leven samen gaf me een zekere stabiliteit, zoals orthopedische schoenen stabiliteit kunnen geven. Ze zijn niet fraai maar je kunt tenminste behoorlijk lopen.

Zwitserland, halverwege de jaren negentig. Je hebt via de ANWB een romantische boerenschuur op een Zwitserse alm gehuurd. De Heidi und Peter-experience. De Opa-Boven-belevenis. De kinderen vragen bij herhaling: 'Maar wat gaan we daar dan doe-hoen?' Die hadden op een strandvakantie gerekend, en jij met zo'n binnenpretje van komende verrassing: 'Ja, dát zullen jullie wel zien.' Je was vast van plan er een onvergetelijke vakantie van te maken, alles uit de kast. Mijn god, wat moet je vaak doodmoe zijn geweest van die stroperige tegenwerking die bij Arthur uit luiheid en bij Leonie uit arrogantie voortkwam. En zeker, regelmatig was je in staat de kinderen en mij uit onze lethargie te slepen, een gezamenlijk spelletje of een boswandeling in, waarbij jij altijd precies wist welke vogel we nu weer hoorden. Goed, komen we aan in Giswil, kakgaar van de reis, vinden we de knorrige uitbater van de vakantiewoning wiens Schwyzerdütsch nauwelijks verstaanbaar is, worden we in stromende regen de berg op geleid over een karrenspoor (jij opgetogen: 'O, kijk eens, een karrenspoor! romantisch, hè?') waarvan modderspetten de ramen bespatten, komen we op een drassig weiland waarin een eenzame blokhut staat. De sleutel wordt ons overhandigd en daar gaan we naar binnen. Het is vochtig en kil. Er staan twee stapelbedden in twee slaapkamertjes. Er is een douche met een beschimmeld douchegordijn en een wastafel met druppende kraan. De woonkamer heeft de mogelijkheid tot een open vuur, mits er droog hout is, quod non. De zitplaatsen zijn de nieuwste versie van houten britsen met paardenharen kussens, wel met rood stof bekleed. Er hangt een koekoeksklok. Jij gaat enthousiast uitpakken. Spoort de kaarsen op die je altijd inpakt 'voor het geval dat' en begint eerst maar even sfeer te maken. De kinderen kiezen ieder een brits uit om op te liggen. Voor ons rest als zitplaats de hoekbank bij de eettafel, op de grens van keuken en woonkamer. De keuken is primitief ingericht: een kooktoestel met twee pitten en een kleine koelkast.

'Hoelang blijven we hier, mam?' vraagt Arthur.

'Zullen we straks eerst even in het dorp boodschappen gaan doen? Mogen jullie kiezen wat we gaan eten,' zeg jij.

Arthur zegt: 'Nasi. Bami. Loempia.'

'Tuur, je weet dat ze dat hier niet hebben. Wel kaasfondue.' Je denkt even na. 'Als ze hier een fonduestel hebben. Ze zullen hier toch wel een fonduestel hebben?' Zoekend doe je kastjes open en dicht. Vindt geen fonduestel. 'Nou ja, we kunnen ook een fonduestel kopen.'

'Ik hoop dat de winkels nog open zijn. Het is al laat,' zeg ik.

Leonie slaat haar ogen ten hemel. 'Ik wil geen nasi of bami, of kaasfondue,' zegt ze. 'Ik wil pizza.'

'Pizza moet wel lukken,' zeg jij. 'Als er een oven is.' Er is een kooktoestel, maar geen oven. ''t Wordt kaasfondue, als we een fonduestel kunnen vinden.'

Ik haal mijn splinternieuwe laptop tevoorschijn en begin te werken.

'Hè, ga je nou werken? Ga je niet mee het dorp verkennen?'

Ik ga niet mee het dorp verkennen.

'Probeer dan het vuur aan te krijgen. Het is hier kil,' zeg je. 'Kom jongens.'

De kinderen blijven met hun Nintendo spelen. Hebben ze ook nieuw gekregen.

Jij gaat alleen naar het dorp. Het regent almaar. Je wangen zijn nat.

Als je terugkomt heb ik in ieder geval een vuur aangekregen dat nogal rookt. Je hoest en wappert de rook voor je ogen weg. 'Nou, ze hadden geen fonduestel,' zeg je. 'Het worden pannenkoeken.' Je giechelt even. 'Als er een koekenpan is...'

Ik bewonder je om je veerkracht. Die heb je in de volgende veertien dagen flink aan moeten spreken, al bleef het niet de hele tijd regenen. Op de terugweg naar Nederland kregen we autopech. Toen brak je, even. Achter de vangrail, wachtend op de Duitse ANWB, heb je zo ongenadig hysterisch staan vloeken en janken dat je hele voering er bij wijze van spreken uit hing en ik vreesde je een klap in je gezicht te moeten geven om je tot bedaren te brengen. Maar dat was niet nodig. Abrupt hield je op, veegde het snot van je wangen, de tranen uit je ogen en zei: 'Klaar.' Daarna was je weer praktisch en opgewekt. Arthur en Leonie waren diep onder de indruk.

De kennismaking met de ontketende Isa had voor mij al eerder plaatsgevonden. Ik kan de keren dat het gebeurde op de vingers van een hand tellen, zo zeldzaam en dus zo indrukwekkend zijn ze geweest. De leeuwin van de wanhoop en het verdriet zag ik voor het eerst bij de geboorte van Katelijne. Niet zo spetterend als bij de autopech (vergeef me de banale vergelijking) maar puttend uit een dierlijke diepte, een brandpunt in je wezen dat je zelf niet eens kende. Ik wist niet wat je overkwam. Het was niet luid of verbaal, het was een langdurige grom. Je hele zijn, je uiterlijk, je blik, alles aan je veranderde. Het kindje – negen maanden lang een gekoesterd leventje, kloppend hartje, bewegende ledematen, pompend bloed – dat als een bleek en blauw klompje vlees door jouw lichaam was uitgestoten, was een samengebalde apocalyps, het einde van het leven, van elk leven, van jouw leven, van ons leven, het zwarte gat dat je opzoog en nooit meer los zou laten. Ik mocht je niet aanraken. Ik mocht het kind niet aanraken. We moesten allemaal weg, de gynaecoloog, de verpleegster, iedereen. Ik stond daar maar foto's te maken, vluchtend in een soort rationaliteit die me opdroeg dit moment vast te leggen omdat je daar later misschien iets aan zou hebben. Dit kon ik doen voor de latere Isa. Je gromde naar me, dreigde te bijten. De gynaecoloog nam me mee, de verloskamer uit. De verpleegster bleef bij je en liet je afscheid nemen van je dochter. Daarna kwam ze met haar naar buiten en mocht ik afscheid nemen van wat ik niet had gekend. De confrontatie met het geheim van het moederschap vergat ik nooit. Maar ik wist niet hoe ik ermee om moest gaan. Wie weet dat wel? Daar is geen recept voor. Wat wist ik van moeders? Tante Cor? Wat wist ik trouwens van het vaderschap? Katelijne was ook van mij, maar ik heb dat nooit zo kunnen voelen als jij. Pas toen Arthur en Leonie waren geboren en ik daadwerkelijk vader moest zijn, begon ik iets te begrijpen. Iets, zeg ik. Nooit heb ik mijn vaderschap gevoeld als een natuurlijke staat waarvoor ik een vanzelfsprekend talent had. Ik keek naar Arthur en daarna naar Leonie met een toenemende verbazing om de hardnekkigheid waarmee kinderen uit hun DNA-materiaal een eigen persoonlijkheid bij elkaar knutselen, op den duur geblokkeerd door de beperkingen van de gegeven elementen, waarvan sommige strijdig zijn met elkaar. Kijk naar onze dochter, behept met de angstige rationaliteit van je vader en de afstandelijkheid van je moeder (en van jou) en diep vanbinnen in het korset van die dwingende eigenschappen zit een bal lava, die warmte wil verspreiden en warmte zoekt. Van wie komt die? Nu zoekt lava geen warmte, dat weet ik ook wel, maar de behoefte aan uitbraak en overgave, zoals je een rivier van vuur over de hellingen van de Etna ziet stromen, die behoefte heeft ze wel. Op de as die blijft na het doven van het vuur groeit veel. Enfin, een analyse van het karakter van onze dochter en een prognose van haar leven wil ik niet geven. Dat gaat mijn competentie ver te boven.

Ik had voor mijn vaderschap een slecht voorbeeld. De fouten van mijn vader wilde ik vermijden. Daar zal ik zeker niet volledig in geslaagd zijn. Ik herkende in mezelf zijn narcistische concentratie op de eigen behoeften, de eigen dromen en de rigoureuze onderschikking van de belangen van anderen aan zijn neigingen en begeerten. Daar kwam jouw meegaandheid goed bij van pas, terwijl Leonies weerstand me juist dwong tot het besef van tekortschieten. Arthur lijkt op jou, maar heeft van mij zijn berekening.

De laatste keer dat ik jouw ontketening meemaakte was nog niet zo lang geleden. Ter afwikkeling van de fanatisme-affaire kwamen Arie Draaijer en Frederik Bons op bezoek. Arie was duidelijk als getuige en als stootkussen meegekomen. Een soort *good cop bad cop*-situatie. Frederik kwam om mij de wacht aan te zeggen, Arie was de stem van de softe redelijkheid. Ik heb die hypocriete klootzak nooit uit kunnen staan. Jouw affaire met hem stelde me diep teleur. Er moet in die tijd echt een draadje bij je losgezeten hebben, anders kan ik het niet verklaren. Ik vond het zo krankzinnig dat ik erom heb gelachen. Je pikte precies de verkeerde eruit. En daar stond hij weer pompeus de opgeblazen korhoen te zijn naast het stinkdier Bons. Ik had jou gevraagd erbij te blijven. Stil zat je te luisteren. Maar toen Arie begon te betogen dat het niet alleen beter was voor de uitgeverij als ik de eer aan mezelf hield en opstapte maar ook voor mijzelf en voor mijn vrouw ('voor jou, Isabelle,' zei hij er zalvend bij en legde een hand op je arm) toen ontplofte je als de waterstoftank van een moderne bus. De beledigingen en verdachtmakingen tijdens de affaire door onze voormalige vrienden van de linkse gedachtepolitie waren draaglijk vergeleken bij de steun van de alt-right, boze witte mannen, en die waren weer aangenaam gezelschap vergeleken bij de valsheid van de beide heren die zogenaamd het beste met ons voorhadden. Er kwamen de nodige vloeken en scheldwoorden over je beschaafde lippen en je verbood hun op straffe van... ja, je wist ook niet wat, dus je zei maar 'van eeuwige minachting', zich aan te matigen ook maar het minste of geringste te weten van wat er goed was voor jou, en met je encyclopedische kennis noemde je historische voorbeelden op van wreed verraad. Je voegde puntig toe: 'Wees eerlijk en zeg waar het jullie altijd om te doen is: macht, geld, aanzien. Nooit: mededogen, vriendschap, onafhankelijkheid.' Je sommeerde hen het huis te verlaten. En je deed dat met zulk een vlammende overtuiging dat ze je timide en geschrokken gehoorzaamden. Je was de aartsengel Michael aan de poort van ons paradijs, en dreef de twee heren eruit. Dat wij zelf uit het echte Eden van het respectabele bestaan waren verdreven was natuurlijk de harde waarheid waartegen jij in opstand kwam. Ik schaamde me dat je dit voor mij deed.

In de uitgeverij had ik mijn ziel en zaligheid gestopt, mijn kennis en mijn zelfrespect, mijn hoop en mijn dankbaarheid. Het was al erg genoeg dat ik het grootste deel van de zeggenschap aan het concern had moeten afstaan in de persoon van Frederik de rat, die zich erop beroept alleen het kasboek te lezen, meer heb je volgens hem niet nodig om een uitgeverij te leiden, liefde voor de literatuur staat de winst maar in de weg. Die Frederik nu – gesecondeerd door Arie D., die zijn naam eer aandeed – kwam me eruit gooien. Ik had tijdens de troebelen een minimum aan steun verwacht, op zijn minst een hooghartig zwijgen tegen de pers en een zich beroepen op een intern conflict dat niet en public zou worden uitgevochten, maar ik had het mis. Ze wisten niet hoe snel en hoeveel afstand ze moesten nemen van me, hoe ze mijn karakter konden bezwadderen en mijn verdiensten voor de uitgeverij kleineren. Jij voelde het haarfijn aan, Isa. Van alle pijn die me was aangedaan, was deze wond het diepste. En nu je weet waar ik vandaan kom, snap je helemaal wat me is afgenomen: de reden en zin van mijn bestaan, mijn redding, verlossing, mijn vreugde, mijn ergernis, mijn woede, mijn heil. Ik zie een wenkbrauw worden opgetrokken, nee, niet bij jou maar bij de kinderen. Als dat bedrijf dan zo belangrijk voor me was, waarom had ik het dan hoogstpersoonlijk door *Hedendaags fanatisme* in de waagschaal gesteld? Nogmaals, ik hoef het jou niet te zeggen: omdat het goed is onwelkome meningen te horen. En vervolgens te bestrijden. Tot aan de grens van ieders verantwoordelijkheid voor de wet. Het OM heeft de vingers terecht niet gebrand aan een aanklacht. Zet het boek aan tot geweld? Nee, niet meer dan Pinkeltje. Zaait het haat? Heb je de Bijbel gelezen? Ik hoef nu niet alles te herhalen wat uitentreuren is gezegd. Je kent de zaak misschien beter dan ik. Jij hebt alle commentaren gelezen. Jij hebt al het gif van Twitter en Facebook ingenomen. Als ik de rekening opmaak heb alleen jij me gesteund. Kinderen, vrienden en kennissen: ze hadden allemaal een gereserveerd en soms afkeurend medelijden met me. Had je niet beter... En Rudolf, de man om wie het ging vanwege zijn boek, dat ik verdedigde zoals Voltaire het recht van zijn tegenstanders om te spreken verdedigde, Rudolf zweeg. Geen brief, geen telefoontje, geen mail. Niets. Dat krenkte me, maar niet zo diep als Frederik en Arie me kwetsten.

Bitterheid ligt voor de hand. Toch ben ik niet bitter. Ik ben moe, te moe om bitter te zijn.

In de jaren zeventig gooide ik me vol met boeken (en drank) om een dam te leggen tussen mijn verleden en mijn toekomst, maar het verrotte fundament van mijn leven was met geen kunstwerken te repareren. Op de gracht staat vaak een wagen van De Betonhoeve met de mededeling: Hier fundeert de Betonhoeve. Uit een opengelegd souterrain worden via een transportband smerig stinkende modder en stukken vermolmd hout naar boven vervoerd, om daarna de muren te stutten met vers beton en het huis te redden. Bij een huis kan dat.

Heel diep wil ik niet ingaan op mijn aanvallen van radeloosheid, die met geen rationele redenaties te bestrijden waren. Ik heb nogal wat gevechten tegen mijn demonen verloren. Daar wilde ik jou en de kinderen niet bij hebben, zeker niet als het 'erg' was. Er waren gradaties. Er waren perioden die draaglijk waren, maar ik liep permanent op een razor's edge. De roman met die titel van Somerset Maugham was destijds een van mijn favorieten. Misschien meer om de beeldspraak dat de weg naar het heil over het scherp van een scheermes loopt dan om de oosters spirituele boodschap.

Ik heb hard gevochten, ik heb verloren en ben moe. Hier zou je kunnen vragen of het nu dus 'erg' is. Ik antwoord: ik heb het 'erger' gehad, maar dat was in een tijd dat ik nog vocht.

Je hebt alle reden me te verwijten dat ik je niet in mijn hel heb toegelaten. Het was mijn hel, die ik met niemand wilde delen. Egoïstisch als ik ben hield ik alles voor mezelf, misschien uit angst dat je me zou genezen. Dat het dus überhaupt geneeslijk zou zijn. Ik koesterde me in de depressie. Die maakte me belangrijk. Die was naar mijn idee de geheime motor die me aan de gang hield. Dal en berg, verbonden tegendelen. Zonder dat tekort zou ik een nobody zijn. Als het 'erg' was ging ik weg, zocht ik als een ziek dier een hol om me in te verbergen. Ik heb me weleens laten opnemen. In het gewone leven overschreeuwde ik mezelf; ik stelde me aan, ik ontwikkelde rare affectaties, zoals mee willen doen met de grote jongens, beroemdheden verzamelen, de landheer uithangen in Ierland. Natuurlijk wist ik dat ze me spottend Thomas je-weet-wel Geel noemden.

Soms denk ik dat de uitgave van *Hedendaags fanatisme* geen teken was van mijn vechtlust, maar juist van mijn overgave, alsof ik de beul uitnodigde het zwaard te heffen. Zou dat niet een bevredigende verklaring zijn voor mijn handelwijze tijdens de crisis? Om je vingers bij af te likken. Psychologisch is alles dan rond.

Voor ik aan de laatste fase begin is een lofzang op jou, Isa, mijn Marietje, op zijn plaats. De kinderen hebben zich allebei een beperkt oordeel over jou aangematigd. Ze houden van hun moeder, zoals alle kinderen van hun moeder houden, omdat ze er nu eenmaal maar één hebben. Aan haar zijn ze vanaf hun geboorte gewend, en of ze het nu goed en liefdevol doet, of egoïstisch en kil, de gewenning dicteert een vorm van liefde en trouw. Een breuk met een moeder wordt altijd gezien als een fout, hoe slecht de moeder of hoe slecht het kind zich ook heeft gedragen. Breken hoort niet. Onze kinderen zullen zeker niet met hun moeder willen breken, ook hun liefde is het resultaat van gewenning, niet van keuze. Ik kan dat als moederloos kind heel goed zien. Jij hebt jezelf te veel onzichtbaar gemaakt; zoals je te snel ophield met vragen als ik je niets wilde vertellen, zo hield je te snel op je kinderen je affectie te tonen, uit angst dat ze het hinderlijk zouden vinden. Begrijpelijk vanuit je achtergrond. En begrijpelijk voorzichtig. Alles waar je van houdt kan je worden afgenomen. Je hebt jezelf tekortgedaan, en de kinderen. Wie weet zou onze Leonie een harmonieuzer en onze Arthur een opener mens zijn. Alle ouders maken fouten om de fouten van hun ouders te compenseren. We zijn een optelsom van de fouten van onze voorouders. Enfin, kinderen, als jullie dit lezen: alles is altijd anders dan je denkt. Jullie moeder is sterk, lief en weerbaar.

ISA

Om op dit punt de theepauze aan te kondigen is sentimenteel maar het is duidelijk een cesuur. En ik vind dat ik de credits van Thomas heb verdiend. Ik mag minder bescheiden zijn. Ik zie wel de gêne bij mijn publiek. Als ik dit verhaal voor een volle zaal zou hebben voorgelezen was het niet zo pijnlijk geweest als voor dit kleine clubje. Een groot gehoor maakt de allerindividueelste emotie toch weer tot een collectief gevoel, hier lees ik van de vier hoofden heel nauwkeurig de schaamte af. Leonie loopt weer naar buiten. Arthur inspecteert de inhoud van de boekenkast en haalt er een boek uit waarin hij bladert. Het zou best eens kunnen dat hij het op zijn kop houdt. Arme Arthur. Hij is het minst van allen bestand tegen dit emotionele geweld, gewend als hij is overal voor weg te lopen. De twee anderen gaan om beurten naar de wc. Ze praten niet met elkaar, omdat ze niet de indruk willen wekken een blok te vormen. En zo is het merkwaardig stil, terwijl ik het hete water in de thermoskan doe en op de tafel zet met kopjes, theezakjes, suiker en bonbons. Ik neem vast een kopje. Voel me moe maar ook energiek. Het is alsof ik een enorme steen tegen een berg aan het duwen ben, en iemand me beloofd heeft dat hij niet terug zal rollen. Het belangrijkste deel komt nog. Inmiddels zijn ze murw en dus rijp om ten volle de last van de laatste maanden van Thomas' leven te voelen.

Joris kondigt aan even een luchtje te gaan scheppen. Hij neemt een bonbon mee. Anne schenkt thee in voor zichzelf en komt bij me staan.

'Dit moet moeilijk zijn voor je,' zegt ze. 'Het gaat goed.'

Wat weet jij daarvan, denk ik. Maar zij zegt tenminste iets tegen me.

'Ik hoor zijn stem door de jouwe heen,' zegt ze. Ik zie Thomas een blok hout op het vuur gooien en cynisch 'Ha!' zeggen, alsof hij Annes warmte niet vertrouwt. Natuurlijk is hij aanwezig. Ik koester de gedachte dat het lezen van zijn leven het laatste is wat ik voor hem kan doen. Dat hij hierna rustig kan wegzweven in de eeuwigheid. Zijn ziel moet worden bevrijd.

Na precies een halfuur komen Leonie en Joris weer binnen. Ik kan doorgaan met Thomas' verhaal:

Het ligt in de rede dat generaties elkaar afwisselen. Zoals wij onze strijdpunten en preferenties kozen, zo kiest de volgende generatie die van hen. In menig opzicht gaan ze trouwens over dezelfde onderwerpen: feminisme, seksuele geaardheid, racisme, discriminatie, milieu, armoede. Daarvoor hebben wij de basis gelegd in de jaren zestig en zeventig, maar zij formuleren de idealen agressief en in separate groepen, zonder humor, zonder zelfspot. Ironie mag niet meer. De wereld is vol vijanden. Voor ons was de wereld vol potentiële vrienden. Noem dat naïef, noem dat strategisch, het was in ieder geval positief. Nu komt me niets anders tegemoet dan haat, rancune, uitsluiting, woede. Zoals wij onze fouten maakten, zo maken zij de hunne. Elk prachtig idee heeft op zolder het portret van Dorian Gray hangen: zijn weerzinwekkende tegendeel.

Het is bijna met de stopwatch aan te geven: toen begon het, toen drong het tot me door, toen liep ik een heel andere wereld binnen dan die ik kende. Een vergadering op de uitgeverij, door mij belegd om een aantal knelpunten te bespreken. We hebben een slecht jaar achter de rug. Ik heb uit laten zoeken hoe onze toptitels het deden in vergelijking met de toptitels van de concurrentie. Welke middelen hebben we ingezet, welke campagne hebben we gevoerd, waar hebben we accenten gelegd, wat is doodgevallen, wat heeft het wel gedaan. Ik leg de cijfers voor aan de staf, de hoofden van marketing/pr, verkoop, redactie en productie. Ik krijg de gebruikelijke excuses.

Dat boeken moeilijk te sturen zijn, afhankelijkheid van kranten, recensies en toegang tot tv-programma's, een toevallige voltreffer van de concurrentie waardoor onze boeken in de schaduw stonden, dat ze er ongelooflijk hard aan hebben getrokken maar pech gehad, en dat er sowieso minder werd gelezen en dan nog vooral de bestsellers. Toen ik zei dat ik die afgekloven smoezen niet meer pikte, viel er een stilte.

En toen kwam het. Het was niet eens Anne Benraad die het voortouw nam. Het was de man van de productie, Gerard Pieterse. Ik was te vaak en te lang weg. Er werd niets gecoördineerd. Ik haalde onmogelijke titels binnen. Ik had me voorgenomen te luisteren en niet uit mijn slof te schieten. Dus ik luisterde. Gerard had een rode kop van woede of schaamte of allebei. Zijn anciënniteit in de organisatie had hem de opdracht gegeven de algemeen levende kritiek te ventileren. Hij keek rond naar zijn collega's, om steun. Die kreeg hij van de verkoopman, een beetje vergoelijkend om mij – uit opportunisme – te sparen. Ik luisterde. Er stak waarheid in de kritiek. Ik was vaak en lang weg, op zoek naar boeken en methoden die het tij konden keren, in gesprek met buitenlandse collega's, informatie inwinnend over nieuwe ontwikkelingen. Ik had het persoonlijk moeilijk met mijn gereduceerde macht na de overname door het concern. Aan het eind van de dag moest ik met de billen bloot bij Frederik en resulteerde ieder verlies in de opdracht tot ontslagen en een onmogelijke target. Ik ontliep de werkelijkheid en trok me soms terug in oude verkoopsuccessen om ze nog eens te lezen en erachter te komen wat destijds zo goed had gewerkt. Zou ik nu *Honderd jaar eenzaamheid* tot een succes kunnen maken? Ik begreep de kritiek, maar vond ook dat zij als goedbetaalde en hoogopgeleide professionals niet helemaal apathisch hoefden te zijn. Hak zelf knopen door.

'Zoals toen de hele oplage van *Kom bij mij* een andere omslag moest hebben omdat jij onze keuze afkeurde,' zei Anne. Ze sloeg erbij met haar hand op tafel om haar punt kracht bij te zetten. 'Weet je wat dat kost?'

'Dat weet ik,' zei ik. 'Is het toeval dat nou juist dat boek het beste heeft verkocht, geheel tegen de prognose in?'

'Alsof dat alleen aan jouw omslag ligt,' zei Gerard, nog roder. Ze moesten eens aan hun bloeddruk denken. Dat was de cue voor Anne. Ik waardeer haar. Ze is een vrouw met ballen, al heeft ze een monumentale *chip on her shoulder*. Dat heb ik haar nooit kwalijk genomen, gezien haar achtergrond.

'Misschien wordt het tijd inderdaad de bakens te verzetten,' zei ze. 'Zoals je zegt zijn we goedbetaalde en hoogopgeleide professionals en ben jij in feite degene die door zijn afwezigheid en zijn wispelturigheid elk beleid laat afhangen van toeval. Wat jij toevallig opeens interessant vindt, wat jij toevallig koopt, dat moeten we doen, desnoods moet het hele schema om. Dat is voorgekomen, ontken het niet. Daar moeten we van af. Jij leeft nog in het verleden, toen de uitgever een goeroe was en dicht bij de schrijvers stond en wist wat het publiek wilde lezen, toen we nog publiek hadden, toen mensen nog met smart wachtten op de nieuwe Hermans of Mulisch, toen de uitgevers en schrijvers het maatschappelijk discours bepaalden en vrijwel elk boek zichzelf minimaal terugverdiende. De wereld is veranderd, Thomas. Wij moeten meeveranderen. Wij moeten voor de veranderingen uit lopen, we moeten ze opsnuiven nog voor het grote publiek er lucht van krijgt. We moeten inspelen op de issues die mensen bezighouden en raken. Wij moeten in de frontlinie staan en een eigen, sterk en eensgezind geluid laten horen. Geen potpourri van afgedankte idealen, geen nostalgische jeugdsentimentboeken voor bejaarden, geen vrijblijvende hermetische literaire experimenten van ex-misdienaars. We moeten de stem van de jeugd laten horen. Daar was jij vroeger zogenaamd zo goed in. Hiphop, spoken word, poetryslam, actiegroepen, diversiteit, slavernij, feminisme, seksisme, racisme, klimaat, de toekomst: daar moeten we het over hebben. Niet neutraal. Neutraal verkoopt niet. Politiek moeten we zijn.'

'Politiek correct dus,' zei ik. Een term die altijd klopt, welke positie je ook inneemt, en die altijd negatief wordt bedoeld. Ik gebruikte hem ironisch maar vergat er met mijn vingers gekromd in de lucht de aanhalingstekens bij te maken. En dus werd ik weggezet als een van die rechtse ballen die erger zijn naarmate ze in hun jeugd linkser zijn geweest. Zo werden mijn heden en verleden in één klap in de ban gedaan. Hoewel ik het niet oneens was met Anne, vond ik haar opvatting van 'politiek' nogal eenzijdig. Een uitgeverij mag wel een signatuur hebben maar Pegasus moeten we niet willen zijn. (Wie weet nog wat Pegasus is?). Een uitgeverij moet altijd nieuwsgierig blijven naar de andere opinie, het onverwachte onderzoek, de provocatie eventueel. Dat probeerde ik uit te leggen, maar Anne beschouwde ieder argument als een persoonlijke belediging. De anderen hielden wijselijk hun mond of mompelden verzoenende zinnetjes als 'nog eens rustig over praten' en 'niet te hard van stapel lopen'. Ik sloot de vergadering met een zucht en de belofte dat we er inderdaad nog eens rustig over moesten nadenken met z'n allen en dan tot een formulering van een missionstatement komen waarin we ons allemaal zouden herkennen. Kots. Anne lachte schamper en zei dat er dan dus niets zou veranderen en de cijfers geen spat zouden verbeteren. 'Een uitgeverij moet een smoel hebben,' riep ze, 'een smoel!'

Daarmee begon het. In wezen nog heel normaal en beheersbaar. In ons vak spat de agressie er soms van af, omdat er hoogopgeleide en eigenwijze mensen werken. Ik was jaloers op hun zekerheden, hun drive, ik was jaloers op de toekomst die zij nog hadden, en die voor mij praktisch voorbij was. Nog even en het doek zou vallen. 'Not with a bang but a whimper': T.S Eliot. Was dat mijn cue? Het toneel was in gereedheid gebracht voor het laatste bedrijf. Alle decorstukken en rekwisieten stonden klaar. Ik was bijna uitgerangeerd, mijn uitgeverij lag zowat op haar gat, er was in de verste verte geen zicht op een vette seller. Al mijn succesauteurs lagen in scheiding, hadden een dip, planden een overstap, veranderden van geslacht, gingen liever een documentaire maken, leverden inferieure columns in, of wilden niet te veel publiceren (ander woord voor writer's block). Strooptochten onder jonge journalisten, wetenschappers en cursisten van schrijfscholen leverden niets op, behalve ruzie met hun agent – sommigen hadden die werkelijk! – die exorbitante voorschotten vroeg voor fröbelwerk. Dat gebrek aan motivatie en aan kennis en kunde, die schokkende minachting voor het edele ambacht dat schrijven is, kwam hard aan. Moest ik dan echt een whatsappforman publiceren? Een tweetverhalenbundel? De geschiedenis van mijn alzheimer? Tom Poes moest een list verzinnen. Niet die *whimper*, maar die *Bang*! Alles stond klaar. Het toneel bleef akelig leeg. En toen kwam deze brief. Een ouderwetse handgeschreven brief in een echte envelop, persoonlijk op de post gedaan.

Beste Thomas,
Ken je *Bezwaren tegen den geest der eeuw* van Isaäc da Costa? We schrijven 1823. De gesel van de Franse Revolutie is uitgelopen op de dictatuur van een megalomane keizer en het bloedbad van Waterloo. Europa likt na een herindeling zijn wonden. De Nederlanden liggen er slap bij. De economie is op sterven na dood. De steden zijn bouwvallen. De koloniën, die we voor het merendeel terug hebben gekregen van de Engelsen, leveren minder op dan ze kosten. Nu was de zeventiende-eeuwse welvaart in de achttiende eeuw al danig opgesoupeerd, maar de

revolutionaire periode deed de deur dicht. Als het volk in 1672 al redeloos, radeloos en reddeloos was, dan deed het volk van 1820 daar bepaald niet voor onder. Maar om het volk was het juist in de revolutie gegaan, de wijsheid van het volk, de wijsheid van democratische besluiten, vrijheid, gelijkheid en broederschap. Was dat volk wel zo wijs gebleken? Da Costa meent van niet. Lees het hoofdstuk 'Publieke opinie'. Hij staat tot je beschikking in de onvolprezen DBNL, de online bibliotheek der Nederlandse letteren. Na aan de hand van voorbeelden uit de Bijbel en de Oudheid duidelijk te hebben gemaakt dat de publieke opinie telkens de verkeerde oplossing koos zegt hij het volgende, ik hertaal: 'Het was te allen tijde en overal de publieke opinie die, wanneer ze aan zichzelf werd overgelaten, louter kwaad berokkende, onrecht liefhad, schijnbare verdienste huldigde, echte moed, eerlijkheid, rechtschapenheid, en godsdienstigheid miskende, vervolgde, mishandelde.' Hij schrijft het toe aan de afwijzing van goddelijke genade en leiding. Aan zichzelf overgelaten keert het volk zich tegen de hemel. De maatschappij stort zich onvermijdelijk in een onoverzienbare ellende.

Was dat in 1823 na een ingrijpende Europese crisis al zo, hoeveel te meer was dat het geval in de tijd dat wij werden geboren, kort na de Tweede Wereldoorlog. Hitler was gekozen door het volk, wat Napoleon niet eens was, hij werd op handen gedragen in Duitsland maar ook daarbuiten. De publieke opinie had het in de twintigste eeuw keer op keer en op vele fronten mis. Je zou zeggen dat de les was geleerd, maar nee: meer democratie was het antwoord op meer ellende door democratie. Met een koppige drang tot zelfvernietiging kiest de mensheid telkens het heilloze pad. Voor een historicus is dat een interessant vraagstuk. Ik zal niet zeggen dat de mens niet tot schoonheid en inzicht in staat is, maar dat is voorbehouden aan de enkeling, die soms daardoor een schitterend spoor trekt door de tijd en de ruimte. Niet zelden worden zijn verdiensten vervolgens door de massa tot een karikatuur gemaakt.

De felle en pessimistische toon van *Bezwaren tegen den geest der eeuw* zou ook nu gerechtvaardigd zijn. We leven in een tijd dat de publieke opinie in al haar weerzinwekkende gedaanten als een schimmel het brood van de waarheid oneetbaar maakt. Hoe zou Isaäc da Costa onze wereld beoordelen? Ik heb mij meester gemaakt van zijn geest en zijn naam en ik bezoek onze tijd als een vreemdeling. Een roman, een pamflet, een gebed: *Hedendaags fanatisme* is mijn bezwaar tegen de geest der eeuw.

Mijn werk is over het algemeen aan de zijlijn gebleven. Te controversieel. Te zeer een afwijkend onmodieus uitgangspunt, te vaak een dwarse en kritische vraag. Mijn collega's beschuldigden me van revisionisme, eenzijdigheid, eclecticisme. Zelden of nooit kregen mijn stukken een faire kans. Ik was een verschoppeling. Dat is een positie die ik van huis uit ken, dus zo verrassend was het niet. Eenmaal in die hoek kom je er moeilijk uit. En ze hebben gelijk: mijn toon was en is verongelijkt. Dat mag je nooit zijn, ook al heb je er het volste recht toe. Ik weigerde me echter aan te sluiten bij andere verschoppelingen. Een Holocaustontkenner bijvoorbeeld ben ik nooit geweest. De fout van de gevestigde historici is dat zij de afwijkelingen over één kam scheren. Ik ben conservatief, maar niet in alles. Ik probeer zo veel mogelijk onafhankelijk en ongebonden te zijn vanuit de vaste overtuiging dat de leuzen van de revolutie (van elke revolutie!) onhoudbaar en onjuist zijn. De samenleving is het meest gebaat bij een stelsel wetten afgeleid van het natuurrecht, dat van goddelijke oorsprong is, en die we zo zuiver mogelijk moeten zien te bewaren. Ik ben niet katholiek meer, maar geloof wel in een goddelijk beginsel dat werkzaam en kenbaar is in de hiërarchische ordening van de natuur. Het voert veel te ver hier mijn beginselprogram te beschrijven. In *Hedendaags fanatisme* is er genoeg van terug te vinden.

Ik bied jou mijn manuscript aan omdat ik geloof dat het boek een groot publiek verdient en zal aanspreken. Jij hebt met je uitgeverij bewezen dat te kunnen organiseren. Het leven heeft ons in onze tedere jonge jaren samengebracht en later weer uit elkaar gedreven, zoals dat nu eenmaal gaat. Ik heb je van een afstand gevolgd, jij mij misschien ook. Zullen we eens samen praten?
Met vriendschappelijke groet
Rudolf Merkelbach

Die leefde dus nog. Ik zag voor me hoe hij gekrompen en verschrompeld, slepend met het dorre been, de schouders hoog door zijn astma, mijn kamer op de uitgeverij zou binnenkomen, in een oude leren aktetas zijn met de hand geschreven manuscript op gelinieerd papier. Een spookbeeld uit het verleden. Was dit de provocatie, de heroïsche ondergang van mij als uitgever? Het risico trok me aan, zoals het water onder een brug me aantrekt. Misschien was het de zure klacht van een uitgerangeerd man, gesteld in houterig proza waar nog geen dierenactivist op zou aanslaan; misschien was het een briljante filippica tegen de uitwassen en misverstanden van het moderne leven; waarschijnlijk was het geen van beide. Maar zo op het eerste gezicht leek het me in ieder geval een geestige bijdrage aan de interne discussie die Anne Benraad was begonnen.

Rudolf wilde niet bij mij komen, ik moest naar hem toe. Hij bewoonde een afgelegen landarbeiderswoning met aangebouwde schuur in de buurt van Azincourt, een omineuze naam in de Franse geschiedenis. Twintigduizend zwaar geharnaste Franse ridders werden in de modder verslagen door zesduizend wendbaarder Engelsen. Een mooie uitmiddelpuntige plek om de Nederlanden te bestuderen. Lang werd er nog Vlaams gesproken. Hij woonde alleen. Dat verbaasde me niet. Rudolf leek me geen geschikte echtgenoot en minnaar. Waarom weet ik niet. Hij had een vriendelijke en behulpzame persoonlijkheid en zijn gebreken stonden geen liefde in de weg. Het meest waarschijnlijk is het dat hij geen vrouw de last van zijn aanwezigheid aan wilde doen. Want zo uitgesproken als hij was in zijn opvattingen, zo slecht kon hij zich in gezelschap handhaven. Dat hij op school openlijk voor mij in de bres was gesprongen was voor hem een daad van grote moed. Zijn bescheidenheid had hem in het leven nooit verder gebracht dan een baan als leraar geschiedenis in Zeeuws-Vlaanderen, waaruit hij met vervroegd pensioen werd gestuurd toen de lichamelijke ongemakken toenamen. Daarna koos hij voor eenzaamheid op het platteland en het gebruik van een oer-Nederlandse Canta om een boodschap te kunnen doen. Lange reizen waren onmogelijk. Had hij gezegd.

Hij had iets weg van Stephen Hawking zoals hij daar als een kapotte reiger in een stoel naast de houtkachel zat, ik tegenover hem in een identieke fauteuil die nog uit de boedel van zijn ouders leek te stammen. Het huis had een Piggelmeesfeer, glimmend en proper, waar ik de stank van vochtig, oud papier en ongewassen oude man had verwacht. Toch meer Bilbo Balings dan Scrooge. In zijn ogen zag ik een twinkeling.

'Daar zit je dan,' zei hij.

'Ja,' zei ik. Ik haalde een sixpack Stella Artois tevoorschijn, die hij vroeger graag dronk en een stuk Friese nagelkaas, die toen ook tot zijn favorieten behoorde. Ik pakte op zijn aanwijzing een mes en een plank en twee bierglazen en arrangeerde op een niervormig bijzettafeltje onze borrelhap en biertjes.

'Hoe gaat het met je?' vroeg hij. 'Het is zo fijn je te zien!' Zijn oprechte belangstelling en de hartelijkheid in zijn toon brachten me een vleugje Hoorn en tante Cor. Dat ontroerde me, alsof ik opeens weer ervoer wat het was een broer te hebben, al was het een pleegbroer.

'Het gaat. Dank je. Niet altijd helemaal zoals ik wil, maar goed genoeg om het lot dankbaar te zijn. En jij?'

'Ik kan het niet beter formuleren,' zei hij. 'Maar laten we niet als oude mannetjes op het bankje voor het huis over vroeger praten. Vroeger is alleen belangrijk als geschiedenis, niet als herinnering. Ik heb een hekel aan nostalgie.'

'Maar je staat te boek als conservatief.'

'Dat heeft niets met nostalgie te maken.'

'Oké,' zei ik.

Toch was ik naar mijn gevoel terug in Hoorn bij oom Bart en tante Cor en moest het allemaal nog beginnen. Hetgeen de zinloze vraag oproept of je als je mocht kiezen het precies zo over zou willen doen. Ik heb altijd een hekel gehad aan *what if*-verhalen, van het soort waarin Hitler terugkomt als de host van een tv-spelshow of Kafka een tuinman blijkt te zijn geworden in Tel Aviv. Het zijn machteloze en goedkope fantasieën, die cashen op de roem van de hoofdpersoon. In wezen is iedere roman een what if-verhaal, maar goed. Toch was het of ik ondanks de langdurige verwijdering altijd het gesprek met Rudolf was blijven voeren. Hij was de eerste met wie ik een gelijkwaardige relatie aanging.

'Vertel me over je vrouw en je kinderen,' zei Rudolf. 'Mijn vrouw is vijf jaar geleden helaas overleden. We hadden geen kinderen.'

Ik betuigde verrast mijn medeleven. Rudolf glimlachte. Ik vertelde: 'Mijn vrouw is een bekend kinderboekenschrijfster, mijn zoon is jurist en maker van zogenaamde soundscapes en mijn dochter is filosofe aan de UvA.'

'Hoe heten ze?'

'Isa, Isabelle. Arthur en Leonie.'

'Zijn ze getrouwd? Heb je kleinkinderen?'

'Nee, nog niet.'

'Ben je gelukkig met ze? Heb je een prettig gezinsleven?'

'Ja, o ja.'

Het was even stil. Er haperde iets. 'Dat lijkt me een hele prestatie voor een man met jouw achtergrond.' Hij klonk of hij me niet geloofde. Ik was het met hem eens. Ik geloofde mezelf niet. Maar wat er precies aan schortte wist ik niet. Het lag ongetwijfeld aan mij, aan mijn wezenlijke en diepgewortelde wantrouwen.

'Een huwelijk is een wankel verbond,' zei ik, 'een instelling die niet helemaal strookt met het natuurrecht om het zo maar eens te zeggen. We zijn geen monogame zwanen. We zijn berekenende eenzaten.'

'Het heeft bij jou geen wond geheeld.'

'Bij jou wel dan?'

'Het heeft de wond draaglijk gemaakt. Ze gaf er als een moeder kusjes op,' zei hij en giechelde. Hij zat te schransen van de Friese nagelkaas. Hij kreeg vast niet veel bezoek. 'Ze zou het hier heerlijk hebben gevonden, maar vlak voor de verhuizing kreeg ze een hersenbloeding.' Hij maakte een gebaar dat 'tja' uitdrukte. Het zonlicht van de late middag viel door de kleine ramen naar binnen en maakte rechthoeken op de vloer. 'Ze was muziektherapeute en werkte met lichamelijk en geestelijk gehandicapten. Daar had ik dus ook wat aan.' Weer een giechel. 'Ze kon er smakelijk over vertellen. Het was niet alleen maar kommer en kwel en zelfopoffering. Het was haar bestemming om "Vader Jacob" op de mondharmonica te leren spelen aan spastici en idioten.' Hij verschoof even in zijn stoel, de dunne takachtige ledematen vouwden zich in een andere stand. 'Daar komt het in het leven uiteindelijk op neer.'

Ik vroeg me af wat hij daar precies mee bedoelde en liet een lange stilte vallen. De uitleg bleef uit. Ik vroeg niets. Ik zag mijn zoon bezig met zijn bedrading en elektronica, zijn 'Vader Jacob', en ik begon te begrijpen wat Rudolf bedoelde. Dat had hij toch maar: die overgave aan zijn bestemming. Bij mij en mijn dochter zat ons ego ons in de weg. En we wisten bij God niet wat we met dat ego aan moesten. Laat ik niet voor haar spreken, maar alleen voor mezelf. Ik voelde mezelf daar zitten als een groot gezwel. Een gezwel zit in de weg, maar neem nou een hersenbloeding. Daar zie je toch iets in als een vruchtbare bevloeiing van het land. Het stroomt gul uit. Kanker zou vast mijn ziekte zijn. Niets guls aan, vraatzuchtig en egocentrisch. Waar mijn vader aan was overleden wist ik niet. Het bericht had me met vertraging bereikt. Broeder Hans Geel overleden, of zoiets. Een bericht in een gestencild krantje dat door een onbekende aan me was opgestuurd.

'In je brief schrijf je dat je een verschoppeling bent onder historici, een buitenstaander, en dat je toon verongelijkt is. Dat is niet erg zen, niet erg "Vader Jacob", hè?'

Rudolf nam een slok van zijn bier en veegde zijn lippen af alvorens antwoord te geven.

'Nee, niet erg zen. Dat ergert me aan mezelf. Je zou me dus een plezier doen als je mijn boek uitgeeft, let wel: als, om dan vooral te letten op die toon. Scherp mag, maar niet rancuneus. Het sluipt er soms in, alsof er een duivel in me zit die steeds zijn rotkop opsteekt. Ik merk het zelf bijna niet. Ik zou eigenlijk de stem moeten vinden van een cabaretier: vrolijk en kritisch. Humor als wapen, niet als gif.'

'Heb je het manuscript bij de hand?'

Hij reikte naar een plastic folder met een stapel papier erin.

'Voilà!' zei hij en hij gaf het aan. Niet veel meer dan honderd vellen. En, zag ik snel, keurig met anderhalve regelafstand op de computer geschreven.

'Ik zal het lezen,' beloofde ik en ik stopte het in mijn tas.

Het doel van mijn komst hadden we nu gehad. Maar we waren nog niet klaar. Ik vroeg naar de laatste jaren van oom Bart en tante Cor, op wier begrafenis ik niet was geweest. Ik had een kaart gestuurd, maar was nu wel verplicht belangstelling te tonen. Rudolf deed zonder enig verwijt verslag van hun sterfbedden en zei toen min of meer langs zijn neus weg: 'Ik ben nog een paar keer bij je vader geweest, voor hij overleed.'

Ik schrok. 'Heb jij me dat gestencilde blaadje gestuurd, waarin dat stond?'

'Ik heb je adres doorgegeven.'

Ik werd warm. Het zweet brak me uit. Het was onvervalste schaamte. 'Ik was er niet toen het kwam. Pas een paar weken later heb ik het gelezen.'

Rudolf keek me vriendelijk afwachtend aan, zonder iets te zeggen. Hij zou het me niet makkelijker maken. Mijn armen en benen werden zwaar, mijn hart bonsde, ik wilde het liefst als een jochie hard weglopen, of mijn hoofd in mijn armen verbergen: het is er niet, het is er niet, het is er niet. Maar het was er natuurlijk wel. Naarmate het noodzakelijker en pijnlijker wordt tekortkomingen te erkennen, is het moeilijker. Nu dus vrijwel onmogelijk. Ik zat net te doen of er niets aan de hand was, ik maakte nog een blikje Stella open, ik nam nog een stukje nagelkaas, ik deed net of er niets bijzonders was gezegd, gewoon iets over het weer of de natte zomer of over wat ook een lekker biertje was. En die stilte, die duurde helemaal niet lang en was absoluut niet pijnlijk, hield ik mezelf voor, mijn bewegingen gingen traag als stroop en ik schraapte mijn keel en hoestte wat.

'Je vader dacht in zijn laatste maanden dat hij Jezus zelf was en dat hij over water kon lopen. Ze hebben hem een paar keer uit de vijver gehaald, waar hij tot zijn nek in stond omdat hij niet wist waar de paaltjes stonden, ken je die grap nog? Ze hebben hem in een gesloten afdeling opgenomen. Daar dacht hij dat hij de duivel was. Jezus en de duivel. Hij deed het niet voor minder. Zat hij in de woestijn zichzelf te verleiden. Hij was soms bepaald geestig. Maar op het laatst staarde hij catatonisch voor zich uit. Steeds magerder. Kaler. Als het ware tot zijn kern teruggebracht. Ze dachten dat ik zijn zoon was. Dat heb ik maar zo gelaten. Ze vonden geloof ik dat ik voor een zoon erg weinig langskwam.' Hij giechelde. Zweeg even. 'Ik had met hem te doen. Het was een klootzak, maar vooral een verloren, dolende ziel.'

Ik stak mijn hand naar Rudolf uit over de kaas en het bier. Hij greep hem. We drukten elkaar kort de hand en lieten toen weer los. In de stilte stond mijn vader naast de stoel van Rudolf. Ik had de indruk dat ook hij zijn hand naar ons uitstak. En 'godverdomme' zei of zoiets. Godverdomme, jongens.

'Ik moest maar weer eens gaan,' zei ik. Ik klopte op mijn tas. 'Ik zal het snel lezen. Je hoort binnen een week van me.'

Hij keek me aan en zei dat het goed was, maar hij geloofde me niet. Ik geloofde mezelf ook niet. Het liefst gooide ik het manuscript in de eerste de beste vuilnisbak die ik tegenkwam en liet nooit meer iets van me horen. Maar dat kon natuurlijk niet.

Hedendaags fanatisme had inderdaad een pedante en verongelijkte toon, gericht tegen de westerse mens, die – steeds hoger opgeleid – steeds minder wist, en in ieder geval steeds minder aandacht besteedde aan de ware wortels van zijn wezen. Zoiets. Hij ging tekeer tegen de modieuze vormen van spiritualiteit, waarin hij vooral een verdienmodel voor kwakzalvers zag en een toevlucht voor conformisten. Daarmee bedoelde hij dat mode de wet voorschreef, en in mode zag hij typisch de oppervlakkigheid die een ontkenning was van de ware wortels. Hij besteedde veel aandacht aan een mijns inziens nogal warrige omschrijving van de diepe, niet te doorgronden kern van de mens, die hij koppelde aan het goddelijke. Het voorwaardelijk goddelijke. Wat hij dan weer bedoelde met 'voorwaardelijk' was me niet duidelijk. Het geheel was een pamflet, uitdagend en eenzijdig geformuleerd, zoals dat bij een pamflet hoort. Een klaroenstoot van Bijbelse en profetische proporties, net zo ouderwets, op zoek naar een verloren tijd. Het scheen me de wanhopige roep van een drenkeling toe, die niet meer om hulp schreeuwt maar alles en iedereen vervloekt terwijl hij kopje-onder gaat.

Zijn analyse van een ineenstortende beschaving was aan Spengler ontleend, zijn hang naar een prerevolutionaire periode (alsof daarin nog de mogelijkheden tot inlossing van een belofte lagen) was afgekeken van Joseph de Maistre. Maar Rudolf miste de briljante stijl van De Maistre en de visioenen van Spengler, hij was een schoolmeester. Tegen de eerste hoofdstukken had ik geen bezwaar. Ik was het zelfs met hem eens dat de Verlichting ons niet alleen voordeel heeft gebracht. Samen met de wetenschappelijke revolutie heeft het optimisme van de rationaliteit ons welvaart gebracht en vooruitgang op technisch gebied, maar moreel niet zoveel. Er is niet genoeg nagedacht over de schaduwkanten van vrijheid en gelijkheid. Alsof we dat collectief zouden kunnen doen, wij voor het merendeel arme stumpers die nog geen samengestelde zin kunnen lezen. Het verschil tussen de theorie van de denkers – die overigens nogal pessimistisch waren – en de praktijk van de gewone mensen was te groot. We zijn feilbaar en wreed. We zijn sentimenteel en wispelturig. Onberekenbaar en niet te vertrouwen.

Het tweede deel, waarin hij de huidige maatschappij op zijn bestraffende bovenmeestertoon tegen het licht houdt van zijn idealen en analyse, gleed hier en daar uit naar schrille belediging van activistische minderheden, voor zover je vrouwen bijvoorbeeld een minderheid kunt noemen. Ik verbaasde me al lezend over de discrepantie tussen zijn levensfilosofie en zijn praktijk. Vol waardering en liefde had hij over zijn vrouw en haar werk gesproken, over haar kennis, kunde en zelfstandigheid, maar volgens zijn ideeën was zij een ondergeschikt wezen in het grote plan van het goddelijke, in de hiërarchie van de natuur. Nooit had ik hem in de tijd dat we veel met elkaar optrokken iets horen zeggen ten nadele van de zwarte of Joodse medemens, maar in zijn systeem werden ze ondergebracht in een tweede linie. Daar ging hij wat mij betreft over de schreef, maar niet zo ver dat ik hem het recht op zijn mening misgunde. Zolang hij binnen zijn verantwoordelijkheid voor de wet bleef, was hij moeilijk te pakken. En omdat hij het betoog had opgediend als een manuscript op zolder gevonden, een negentiende-eeuwse methode om fictie aan te duiden, zouden de wetten van fictie, van 'maar niet heus', voor hem gelden. Als de rechters van nu er nog altijd zo over dachten als de rechters van vijftig jaar geleden, dan zou de jurisprudentie hem gelijk geven. Ik zag overigens wel de voordelen van een proces. Dat was koren op mijn uitgeversmolen. Aandacht leidt tot verkoop.

Tegenwoordig worden er geen processen meer gevoerd bij de bevoegde instanties, tegenwoordig hebben we het online tribunaal van koploze kippen waar het vonnis is geveld voordat het bewijsmateriaal is bestudeerd. In mijn onschuld, mijn ouderwetse jarenzestigonschuld, had ik daar geen rekening mee gehouden. En ik kwam in een hoek te zitten waarin zelfs die verdedigingslinie onhoudbaar was. Integendeel: mijn 'jarenzestigonschuld' was een reden tot strafverzwaring. Het was een extra streep op mijn kerfstok. Oude lul die niet met de tijd is meegegaan. Maar ik loop op de situatie vooruit.

Anne heeft altijd beweerd dat ik *Hedendaags fanatisme* als ondermijning van haar standpunt stiekem in de voorjaarsaanbieding van de uitgeverij heb willen frommelen. Naar haar idee was het een vijandige actie tegen haar en haar medestanders, even verwerpelijk als de inhoud van het boek. Willens en wetens dreef ik een wig om haar kalt te stellen. Ze vatte het boek op als uitsluitend tegen haar gericht, alsof ik Rudolf de opdracht had gegeven speciaal tegen haar en haar mensen een schotschrift op te stellen, om haar de uitgeverij uit te drijven. Dat was het absoluut niet. Ik had en heb haar hoog zitten en al is haar presentatie soms wat flamboyant en dwingend, ze is een zeer waardevolle medewerker. Waarom zou ik haar weg willen hebben? Ik heb het manuscript gewoon ingebracht in de vergadering en om medelezers gevraagd. Het was een nogal volle agenda, er was veel werk, en naar ik me herinner is het manuscript in eerste instantie naar de junior-redacteur gegaan, die vervolgens aan Anne rapporteerde. Anne kwam zonder iets aan mij te vragen tot haar conclusie dat ik haar op de korrel had.

Mijn reden om het pamflet uit te geven was maar zeer ten dele ingegeven door politieke overwegingen, maar veel meer door een soort dankbaarheid aan Rudolf, een ereschuld, waaraan ik uiteraard niet kon refereren. Daarbij als laatste element mijn behoefte aan een *Bang* in plaats van een *whimper*. Ik realiseer me nu dat het boven mijn macht ging. Ik maakte krachten los die ik niet beheerste. Anderen zou ik voor het gevaar gewaarschuwd hebben. Mijzelf niet. Ik stond op een brug en het water trok. Het zong.

Ik weet dat iedereen me in het begin tot op zekere hoogte kon volgen. Jij, Isa, en Arthur en zelfs Leonie begrepen dat ik het boek uit wilde geven, jullie steunden me in mijn argumenten van vrijheid van meningsuiting en bijdrage aan de discussie, maar naarmate de storm aanzwol, werden in ieder geval de kinderen onzekerder. Daar stond Leonie op een dag voor me. De commentaren op het internet gingen nauwelijks in op het boek zelf en als ze dat al deden dan zonder enig begrip voor de historische context en de denkers waarop Merkelbach reageerde, zonder enig begrip voor de traditie waarin hij stond. Dat was een teken van de algehele neergang in kennis die ik al eerder had gesignaleerd maar waarvan ik de reikwijdte nog niet voldoende besefte. Je denkt toch altijd: er zal vast wel een verstandig iemand zijn die dit boek en zelfs de reacties erop kan plaatsen, die de zaak tot bedaren kan brengen. Zo hield ik me vast aan een strohalm. Leonie, van wie ik verwachtte dat ze met haar kennis dicht in de buurt van echt begrip kon komen, begon tegen me uit te varen. Hoe ik het in mijn hoofd haalde om de naam en reputatie van mijn uitgeverij, meer nog de goede naam en eer van haar moeder, haarzelf en haar broer in de waagschaal te stellen, alsof ze helemaal niet telden, alsof ze altijd een dom knikkend verlengstuk van me waren geweest, op afroep beschikbaar, geen diepere gedachte waard, niets verschuldigd, terwijl zij nu volkomen onverwacht in een mediastorm terecht waren gekomen die hun schade berokkende. En niet hun alleen werd schade toegebracht, maar zo ongeveer driekwart van de wereldbevolking werd door mij en mijn pamflet (alsof ik het zelf had geschreven dan wel gedicteerd) verwezen naar de mesthoop van de geschiedenis, naar het vuilnisvat van de mensheid als minderwaardig, dom en ondergeschikt. Ze maakte het voortbestaan van mijn vaderschap afhankelijk van mijn aanstaande acties. Deemoed, excuses, as op het hoofd, boetekleed, alles moest ik uit de kast halen om het monster van verbanning uit de respectabele gemeenschap die mij en de mijnen boven het hoofd hing te verslaan. 'En doe je dat niet, dan ben je mijn vader niet meer!' riep ze. En daarna nog eens, alsof ik al in gebreke was gebleven: 'Je bent mijn vader niet meer!' Ze spuwde op de grond. Dat moet ze iemand in een maffiafilm hebben zien doen. Mijn deftige dochter spuwde voor mijn voeten op de grond! Daarna deed ze het nog eens dunnetjes over in een openbaar interview. Toen was ik de fase van withete woede zelf al voorbij en wankelde ik op de drempel van diepe rouw om alles wat ik hooghield. Ik voelde me verlaten, maar ik verweet het haar niet. Het kwam me toe. Arthur liet zich in die tijd wijselijk helemaal niet zien. En jij, Isa, jij nam me elke avond voor het slapengaan in je armen en je zei, zonder dat ik ook maar iets had laten merken: 'Het is goed, het is goed.' Toen moest de avond met Arie en Frederik nog komen.

Wat valt er nog over te zeggen? Een Griekse tragedie is er niets bij. De held gaat ten onder aan zijn hybris en zijn hamartia, zijn kardinale tekort. Het publiek staart naar het toneel met 'medelijden en vrees'. Alleen was daar in mijn geval geen sprake van. De luidkeelse verdediging van mijn 'heldendaad' en Rudolfs magnum opus door een handjevol echt verwarde witte mannen maakte het voor mij alleen maar pijnlijker. Alle duimen omlaag. Kruisigt hem. Nee, ik wil me niet vergelijken met Jezus. Eerder met Oedipus, de feilbare, de hoogmoedige. Oedipus voltrekt het noodlot aan zichzelf. Jezus niet. Jezus was de onschuldige zondebok, en daardoor de Verlosser. Oedipus loopt voor de rest van zijn leven blind en gebukt onder schuld door het leven aan de hand van zijn dochters. En zo ben ik de woestijn in gestuurd voor het oog van de natie. En ik ging. Ieder verzet was zinloos. Ik reageerde met cynische oneliners op terechte vragen van de quasiverbaasde Pauw. Ik bagatelliseerde de gevoelens van de tegenstanders. Dat mijn vader bij de NSB had gezeten had met mij niets te maken. Ik bleef maar hameren op de vrijheid van meningsuiting en op het feit dat *Hedendaags fanatisme* een roman was. Het werd steeds gênanter. Ik voelde de stemming voor zover die nog enigszins neutraal was keren. En ik zat vastgenageld, opgesloten in mijn onvermogen. Ik zag de koppen, de ogen, de bekken, ik hoorde het gejoel, het scanderen van een scheldwoord. Ik word nog altijd zwetend wakker uit een nachtmerrie waarin ik die koppen zie, het dreigende gedreun hoor als van marcherende laarzen, het komt nader, nader, nader...

Je was diep teleurgesteld, Isa, in mij, in mijn vechtlust, mijn zelfvertrouwen. Ik zag het in je ogen, toen ik na de opnamen naar je toe liep. Ik was omringd door een vacuüm. Niemand wilde in mijn omgeving worden gezien. Niemand kwam naar me toe om me sterkte te wensen of om mijn optreden te verzachten met een troostend 'Dat ging eigenlijk best goed'. Ze bleven zo ver mogelijk bij me vandaan. En in jouw ogen zag ik je verwijt. Maar je ving me op en zei: 'Vlug naar huis.'

Je kunt immuun zijn voor de wereld en de haat die er regeert. Het zou passen in mijn levensgeschiedenis. Ik ben van jongs af aan gehard. Maar zo werkt het niet. Ik heb geen tegenwicht.

We zijn nu een paar maanden verder. Ik ben teruggetreden. Anne heeft de 'zuivering' van het fonds voortvarend ter hand genomen. Ze heeft de mensen die mij aanvankelijk steunden grootmoedig vergeven. Over mij wordt niet meer gesproken, naar mij wordt niet meer verwezen, ik ben uit de geschiedenis van mijn eigen uitgeverij geschrapt. Niemand hoeft medelijden met me te hebben. Het is wat het is. En gezien het tempo waarin het hedendaagse fanatisme nieuwe slachtoffers maakt ben ik een van de vele kadavers in de stapel lijken. Mijn sociale bankroet is alweer bijgeschreven in het kasboek van de vergetelheid.

En zo zit ik nu, werkloos en doelloos, de som te maken van mijn keuzes, de goede en de foute, de weloverwogen en de toevallige, de opgedrongen en de willekeurige keuzes, alsof een mens daadwerkelijk onder de streep een resultaat kan laten zien dat in zijn eenvoud alles zegt over zijn leven. Ik heb mijn best gedaan er iets van te maken. Het is uiteindelijk niet veel beter geworden dan wat de tienjarige jongen in de stationswachtkamer van Antwerpen of Brussel verwachtte. Ik ben nog altijd het kind dat daar zat. Niemand zoekt me.

Ik leg de laatste bladzijde van Thomas' apologie op de stapel en blijf even naar mijn schoot staren, terwijl de woorden rondzingen in de ruimte. De wolk Thomas is somber over de groep neergedaald. Een duistere schaduw. Niemand lijkt te weten hoe gereageerd moet worden. Met applaus? Een gezamenlijke omhelzing? Condoleances? De kinderen zeggen niets. Ik voel hun verwarring en hun verwijt.

'Dat was een indrukwekkende ervaring. Dank je wel dat je me deelgenoot hebt willen maken van Thomas' verhaal,' zegt Anne. Haar woorden worden geabsorbeerd door de stilte, alsof ze in een wollen deken vallen. Het knappen van een stuk hout in het haardvuur klinkt als een pistoolschot. Ik sta op, verzamel de papieren, loop naar de open haard en gooi ze erin. Een kreet van schrik van de vier anderen.

'Mama!'

'Isa!'

'Jezus!'

'Nee!'

Leonie loopt met uitgestrekte hand naar het vuur om de papieren te redden die al vlam hebben gevat en opkrullen met blauw en oranje vuur en bruin en zwart worden. Ik houd haar tegen.

'Dat vergeef ik je nooit!' zegt Leonie.

'Dat hoeft ook niet,' zeg ik.

Arthur staat op, loopt de kamer uit en komt even later terug met een fles champagne onder zijn arm en een blad met vijf glazen. Ik had ze klaargezet in de keuken. Hij ontkurkt met een voorzichtige plof de fles en schenkt in.

'Mijn vader zou een feestelijke dronk op dit vurige einde hebben gewaardeerd,' zegt hij. Anne en Joris nemen verlegen met de situatie een glas in ontvangst. Leonie weigert. Arthur geeft mij een glas aan. 'Vooruit, drink. Het is allemaal al erg genoeg.'

'Op Thomas,' zeg ik.

Nu begint het pas.

ISA

Het is een robuuste Ierse zomer. Heldere dagen met krachtig voortbewegende witte wolken, de heuvels golvend door de wolkenschaduwen die eroverheen glijden, de bermen rood van de fuchsia's, de zee spetterend blauw en vol vis, spelende zeehonden, enthousiast naar alikruiken duikende vogels, zwenkende zwermen oeverzwaluwen, zonsondergangen als traag vuurwerk en dan af en toe een dag waarop de regen mateloos huilt en ruist. Ik vul dagelijks op het strand een vuilniszak met plastic flarden, petflessen, stukjes touw, roestig ijzerdraad, visnet, soms sleep ik een losgeraakte lekke blauwe afbakeningston van een mosselkwekerij weg. Zelden jut ik een nuttig voorwerp. Wel verzamel ik bijzonder gevormd, door de zee ontschorst en uitgebleekt hout, takken als beenderen, stammen als verwrongen gezang. Ik zal ze opnieuw als boom opbouwen en als memento mori tussen de levende bomen in het bos zetten.

Sally is ziek. Ik denk dat ze doodgaat. Dat denkt ze zelf ook, maar ze zegt het niet met zoveel woorden. Ze klaagt niet. Ze haalt haar schouders op. Als het je tijd is, is het je tijd. Ik kook voor haar. 'Jouw eten is veel te lekker,' zegt ze. 'Het zou me verleiden hier langer te blijven dan Magere Hein voor me in zijn hoofd heeft.' 'Dat is je geraden,' zeg ik. Maar ze eet niet veel. Ze zit in haar bultige fauteuil naar buiten te kijken, loopt af en toe een rondje door de tuin, maar komt eigenlijk niet meer verder dan het hek.

'Ik krijg bezoek,' zeg ik tegen haar, terwijl ik onze borden afwas en opruim. 'Ik breng je gewoon elke dag een maaltijd, maar ik eet niet mee, ik moet een paar dagen met mijn bezoek eten.'

'Dat is gezellig voor je,' zegt ze. 'Doe geen moeite. Ik kan best zelf nog een eitje bakken.'

'Het is geen moeite.'

'Wie komt er? Je dochter?'

'Ja,' zeg ik. 'En nog twee anderen.' Ik zie in haar ogen een nieuwsgierige vraag oplichten, maar ik vind het moeilijk haar precies te vertellen wie dat zijn en waarom ze komen. Het is allemaal nogal verwarrend.

Het voorlezen van Thomas' verhaal was een grote fout. Spijt en schaamte overvielen me na afloop en zaten als hatelijk lachende duiveltjes op mijn schouder. Nog drie dagen liet ik mezelf roosteren op de hete kolen van Leonies zwijgende misprijzen voor ik terug kon naar Ierland. Wie denkt dat er een goed en verzoenend gesprek plaatsvond tussen moeder en kinderen heeft het mis. Arthur maakte zich na de champagne snel uit de voeten. Anne en Joris voelden zich evenmin erg gemakkelijk en namen onder dankzegging voor het vertrouwen snel afscheid. Dat kan ik ze niet kwalijk nemen. Twee buitenstaanders opeens midden in een kapot gezin. In de virtuele publieke ruimte bestaat geen schaamte, iedereen denkt alles te kunnen zeggen en alles te mogen weten, in de aanwezigheid van echte mensen bestaat die schaamte wel.

Daarom stelde ik me met meisjesachtige naïveteit soms een ontmoeting voor met de ergste haattwitteraars uit beide kampen, en hoe ze dan met neergeslagen ogen bekenden dat hun leven mislukt was en dat het makkelijker was een ander de schuld te geven dan zichzelf. Ik was vol begrip, omhelsde ze en liet hen genezen weer gaan. Keer op keer heb ik in mijn hoofd die gesprekken gevoerd. Nu doe ik dat niet meer. Een aanzienlijk percentage van de mensheid is ziek, ongeneeslijk ziek, knettergek.

Die neiging het gesprek aan te gaan heb ik met mijn eigen kinderen niet. Ik dacht de barrière te slechten door het verhaal van Thomas te vertellen, maar dat is niet gelukt. Het was een doodlopende weg. Aangezien ik het manuscript in de open haard had gegooid, was de logische consequentie dat bij ontstentenis van deze cruciale tekst (de laptop waarop hij was geschreven was bij het ongeluk kapotgegaan) er geen boek, artikel, essay of longread over de affaire zou kunnen komen. Exit Joris en Anne.

Ik voelde me een vreemdeling in eigen huis. Leonie had het druk met colleges en vergaderingen. Ik zat op de bank de krant of een boek te lezen, televisie te kijken. Ik deed boodschappen, ging naar het museum, reed met lijn drie naar het beginpunt, naar het eindpunt en weer naar halte Roelof Hartplein, de stad tetterde in mijn oren en schetterde in mijn ogen; ik wist geen enkele verbinding meer te leggen, ik werd nergens door geraakt, vermaakt, aangesproken.

Op de avond voor mijn vertrek gooit Leonie per ongeluk een glas wijn om tijdens het eten. We hebben beleefd het nieuws behandeld en de tentoonstelling die ik heb gezien, een uitwisseling van kloppende volzinnen zonder ziel, en dan gaat opeens de wijn om. Ik schrik, zet snel het glas recht en ga redderen met papieren servetjes. Leonie grijpt mijn pols.

'Hou daar verdomme mee op,' snauwt ze.

Ik ga weer zitten. Ze laat de wijn rustig van de tafel op de grond druppen. Ik houd mijn mond en kijk haar aan. Ik geloof dat er tranen in mijn ogen staan. Zij zit zich te verbijten.

Schenkt dan haar glas weer vol.

'Wat kan ik doen om het goed te maken,' zeg ik.

'Niet zoveel medelijden hebben met jezelf!' zegt ze.

Die incasseer ik als een bokser. 'En daarna?' vraag ik.

'Had ik maar, was ik maar, kon ik maar – dat zijn onzinnige vormen van zelfverwijt. Jij bent eruit opgetrokken, uit spijt en zelfverwijt. Je bent een spons. Ik knijp je uit en er komt een stroom mea culpa's uit. Wat jij hebt gedaan door het verhaal van Thomas voor te lezen was een lange verheerlijking van je eigen leed. Ik haatte het.'

'Waarom bleef je er dan bij zitten?'

'Voor Thomas. Ik vertegenwoordigde zijn afkeer, zijn eenzaamheid. Ik was hem.'

Dit moet ik verwerken. Hulptroepen in de vorm van psychologische theorieën verdringen zich om haar woede te verklaren en in zijn tegendeel te verkeren: haar verdriet om Thomas is zo groot dat ze geen concurrentie kan hebben. Ik ben altijd haar concurrent geweest. Om zijn liefde en nu om zijn nagedachtenis. (O, Freud en Jung en alle gevallen goden uit de psychoanalytische hel: brand daar in eeuwige spijt om wat jullie hebben aangericht!)

'Ik hoop dat je er ooit anders over zult denken,' zeg ik machteloos. Ik sta op om de borden af te ruimen en de wijn op te deppen. Ze gooit haar volle glas weer om. Met opzet. Ze is een kind. Ze is Thomas' kind. Ik loop naar haar toe, sta achter haar stoel en sla mijn armen om haar heen als om haar te bedaren en te troosten. Het trilt in me alsof alles losraakt.

Leonie is weer naar haar eigen appartement gegaan. Ze heeft beloofd elke week de post op te rapen en de planten water te geven. Arthur stuurt me per mail af en toe een aankondiging van een optreden. Dat heeft hij nog nooit gedaan. Ik beschouw het als een handreiking. Per app vraag ik hem na afloop hoe het ging en ontvang dan per omgaande een foto van hem in actie, of een kort filmpje met veel lawaai van enigszins georganiseerd elektronisch geluid, waarvan mij de sireneachtige noodkreten een steek door het hart geven. Ik lees geen Nederlandse kranten meer, geen Nederlandse nieuwssites, ik weet niet wat er in Nederland gebeurt. Ook niet wat er in Ierland gebeurt. Of in de wereld. Ik weet alleen wat er hier gebeurt. Ann en Rory gaan verhuizen naar de stad, zoals ze het dorp noemen, dichter bij de voorzieningen. Frank heeft zijn boot beschadigd op Maiden Rock. Van Michaels koeien is er een met de kolder in haar kop losgebroken en aangereden, zodat ze haar moesten afmaken. Maureens huis is af. De grote extra schuur is een opvangcentrum voor honden en katten. Er was een enorme veenbrand van Gleninchaquin tot aan Bonane, die ze maar ternauwernood beperkt konden houden tot de woeste grond. De heuvels zijn zwartgeblakerd en het stinkt nog altijd. Het lokale Gaelic-footballteam is kampioen van het district geworden. De Lake House Pub staat te koop. Sally gaat dood.

En dan opeens komt de mededeling, een vraag is het niet, mijn dochter vraagt niet, ze deelt mee: 'Mama, er zijn zorgwekkende ontwikkelingen in wat we maar naar journalistieke gewoonte de affaire-Thomas G. zullen noemen. Rudolf Merkelbach is uit vrijwillige ballingschap gekomen en heeft zich aangesloten bij een inmiddels vrij brede maatschappelijke en politieke beweging die een samenraapsel is van cultuurchristenen, reactionaire conservatieven, nationalisten en andere niet erg zwijgende minderheden die inmiddels op de golven van een internationaal sentiment salonfähig zijn geworden. In zijn interviews citeert hij papa en noemt hem een martelaar voor de beweging. Daar moeten we iets aan doen. Dat kan niet zonder jou. Daarom komen we naar Ierland. Joris, Anne en ik. Arthur laat zich verontschuldigen. Vrijdag arriveren we. Zondag met de namiddagvlucht ben je weer van ons af. Lfs Leonie.' Lfs, zuinig zonder klinkers. Ik kan nee zeggen. Ik kan ze de deur wijzen. Maar ze weten dat ik dat niet doe. Ik wacht dus met angst op hun komst. Tegen Sally zeg ik dat mijn dochter vrienden meeneemt. Een weekendje maar.

'Toch gezellig,' zegt Sally.

JORIS

We zitten met z'n drieën op een rij in de Aer Lingus-vlucht naar Cork. Ik mag met mijn lange benen aan het gangpad zitten. Leonie aan het raampje en Anne in het midden. Aangezien we in Amsterdam twee weken eerder een vergadering hebben gehad op Annes kantoor is de verschuiving in de wedstrijdopstelling al wat gewend, maar het blijft een broze broederschap. We praten niet. We doen alle drie iets voor onszelf. Ik lees alle gedownloade kranten. Anne neemt – voor zover ik dat kan zien – stukken door voor een of andere vergadering, schrijft er hier en daar iets bij. Leonie doet of ze slaapt.

Ik ben de aanstichter van deze actie. Tot mijn vreugde had de bootleg van Isa's luisterboek een behoorlijke kwaliteit, op wat kraken na als ik me bewoog. Ik ben avonden bezig geweest met de transcriptie. Geïntrigeerd door de rol en de persoonlijkheid van Rudolf Merkelbach verdiepte ik me in verwante 'denkers' en welke theorieën als ondergrondse zwamdraden die groepen met elkaar verbonden. Hun alomtegenwoordigheid in diverse media en circuits maakte dat simpel. De worteling in een dieper verleden was lastiger in kaart te brengen. Het gedachtegoed leek een potpourri van halfbegrepen mythen en selectief gelezen historische werken. Dat er onder die omzwachtelde epische constructies niettemin een keihard politiek program werd opgetuigd was duidelijk. En dat niet alleen oude zakken werden aangesproken door de nostalgie naar een geconstrueerd verleden was ook duidelijk. Rudolf Merkelbach en zijn studies pasten wonderwel in de rechtvaardiging ervan. En toen begon de naam van Thomas Geel weer op te duiken.

Gezellig is het niet, dit tripje. Anne vindt het een hele stap Thomas uit de klauwen van de tegenstander te rukken, waar hij zich gezien zijn connectie met Rudolf toch geheel vrijwillig in had begeven. Haar medewerking aan een publicatie pro Thomas zou helemaal verkeerd geïnterpreteerd kunnen worden door haar eigen groepering, die we voor het gemak dan maar de identiteitsfetisjisten en cultuurmarxisten noemen. Deed ze het niet, dan kon over de uitgeverij alsnog en opnieuw de schaduw van rechts vallen. Een prisoner's dilemma. In het 'eerlijke verhaal' van Thomas school, mits goed gebracht, toch de mogelijkheid van grote sympathie met een 'slachtoffer'. Maar ze zag, zo zei ze, al met angst en beven een herhaling van een zekere talkshow, nu met mij en haarzelf als schietschijf. Ik heb steeds het gevoel dat ze op het punt staat 'Zoek het maar uit' te zeggen. En dan haar gevoeligheid voor verkeerde opmerkingen! We lopen door een mijnenveld met die vrouw. Ik zeg maar zo weinig mogelijk.

Leonie is een ander geval. Het gekke is dat ze aardiger is geworden in mijn ogen. Een uiterst subtiele vermoeidheid is over haar gekomen, een ingekeerdheid, een soort verslagenheid. Dat zachte maakt haar niet geiler, gek genoeg. Ze is een beetje op aarde onder de gewone mensen neergedaald en dat scheelt voor haar *fatal attraction*. Haar woede op mij is geluwd. Vergis ik me, of zoekt ze mijn steun door me soms aan te kijken als Anne haar bezwaren opsomt? Tussen die twee vrouwen is geen solidariteit. Het is een gelegenheidscoalitie en dat benadrukken ze met hun lichaamstaal. Ik zit daartussenin, nu eens pispaal, dan weer steunbeer. En daar komt straks Isa nog eens bij.

Voor het eerst ben ik in Ierland. Doordat Leonie rijdt, omdat ze de weg kent, en Anne achterin nog wat stukken wil doornemen, zit ik lekker voorin naar buiten te kijken. 'Mooi hier,' zeg ik onschuldig. Leonie zegt alleen maar kort: 'Mm.' Ik weet genoeg. Kop houden. Ik wil nog weleens met Lucille en Jesse door deze groene dreven rijden, denk ik, in de blijheid van een jong en ongecompliceerd gezin. Dan begin ik maar te zingen.

'I wish I was in Carrickfergus,
Only for nights in Ballygrant
I would swim over the deepest ocean,
For my love to find
But the sea is wide and I cannot cross over
and neither have I the wings to fly
I wish I could meet a handsome boatsman
to ferry me over, to my love and die.'

'Je hebt je voorbereid,' zegt Leonie.

'Van the Man,' zeg ik en ter verduidelijking, 'Morrison. Van Morrison. Die ken je vast niet. Roemrijk popicoon van Ierse afkomst. Oud Iers volkslied.'

'Mijn vader draaide hem eindeloos. Zijn generatie.'

Ik kijk opzij en zie een klein lachje.

'Zijn we er bijna?' vraagt Anne. 'Ik ben misselijk.'

'Moet je maar niet lezen,' zeg ik en ik zet een nieuw, toepasselijk lied in. Van De Dijk. Als het golft, dan golft het goed. De dames zingen luidkeels mee. Eerst Leonie. Dan ook Anne, omdat ze niet achter wil blijven. Daarna doet Anne een Bob Marley-song, 'No Woman No Cry', waarvan zij de woorden kent en Leonie en ik alleen het refrein. Het hek is van de dam. 'Bevrijdingspop,' zeg ik tussen het zingen door. We lachen. We lachen!

De locatie is van een spectaculaire, dramatische schoonheid. Een boze god heeft gigantische rotsblokken de zee in gesmeten. Een deel ervan draagt een groene kroon van gras, de rest wordt te vaak door de vloed overspoeld om begroeid te raken. Het land haast zich met grote stappen naar het strand in hellende terrassen gras, veen en elzen, kromgetrokken berken, dotten braamstruiken, hier en daar een trots stuk kale rots, en diepe voren waardoor beken stromen. Op hebbelijk vlakke stukken een huis. Dat van Isa staat het dichtst bij het strand. Grijs en gesloten, maar met een serre, voor als de zon schijnt. En dat doet hij nu. De lucht is helder, het licht heeft vuurkracht.

Isa komt op het geluid van de naderende auto naar buiten, hand boven de ogen. Als we uitstappen merk ik dat Leonie treuzelt, druk is met het uitladen van de bagage, drie kleine rolkoffertjes. Isa begroet Anne en mij. Ik zie haar af en toe schichtig naar Leonie kijken. Angst in haar ogen. Echte, originele angst. Jezus christus, voor haar eigen kind! Ik geloof dat ik hier de rol van vredestichter, hofnar en voorzitter moet spelen. Maar eerst uiteraard koffie en lunch in de serre, waarvan de ramen wijd openstaan om de zeewind binnen te laten. Ik maak uitgebreid complimenten over het huis, het uitzicht, de ligging, het land en alles waarover een mens maar complimenten kan maken. Anne kijkt me verbaasd ironisch aan: Werkelijk? Leonie zegt niet veel. Ze eet en drinkt, houdt haar moeder in de gaten vanuit haar ooghoeken. Isa draagt van alles aan, geeft schaaltjes door, legt uit hoe *soda bread* wordt gemaakt en prijst de gerookte makreel, van de week vers gevangen en gerookt door Michael. Je zou niet geloven, zegt ze met een nerveus lachje, dat hier ooit hongersnood is geweest. Zoveel vis in de zee, zoveel schapen op het land. Iedereen valt stil. En dan moet ik de trein van de conversatie weer op gang brengen.

'Luister,' zeg ik na de lunch. 'Zullen we eerst een frisse neus halen op het strand, even diep ademhalen, en dan het doel van ons bezoek bespreken?'

Daar staan we dan op de ronde stenen van het smalle strand richting Amerika te kijken, vier losse mensen, die ook echt als losse mensen daar staan, bij toeval daar neergezet. Ik denk aan de beelden van Antony Gormley op het strand bij Liverpool: *Another Place*. Kijk maar bij Google. Tussen ons door waait de geest van Thomas Geel, die hier kortgeleden nog rondliep op zijn kaplaarzen en met zijn pet op zijn kop, de handen in de zakken van zijn broek, Van the Man's 'Moondance' neuriënd. Anne bukt zich om gele slakkenhuisjes op te rapen, ze heeft al een handvol, Leonie loopt een stukje de landtong naar het eiland op. Isa heeft een vuilniszak bij zich, waarin ze rotzooi stopt, en ik houd ze allemaal in de gaten terwijl ik diep de zoete geur van gemaaid gras en de zilte geur van drogend wier opsnuif.

'Kom dames, het is tijd!'

Op mijn laptop laat ik een YouTubefilmpje zien dat al vele malen is bekeken. Anne en Leonie kennen het. Isa zit front scherm als een verdachte die met de opname van haar misdrijf wordt geconfronteerd. Het is een gesprek met Rudolf Merkelbach. In de setting van vermoedelijk zijn fermette in Azincourt zit een magere oude man – alerte ogen aan weerszijden van een scherpe neus – in een fauteuil. Hij wordt geïntroduceerd door de interviewer, die zich vanaf zijn iets hogere stoel enigszins overbuigt naar Merkelbach. De controversiële historicus en filosoof, de eigenzinnige criticus van de moderne maatschappij, de wegbereider van het nieuwe denken, de heraut van de ware beschaving, de kenner van christelijke waarden, de hoeder van de hiërarchie wordt hij genoemd en zijn ogen lichten op, een grijns plooit zich om zijn lippen, maar als hij spreekt is zijn stem bijna aarzelend en zacht. Hij hakt zijn zinnen in mootjes om tussendoor met hoge schouders adem te kunnen halen. Als hem om commentaar op de toestand in de wereld wordt gevraagd illustreert hij omstandig met tal van rampzalige voorbeelden de neergang van de westerse beschaving veroorzaakt door de verheerlijking van gelijkheid en vrijheid, vrijbrieven voor de bandeloosheid van drugs, homoseksualiteit, genderfluïditeit en hebzucht. Hij neemt en passant de tandeloosheid van de Nederlandse strijdkrachten op de korrel, en het chaotische oeverloze geouwehoer over niets van het incompetente parlement. Dat krijg je van democratie: de verheffing van de domme middelmaat. En hij verwijst uitgebreid naar zijn boek *Hedendaags fanatisme*, dat met vooruitziende blik en grote persoonlijke moed werd uitgegeven door zijn jeugdvriend en pleegbroer Thomas Geel, die gerust een eerste martelaar mag worden genoemd voor de vestiging van het rijk van Christus in zijn oorspronkelijke vorm, zoals verdedigd door de kruisridders. Welnu, hijzelf was misschien een manke ridder (wijst op zijn been) maar Thomas Geel was de Godfried van Bouillon van zijn generatie en de troepen stonden klaar om het hemelse Jeruzalem te bevrijden. Elke vraag die de interviewer er met grote moeite tussen kon frommelen blies de verontwaardiging om de ondergang van het Avondland en de noodzaak de beschaving te redden uit de klauwen van de moderniteit stevig aan. De zachte toon waarmee hij begon, werd schriller en verongelijkter. Een miskende profeet, die zich aan het eind van zijn leven koesterde in de warmte van zijn eigen gelijk en het licht van een nieuwe beweging met een nieuwe Verlosser.

Isa bekijkt het filmpje gefascineerd en krimpt ineen als de naam Thomas valt.

'Wat moeten we daar nu mee?' vraagt ze zacht, maar kijkt ons niet aan.

‘Dat is precies de vraag die wij ons ook stellen,’ zeg ik.

‘Moeten we iets?’ vraagt ze.

‘Wij vinden van wel,’ zeg ik. Ze kijkt een poosje naar haar handen. Ik zie haar denken. Dan legt ze haar handen plat op tafel en gaat staan.

‘Wie man sich bettet, so liegt man. Es deckt einen da keiner zu,’ zegt ze. Deze referentie aan Bertolt Brecht moet even worden verwerkt.

‘Wat bedoel je daarmee?’ Leonie vraagt het fel.

Isa kijkt haar aan. ‘Dit heeft Thomas niet voorzien maar wel opgeroepen.’

‘Maar dit wilde hij niet!’

‘Hij is er niet meer.’

‘Moeten we het dan onweersproken laten?’ vraagt Anne.

‘Alles wat we zeggen zal het erger maken.’

‘Daarvoor zijn we nu juist hier,’ zeg ik, ‘om een verstandig en overtuigend weerwoord te bedenken.’

‘We hebben niets,’ zegt Isa.

Anne en Leonie kijken me aan. Ik moet het Isa vertellen.

‘We hebben het verhaal van Thomas. Ik heb het stiekem opgenomen toen je het voorlas.’

‘Verbaast me niets,’ zegt Isa. Ze kijkt me aan en ik voel me schuldig, even maar. ‘Ik denk dat Rudolf ook wel een kopie heeft gemaakt. Plus zijn eigen hoogstwaarschijnlijk verwrongen herinneringen aan hun gemeenschappelijke verleden.’

‘Heeft hij eigenlijk commentaar gegeven? Bij het voorlezen heb je daar niets over gezegd.’

‘Ik heb alleen de brief die hij me ter begeleiding van het manuscript stuurde.’

‘Heb je die wel bewaard?’

Isa staat op en zoekt in een la. Ze komt terug met een handgeschreven brief, strijkt hem glad, zet haar leesbril op, schraapt haar keel en begint voor te lezen. Anne, Leonie en ik kijken elkaar aan. O god, denk ik. Daar gaan we weer.

'Beste Isabelle, Ik spreek je zo onbeleefd met je voornaam aan, omdat ik me diep met je verbonden voel. Toen deze dikke envelop door de trage postbezorging in Azincourt pas een week na verzending op mijn mat viel, was ik al op de hoogte van Thomas' dood. Het bericht had me geschokt. Mijn verdriet was en is groot. In mijn gedachten was ik vaak bij jullie, stond soms op het punt te bellen of te schrijven, maar wachtte tot ik woorden kon vinden voor mijn medeleven. Clichés liggen altijd op de loer. Voor de ware, oprechte gevoelens moet de tijd worden genomen. En toen kwam dus het manuscript en het verzoek van Thomas het aan jou door te sturen zodra ik dat opportuun vond.'

Hier pauzeert Isa en zegt: 'De brief van Thomas aan hem kennen we niet. We weten dus niet wat hij precies heeft gevraagd.' Ze gaat door met de tekst van Merkelbach: 'Het duurde even voor ik het manuscript durfde te bekijken. Wat wilde hij van mij? Ik heb het dus een tijd laten liggen in de hoop dat ik de moed kon opbrengen het beheerst en nuchter te lezen. En toen ik het na een aantal weken had gelezen, vroeg ik me af of ik jou ermee zou helpen. Ik liet het weer liggen. Maar het is moeilijk de laatste wens van een dode vriend naast je neer te leggen. En wat moest ik toevoegen aan troost? Ik ken je niet. Ik weet niet wat je aankunt, wat je weet of vermoedt, wat je wilt weten. Kortom, ik voelde me door Thomas in een onmogelijke positie gedwongen.' Isa laat een stilte vallen, waarin Leonie aan Anne vraagt: 'Geloof jij hem?'

'Het is moeilijk in de integriteit en oprechtheid te geloven van iemand met wie ik het zo fundamenteel oneens ben. Een mens met slechte ideeën is een slecht mens.'

'Voor hem zal hetzelfde gelden. Voor ons allemaal geldt dat we tegenstanders uitsluiten en bestrijden.'

'Thomas deed dat niet,' zegt Isa.

‘Nu is Thomas opeens de heilige? De grote verzoener? De martelaar voor een inclusieve wereld? Het trait-d’union tussen links en rechts? Het onbestemde, laffe midden? Bullshit!’ Leonie natuurlijk.

‘Ik ga verder,’ zegt Isa. ‘Hoewel ik vooral over het verleden van mijn ouders en van Hans Geel het nodige zou kunnen opmerken, evenals over de ideologische indoctrinatie van Simon Peerdeman en de tragische dood van Fie, en hoewel ik ook Thomas’ gedrag in ons gezin aan de kaak zou kunnen stellen, besloot ik daarvan af te zien. Ik ga niet in discussie met een dode. Hij heeft me geholpen door *Hedendaags fanatisme* te publiceren, waarover we ideologisch bitter hebben gestreden. Hij was mijn Voltaire. Maar niemand in onze huidige samenleving weet nog wie Voltaire werkelijk was: een scherpzinnig en gelovig man, die met “Écrasez l’infame” de verwording van het priesterschap aanklaagde en de terugkeer naar een zuiver geloof en een zuivere moraal bepleitte, een vorm van onafhankelijk denken die ook Thomas nastreefde, vijand als hij was van volgzaamheid. Als zodanig zal ik hem altijd hooghouden en verdedigen. In die essentie vonden we elkaar.

Lees zijn levensverhaal met een liefdevol en vergevingsgezind hart. Ondanks al zijn gebreken – misschien juist dankzij die gebreken – was hij een groot en moedig man.’

Isa zet haar leesbril af en legt de brief neer.

‘En dus?’ vraagt Leonie.

‘Dus niets,’ zegt Isa.

Het gesprek dat volgt is een brij van what if’s en snoeiharde veroordelingen van Rudolfs hypocrisie. Thomas’ onafhankelijkheid roemen en hem tegelijk inlijven als martelaar voor het conservatieve geloof! Judas!

‘Mijn vader vond de Kerk een perfide maar perfect geleide multinational, een handel in illusies, top-down geleid en gegrondvest op straffen en belonen. Alle grote succesvolle ondernemingen, inclusief de nieuwe techbedrijven als Facebook en Google, waren volgens hem naar het voorbeeld van de Kerk opgezet. Mundus vult decipi! riep hij dan.'

Ze krijgt bijval van Anne, die hem dat ook vaak heeft horen zeggen. Hup, daar zien we opeens een zweem solidariteit.

'Wat Rudolf ook doet of heeft gedaan,' zeg ik, 'en even los van zijn motieven: als wij – liever gezegd jullie, want ik ben in dezen geen partij – willen reageren, dan moet dat niet defensief zijn. Niet "I am not a crook". We moeten een andere weg bewandelen. Laten we kijken of er betere methoden zijn.'

'Ik moet even naar Sally,' zegt Isa. 'Ze is ziek.'

Ze staat op, haalt een tupperware bak met onduidelijke inhoud uit de ijskast en haast zich weg.

'Vluchtgedrag,' mompelt Leonie. Ze rekt zich uit. Ik zie de harde appeltjes van haar borsten onder haar blouse omhoog bewegen. 'Ik ben moe.'

In de manier waarop Anne naar haar kijkt zie ik dat de solidariteit weer over is.

ISA

Ik krijg het lied niet uit mijn kop. 'Denn wie man sich bettet, so liegt man. Es deckt einen da keiner zu. Und wenn einer tritt, dann bin Ich es, und wird einer getreten, dann bist's du.' *Aufstieg und Fall der Stadt Mahagonny*. Een paar keer gezien, die voorstelling. Het wordt altijd gezongen met een koortsachtige, jagende intensiteit. Huiveringwekkend waar.

Als ik bij het hek van Sally ben heb ik het al tien keer hardop gezongen. Van het hek tot het huis zing ik het nog drie keer, steeds zachter, meer om het kwijt te raken dan om het me in te prenten.

'Wat kom je doen? Zijn ze niet gekomen?' Sally wordt wakker uit een dutje en gaat moeizaam rechtop zitten. Ze heeft haar haar vandaag niet gekamd.

'Jawel, ze zijn er.'

Ik zet de doos in de koelkast en trek een stoel bij om dicht naast haar te zitten.

'En?'

'Ach...'

'Zeg het maar.'

'Heb je je pijnstillers genomen?'

'Ja, de hele voorraad. Geen uitvluchten, Isa.'

Ik kijk naar buiten. En vertel haar over de nieuwste naschokken van de aardbeving Thomas Geel.

'Jij wilt niets doen. Zij willen wel iets doen. Hebben ze jouw toestemming nodig?'

'Ja, maar niet per se mijn medewerking.'

'Vertrouw je ze?'

'Ik vertrouw niemand meer, behalve jou.'

'Dan maakt het niet uit wat je doet.'

'Die jongen is wel aardig. Die zou er misschien wel een menselijk verhaal van kunnen maken.'

We zitten een poosje naar de einder te staren, ieder met haar eigen gedachten. Dan begint ze opeens een Sally-verhaal te vertellen.

'De Tuatha Dé Danann waren edele wezens tussen goden en mensen in. Ze kwamen duizenden jaren geleden naar Ierland en brachten hun kennis en hun poëzie met zich mee. De domme, boerse bewoners lieten zich makkelijk verslaan, en de Tuatha Dé Danann maakten van Ierland een paradijs. Dat kon niet duren. Een sterk en boosaardig mensengeslacht betwistte hun het gebied. Omdat de Tuatha Dé Danann de toekomst konden zien, leverden ze geen slag, maar aanvaardden ze het voorstel om het land in tweeën te delen. Ze lieten de nieuwe bewoners de bovenwereld, en zelf bleven ze in de onderwereld, in de grotten en holen, tussen de wortels van de grote bomen en daar waar rivieren onder de aarde verdwijnen. Daar wonen ze nog steeds, want tijd heeft geen vat op ze. Hun kennis en kunst, hun zuiverheid en goedheid houden ze beschikbaar voor wie ernaar verlangt. Er is een bron. Het is mogelijk.'

Sally legt haar hand op mijn arm. Dan glijdt haar hand naar de mijne. Zo zitten we naast elkaar, hand in hand.

Boeken van Nelleke Noordervliet

Tine, of de dalen waar het leven woont roman
Millemorti roman
Het oog van de engel roman
De naam van de vader roman
Uit het paradijs roman
Op de zeef van de tijd geschiedenis
Een vlaag van troost verhalend gedicht
Nederland in de Gouden Eeuw geschiedenis
Pelican Bay roman
Een plaats voor de geestdrift essays
Mevrouw Gigengack verhalen
Altijd roomboter docu-fictie
Veeg teken verhalen
Snijpunt roman
Een stad vol boeken geschiedenis
Amstelhof – van verpleeghuis tot museum geschiedenis
Zonder noorden komt niemand thuis roman
Vrij man roman
De leeuw en zijn hemd Boekenweekessay
Schatplicht essays
Gigengacks reizen verhalen
Aan het eind van de dag roman
Door met de strijd. Nederland en opstand essay
De val van Thomas G. roman

Over *Aan het eind van de dag*:

'Nelleke Noordervliet creëert figuren die weigeren zich te schikken, hun vuur niet op de waakvlam willen zetten maar daarvoor wel de prijs betalen. [...] een veelomvattende roman met een onverhoeds intieme intensiteit.'
– Marja Pruis in *De Groene Amsterdammer*

'Knap laat Noordervliet de patronen van haar hoofdpersoon zien, die tot driemaal alles uit de kast haalt om haar relatie met een naaste te redden, steeds net op tijd of net te laat. [...] een uitstekende, bijzonder onderhoudende roman.'
•••• – Arjen Fortuin in NRC *Handelsblad*

'Pijnlijke kwestie in deze rijke, analytische roman over ouder worden, falen en doorleven.' – *Opzij*

'Wat een goede schrijfster is Nelleke Noordervliet toch. Ze greep me vanaf de eerste pagina bij de kladden en ik heb haar boek in één ruk uitgelezen.' – Mieke van der Weij, NCRV-*gids*

'*Aan het eind van de dag* is de schrijfster op haar best.'
– *De Telegraaf*